毎日、ふと思う⑳　帆帆子の日記

ただ、それを楽しめばいい

浅見帆帆子
Hohoko Asami

廣済堂出版

カバー・本文イラスト／浅見帆帆子

つれづれなるままに、日くらし、硯《すずり》にむかひて、
気の向くままに　毎日パソコンに向かい
心にうつりゆくよしなし事を、
ふと思いつく何気ないことを
そこはかとなく書きつくれば、
なんとなく書いていると
あやしうこそものぐるほしけれ。
不思議なほどワクワクしてくる

吉田兼好
浅見帆帆子

２０１９年５月１日（水）

令和元年、おめでとうございます。

元旦のような気持ちで目が覚めた。なんかいいね、昨日は大晦日のような気分だったし。1年の真ん中にこういう仕切り直しがあると気持ちも新たになるというもの。

今、私は「新しい波を求む！」と変化を希望しているので、なにか新しいこと、自分の精神を一段深めてくれることが起こらないかな、と思っている。それを期待して、床の水拭きも再開したのが2ヶ月ほど前。それから急にまた流れがよくなった。やっぱり掃除というのは、その人の気（流れ）を動かすよね。

さて、仕事についての検討事項を思いながらテレビをつけたら、令和の時代に期待されているという科学技術や未来の暮らしについてやっていた。それを見ていたら急に、「全然違う方向から考えよう」と思った。これまでの考え方の延長ではなくてね。新しい時代に起こることは、きっとこれまでの考え方の積み重ねでは解決できないような、まったく新しいことだろう。柔軟に、前例にこだわることなく。そう、令和のキーワードは「柔軟」な気がする。そう思うと、さっき考えていた仕事のことについても解決策が浮かんだ。

今年は長～いゴールデンウィークで、前半の今は軽井沢にいる。

今日は夫とプリンス（息子）と3人で近くの公園で遊び、午後はプリンスのプリスクールで一緒のお友達Aちゃんの別荘へ遊びに行く。

このAちゃんファミリーとは、私が幼稚園の頃から家族ぐるみで知り合いなんだけど、まさか子供同士がプリスクールも一緒、クラスも一緒になるとは思わなかったよね。縁があるのね。一台の三輪車に交代で乗って楽しそう。プリンスに交代して欲しいAちゃんに、「どうぞ」なんて譲っている姿をはじめて見た。へ〜。ふたりとも可愛いね。

5月2日（木）

5月だけど、まだまだ肌寒い。テラスでの朝食は無理そう。

さ、今日も公園へ行くか……。車で15分くらいのところにある、遊具のある大きな公園へ向かう。さすがGWなので混んでいる。駐車場は満車、近くの路上にたくさん車が停まっていた。でも……ここは停めてはいけないところじゃないかな、と思っていたら、すぐそこの家からおばあさんが出てきて、

「ここは駐車禁止だからたまに白バイが来るわよ。向こう側にもうひとつ駐車場があるから」

と教えてくれた。行ってみると、そこは2台も空いている。正面からは見えにくいんだね。教えてくれてうれしい。どうもありがとう。

こんなふうに、「あれ、どうしよう」と一瞬流れが止まるとき、私はいつも「どうすればいいか、なにかサインはないかな」と思う。もっと言えば「これもきっとベストなことが起

きているのだろう」と思って、その場を楽しむ、観察する。今日も目の前の駐車場に停められなかったときに、その気持ちでまわりを眺めていたら、そこの家からおばあさんが出てきて教えてくれたんだよね。こういうとき、このおばあさんは神だと思う。

フー、公園で走りまわると疲れるよね。40代ママと50代パパだと、私が出動するしかない。戻ってきてからもプリンスは元気いっぱい。バーバに着替えさせてもらって、シマシマの室内着とシマシマのタイツで走り出てきた。まるでシマウマ。

5月3日（金）

今日はやっと少しあったかいので、朝食はテラスで食べることにする。卵料理、ぶどうパンやライ麦パンのトースト、焼きトマトとソーセージ、フルーツなど。

プリンスはイチゴをつまんでは夫の口に押し込んで満足そう。

食後に、昨日、友人が軽井沢まで送ってくれた赤福の「朔日《ついたち》餅」を食べた。今月はかしわ餅。続けて、今朝起きてすぐに暖炉に仕込んでおいた焼き芋と、これも友人が送ってくれたバナナチップスを食べる。

食べながら、最近思いついたことを書き留めてあるメモをジーッと眺めた。すると、あれとこれがつながっている、ということに気づいたりする。関係ないときに浮かんだことがパズルのように……。あくまで自然にふと浮かんだことをただ書いておくことが大事、そしてそれらを無理につなげようとしないこと、それが直感を生かすコツ。

5月4日（土）

昨晩遅く、東京に戻ってきた。

東京の天気は清々しく、お天気で暑くなりそう。この時期だよね、日本にいながら毎朝ハワイを感じられるのは。「アレクサ、ハワイアンかけて」と言って床の水拭きをする。

せっかくだから出かけようかと話していたけど、ギラギラした日差しを見ていたら眠くなってきたので、昼寝。

起きたらすっかり曇って雷が鳴っていた。気だるい。

彼（夫）とプリンスは私が寝ていたあいだ、レゴで遊んでから部屋の中でサッカーをしていたらしい。

「ママが寝ているあいだ、一生懸命遊んでいたんだよ」だって。

夕食は鰤《ぶり》と鯛のお刺身、鰻、豆腐とミョウガのお味噌汁、そら豆とブロッコリーとインゲンを茹でたものにトリュフ塩をかけたもの。

「たけしのこれがホントのニッポン芸能史」という番組を見た。

所ジョージって好き。番組中に自分の素直な気持ちを言うために、「カンペは見ない、邪魔なだけ」とか言うところなど、いいよね。打ち合わせも邪魔なんだって。

「スタジオに向かうときに頭の中で何度もリフレインしてるじゃない？　だから（打ち合わせは）必要ないよね。ドキドキして（番組を）やりたいの」

と……。

これを見て思ったけど、どんなことでも、その中心になっている人が手を抜くことはできない。手を抜くというか、他の人にまかせるということはできない。「重要なところ以外は他の人にまかせる」というつもりでも、だんだんと、一番大事な要《かなめ》のところを他人がするようになってしまったりする。そして、それに気づかない。

その中心の大事なところは、楽しいところでもあり大変なところでもあるので、「できればそこをまかせられる人がいたら楽」なんて考えたりするけれど、それはとんでもない勘違いだ。それを始めた時点で、その企画や物事が始まったときのエネルギーはなくなる。他の人にまかせた時点で、違うものになることを覚悟してするならいいけどね。

私もファンクラブを運営していく者として、肝《きも》に銘《めい》じたい。前は、「私のファンクラブを私が中心になってやってどうするんだ」と思うときもあったけど、中心の大事なところは私が敏感に舵《かじ》をとらなくては意味がない。なにより、私が楽しくない。もちろん、運営はまかせているけど。中心の人が楽しんでいない企画や事柄なんて……ねぇ（笑）。

5月5日（日）

用事があって10年ぶりくらいに二子玉川に行く。今日はすごく気持ちのいい爽やかな天気。新緑が輝いてリゾート地のよう。

高島屋のデパ地下で買い物をして、道が空いているので20分くらいで家に着く。

午後は子供の日のお祝いをする。ちらし寿司を食べてカブトと金太郎人形の前で写真を撮る。最近私の中で流行っている、「シャンパンの中にイチゴを入れる」というのを作った。

あぁ……暇。暇というか、私は向かっているものがあったほうがいいタイプなんだよね……とか思いながら、私が校長を務める「引き寄せを体験する学校」のサイトを開く。

生徒さんたちの書き込みを見ていたら元気が出てきた。

寝る時に夫がつけたらしい微量の香水が、ものすごくいい香りだった。「なにこれ、いい香りだねぇ」と鼻をクンクンさせたら、「えっ？　体臭よ……（笑）」と。「エッタイシュー」という名前の香水かと思った。

5月6日（月）

さて、ようやくGW最後の日だ。今日は掃除をする日にしようっと。

まずはゴルフウェアの断捨離。2、3年前にもずいぶんたくさん処分したんだけど、まだダンボール2箱はある。コンマリさん流に言えば、この中のほとんどにときめかない。「そんなものを溜め込んでおく必要はある？　ないよね」と何度もつぶやきつつ、1箱にまで絞った。続いて、キッチンのすべての収納棚を整理したら、ここも半分近くが空いた。次に廊下の収納棚……ここも3分の1はゴミとなる。捨てれば捨てるほど流れがよくなるような気持ちになる。

夕食用に鶏肉のトマト煮込みを作りながら、プリンスの洋服を入れ替えた。プリンスはすぐに大きくなるので、いつも新しい洋服がたくさんあって楽しい。もうすぐ着られる服、そろそろキツイ服などを分けてしまう。もうすぐお弁当が始まるので、お弁当グッズの足りないものをネットで注文した。

それでもまだ3時。そこで私のクローゼットの中を仕分けして、冬物をトランクルームへ。

今後に備えて使いやすく入れ替えた。ついでに床の雑巾がけ。

……どうだろう、この綺麗なこと。


夕食を食べる前にプリンスが寝てしまったので、夫とゆっくりワインを開けた。

最近、ほぼ毎日飲んでいるけどこの時間が至福。

夕方くらいから、夜の晩酌を思って楽しみなくらい。

5月7日（火）

家中の掃除をしたら、急に私が大好きな「いつものあそこ」へお参りに行きたくなったので出発。

緑がきれい。やっぱり5月はいいね。1年の中で一番好きかも。

午後はAMIRIの新作の撮影。

5月8日（水）

昨晩は、明け方の4時に急に目が覚めた。夜が無限に感じられるあの楽しい感じ、あれがきたね、久々に。いそいそとリビングに行って、本を読んだり、映画を観たり、仕事をしたりして過ごす。このたまにやってくる夜中の時間が、私が最も自由に過ごしているときじゃないかな、と思う。心のおもむくままに。

そして寝たら、非常に気持ちのよい夢を見た。空を飛ぶ夢。焦って必死に空を飛んでいる夢ではなく、フワフワユラユラ、自分の意思で空中を上がったり下がったりできる夢。あぁ、こんなふうに思えば自由自在なんだな、と夢の中の私は思っている。今思い出しても、もう一回あそこに行きたいくらい。

夢ってなんなんだろうね。生前の船井幸雄先生は、「僕は寝ているあいだも夢の中で活動している」とよくおっしゃっていたけど……。それが実感できるときもあれば、まったくわけのわからないつかみどころのないもののように感じるときもある。以前は夢の中で次に出る本のタイトルをよく見たものだけど、それも見なくなったしなぁ。

そうか……夢の中でも活動しているとしたら、面倒なことは夢の中で片付けてもらうことにしよう。

起きて、床の水拭き。

5月10日（金）

朝、今日もまたハワイのような朝の気持ちよさを感じていたら、急に海に行きたくなったのでママさんを誘う。

車に乗って湘南へ。知人に聞いたカレーが美味しいという海沿いの「珊瑚礁」へ。混んでいたけど入れた。今日はこんなに気持ちいいんだから、みんなが来たくなるというものだ。

カツカレーを頼む。プリンスは難しい顔をしてグァバジュースを飲んでいた。美味しかったけど、辛さしか印象に残っていない。

ランチのあと、砂浜に下りた。誰もいなくて広々――!!　いいねーーー。プリンス、存分に走る。波に追いかけられて逃げたり。裸足が気持ちよさそう。ずいぶん長くそこにいた。いい日だった。

5月11日（土）

起きてすぐ、共同通信の連載原稿を書く。土曜のこれと月曜の有料メルマガ「まぐまぐ」の配信が、今、私に唯一、曜日の感覚を思い出させてくれるものだ。

終わってから、夫と3人で明治神宮へ。

鎮守の森の端っこをトコトコ歩いて奥の広場へ向かう。ここが意外と穴場だったんだよねぇ……こんなに緑がいっぱいで、こんなに空いていたなんてね。

芝生にシートを敷いて寝転ぶ。空の青も木々の緑もまぶしい。

はぁ……穏やか、平和……そしてなにもない……。未来への目標ややりたいことも特にない。こんなこと、何年ぶりだろう。今はこれでいいのだろう。

子供が小さいうちはどうしても仕事にあてる時間は削られる。独身のときは、気持ちが乗ったら、食事をするのも忘れて夜中まで原稿を書いている、なんてことはよくあったし、眠くなったら寝て、食べたくなったら食べて、本当に気ままにやっていた。

今は、それは無理。プリンスと一緒の時間を楽しみつつ、どうすれば私が一番気持ちのいい状態で仕事ができるか、今、いろいろと実験中。

そうそう、このあいだある場で「（仕事を持っている女性の場合）子供はいつ産むのがベストか」という話になった。

「いつか欲しいと思っているのであれば、早ければ早いほどいい（あとになってできないかもしれないから）」とか、「ある程度キャリアを積んでからのほうがよい」とか「どっちつかずの中途半端な時期に産むのはやめたほうがいい」とかいろんな意見があったけど、私は「どっちでもいいんじゃない？」と思う。私は40才でひとり目を産んで、ちょうどよかったと感じている。仕事以外に新しいことをしたいな、と思っていたときだったし。でも20代で産んでいても、それはそれで違うルートでうまくいったと思う。そのときにしか見えないことがあったと思う。あとから考えると、当時は予定外と感じたことが「実はそっちのほうがよかった」ということはたくさんあるので（というか、人生のほとんどがそうなので）、どっちに行ってもベストな展開をしていくと私は思っている。

よく「人生は思った通りにはいかない」と言うけど、あれも一方向からしたら本当だろう。でも、その「思った通りにはいかなかった」ということが、「実はそれでよかった」という展開になるから、「思った通りにはいかない＝不幸」ということではない。

そう思うと、未来が安心。どっちに行っても楽しい道。なにを自分が思いつくか、なにをしたいと言い出すか、これからの自分に期待だ。

「ママ、ママ、ママーーーーーー」と遠くからプリンスの声が……。シートから離れた向こうで、折りたたみの椅子を広げたいらしい。なぜ、そんな遠くで……。
それに飽きると、今度は私のサンダルを履いて歩き出した。ゆっくり寝ている暇はない。

5月12日（日）

夫はゴルフ。私はプリンスとバルーンショップに行って誕生日のバルーンを注文してきた。

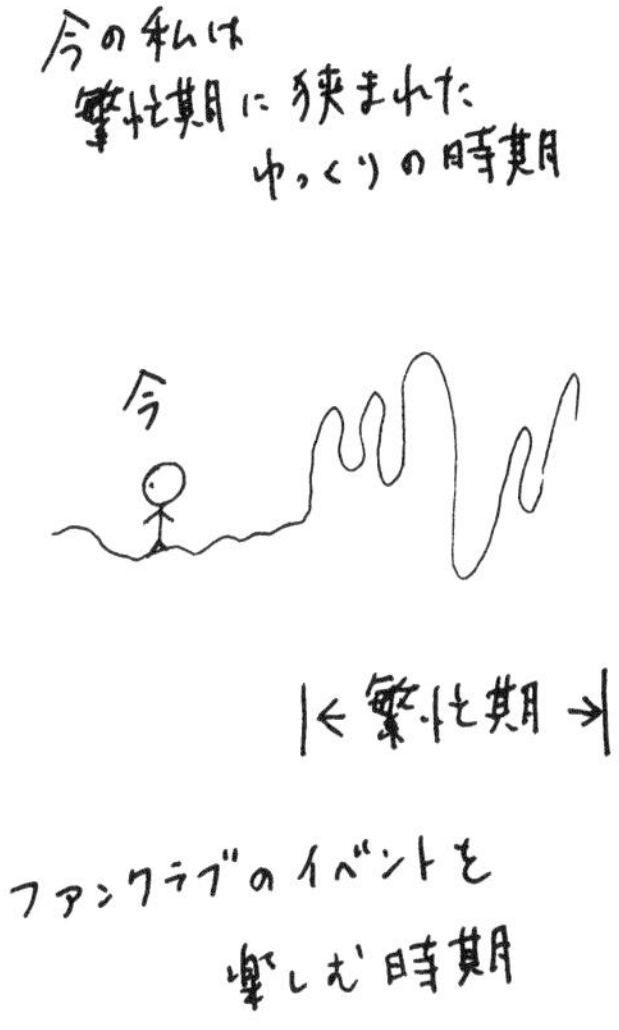

「たまにね、未来の方向性がわからなくなるとき、ない？　これで本当にいいのだろうか？　みたいな……」

と60代の友達2人にラインしたら、ひとりからは、

「帆帆ちゃんはさ、まだ若いから、人生の節目やプリンスの成長もあってたくさんの未来の選択肢があるから（そういうことを思うかもしれないけど）、私は「未来＝終活」に片足を突っ込んでいるから、とにかく『今』が大事。こうなりたい未来もおぼろげにはあるけど、それより目の前のご馳走をいかに美味しく食べるか、に気が行っちゃうの」

と返信がきた。もうひとりからは、

「なるほど、未来の方向性ねー、まったく考えたことはないねー、未来に対する不安もいっさいないねー」

ときた。でもこのふたりには、「楽しいやすらぎの郷《さと》計画」があることを前に聞いたので、「そういうことが未来の方向性ですよ!!」と書いたら、「そうか！　では終活はやすらぎの郷でしょう！」と返信があった。

夜は「Save the Children」のチャリティーパーティーへ。

FENDIの顧客テーブルだそうなので、FENDIのものを身につけていくということなんだけど、なんにしようか……。

同じテーブルの、ある国の大使夫妻のイタリアの話が面白かった。

毎回皇族の誰かがいらっしゃるけれど、今回は紀子さまと佳子さま。佳子さまをこれくらい近くで拝顔したのははじめて、ものすごく可愛いかった。一目惚れをしたニキビ面の中学生男子の気分でボーッと見つめる。その後、何度もチラ見する。

歓談のときに、佳子さまの前にズラーッと行列ができていた。これなんだよね、これ。パーティーの嫌なところ。会場中、自分を相手に知ってもらおうとする動きだらけ。だいたい佳子さまにここで名刺を渡してどうしようというのだろう。次回お目にかかったときに「あのパーティーでお目にかかりました」とか言うためだろうか。

とにかく、みんなの売り込みのエネルギーに触れると、私は早々に退散したくなる。だから出席するものは、席を立たなくてよいもので、夫婦同伴のものだけ。今回のように夫の関係で呼ばれているものは嫌ではない。私は観察役にまわれるから。

5月14日（火）

今、夜中の2時。また眠れない感じがやってきたので、よっこらしょとリビングに移動。外を眺める……真っ暗闇。

この10日ほど私の心を占めていることについて考えた。なんでモヤモヤしているかな、と考えてみると、今後の方向性についてだ。私がやりたいと思っていることって、果たして、それがかなっても満足感があるかな、ないかもしれない、と思い始めてモヤモヤしている。

そのやりたいこととは、これまでの作家活動とはまったく違うこと。この2年ほど、日記の中にもたまに書いていることだ。

その求めている形だけだと満足感が維持できないかもしれないけれど、それが実現したことによって変わる生活や、それに付随するいろんなこと、「生活自体をこういうふうにしよう」と思ったら、またワクワクしてきた。そうか、そっちを思い描けばいいんだな。

たとえば「本を出す」ということで例えると、誰かが「本を出したい」と思っているとして、途中でふと「本を出すことによって満足感は得られるかな？」と思ったとする。得られたとしても一時的なもので長くは続かない、すぐに他のなにかを探したくなるかもしれない、でもその欲は永遠で、それがなくならない限りずーっとなにかを追うことになるのでは？ でも「本を出したい」という思い自体にウソはない……という感じだ。

このとき、「本を出す」という形だけを見つめれば、満足感は持続しないかもしれないけれど、本を出した（出すと決めた）ことによって変わっていく生活や、「自分の生活をこういうふうにしていこう、こんな経験をするようにしよう」と思い始めたらまたワクワクが戻ってきた、という感じだ。

私なりのワクワクを維持できる思い方を見つけた、という感じ。

こんな感じで、またちょこちょこ思考の向く先を整理しよう。

さて、今、朝の6時。今日も、プリンスとの愛にあふれた、体力を消耗する一日が始まる。

5月15日（水）

今日の夜は、セドナでお世話になったYさんが来日しているので一緒に食事をする。

本の仕事ではじめてセドナに行ったときに一緒だったウー&チーも一緒。

Yさんは今、変化のときらしい。ご主人と一緒にセドナ以外の場所に住むための家を見てまわっているところ。

Yさんは実家のある日本に帰ってくるたびに、やっぱり日本は私には違うな、と思うらしい。それを毎回確認できるなんて、いいね。次は、昔住んでいたというニュージーランドやオーストラリアにも行くかもしれないって。

行って行って！　私もそこに遊びに行くわ。

5月17日（金）

「御礼」というものについて考えることが、よくある。

受ける側にとって、本当の意味で御礼になっていない場合がよくあるよね……むしろ負担になっていたり。たとえば、「御礼に○○に招待します」というもの。招待されたら行かないわけにいかなくなるよね……（笑）。もちろん、相手が○○がすごく好きで興味がある、と事前にわかっている場合は御礼になるけど、そうでない場合も多い。

人をなにかに誘うのってすごく難しいと私は思っていて、誘えば、相手は時間に都合をつけて来なくてはならなくなる。ある意味、相手のスケジュールを縛ることになる。それは御礼ではなく、ただの「お誘い」だ。誘う側に「こんな素敵なものに誘ってあげている」という感覚があるからだよね。相手はそこに価値を見出すかわからないのに。

やはり「御礼」は、相手の時間的にもお金的にも負担にならないものがいいよね。


夜は、夫の友人カップル3組と食事。お肉な夜。@アメリカンクラブ。

5月18日（土）

今日は第26回ホホトモサロン。

2年くらい前に有隣堂のサイン会で着た黒のワンピースにした。今回も会場はアークヒルズクラブ。今年いっぱいはここでやろうと思っている。

今日は11人の参加者の中に女医さん3名、美容サロン経営者2名、お子さんが4人いる方が2名……と、また同じ職業や似たような環境の人が集まっていた。すると当然、同じ状況の別の人の意見を聞くことができたり、私に質問したことの答えを同席した人が持っている、ということがいつも以上に起こる。

そして、「ずっと当たる気がしなかったのに、なぜか今回は当たる気がしていたんです」とか「（サロンが開かれる）土曜日は仕事上来れないのに、この日だけ空いているという今回に当選した」とかいう人も多かった。これを見ると、やはりいつも自分にとってベストなときに行くようになっているのだろうな。行けなかったときは、行かなくてよかったとき。「これでいいのだ」とバカボンのパパ風に心の中でつぶやく。

「ホホトモサロンに参加すると、その後、すごくいいことが起こるんです」と言う人が今日もいらしたけど、私もそう。なんでかな？と考えてみると、この3時間、気持ちがポジティブになることしか話していないからだよね。「ポジティブになる」という表現は、ちょっと無理矢理感があって個人的にはあまり好きではないのだけど……言い換えれば「気持ちが明るくなる物事の捉え方」を3時間ずっと話しているからだろう。私も、話せば話すほど元気に、家に帰ってからも活動的になる。

5月19日（日）

今日もまた夜中の2時半に作業をしている。

仕事の締切りが立て込んでいたのだけど、集中してやったら目処が立ったので、今安心してチーズケーキを食べているところ。

昔の関係性をいつまでも引きずって、そこから逃れられないようになっている人って、大変だなと思う。感謝も責任も恩返しも、あのとき充分に言葉と心を尽くしたのだから、もういいんじゃない？　それいつまで引きずるの？　という……。「おい、オマエ！　目を覚ませ！」という……。

今日は、プリンスの誕生日をみんなでお祝いした。

午前中、お願いしておいた鯛めしがきた。お弁当に小さな鯛がひとつずつ入っているもの。とても綺麗で美味しそうだったので、即決したもの。

私はシャンパンのお供に「盛り盛りプレート」を作る。生ハムやポークハムなどを数種類、食べやすくカットしたチーズを数種類、マスカット、枝つきレーズン、オリーブ、イチジク、アンズなどをあふれるように盛る。さらに端っこに、ビターチョコレートとクラッカーをぐいぐいと押し込む。とても綺麗。

私と夫の両親、私の弟夫婦が来た。「今日はプリンスのために集まっているのよ!?」と言うと、「ええええええええーーーー?」と相変わらず、プリンスはリアクションがいい。ハッピーバースデーを歌うとき、食事をしてケーキをいただくとき、みんなからのプレゼントを受け取るときなど、いつも以上に自分に目が集まっていることをよく意識している。

弟夫婦からは飛行機のおもちゃ（中にミニカーなどを積み込むことができて、ボタンひとつでいろんな仕掛けがある）、ジージからは三輪車（ミニクーパーロゴがついていて、カッコいい）。最近のおもちゃはほんとにカッコよいし、よくできていて感心する。自分が持ってきたおもちゃの説明を一生懸命している大人たちが微笑ましい。みんながそれぞれにいろんな話をして、まぁ、いつも通り、プリンスとワサワサ遊び、ガヤガヤと楽しく過ごして帰っていった。

フゥ……祭りのあと。部屋中に風船……。

3人だけの写真がないね、ということで、自動シャッターで写真を撮る。

夜は、お昼の残りをいただきながら、シャンパンを飲む。

5月20日（月）

このあいだのホホトモサロンでいただいた写真立てがとても可愛い。ふたつあって、緑と紺。プリンスの部屋の廊下の飾り棚に置く。

「成功」の定義って、「その人が望んでいることが実現すること」だと思う。

5月21日（火）

昨日から、プリンスは自分の部屋でひとりで寝始めた。

↓ 10日ほどで終わる

突然自分のベッドを指差し、「ここ」とか言って……。へ〜。

今日もリビングにはゆらゆらとバルーンが……一か所にまとめても、しばらくするとまた部屋全体に揺らめいている……邪魔。

「心の中でボクシング並みにパンチして歩いてるんだ」と言ったら、

「ボクも」

と夫。

AMIRIの新作が発売になった。今回は天然石の指輪。私のゆっくりのペースで細々と進んでいるAMIRI。これから先どうなるのか、私にもわからず。とにかく今は未来の方向性を模索しながら漂っているときなので、ますますゆっくりペースになりそう。

5月23日（木）

今日も一層熱心に床の水拭きをする。なにか答えを見つけるようなつもりで。

この何年か、私が監訳しているリチャード・カールソンさんの本が三笠書房から出ているのだけど、新しいのが出た。『読むだけで気分が上がり望みがかなう10のレッスン』。
届いてすぐに、玄関で自撮り。

5月24日（金）

今日のタクシーの中で、70代くらいの運転手さんが突然、「この数年、働き方がすごく変わって自由に楽しくなりました」と話し始めた。朝が得意な人は朝にシフトを組み、夜の人は夜専門、というようなことができるし、歩合制だからそのときの自分の調子や裁量で早く帰ることもできるようになったし、「昔に比べてお客さんもいい人たちばかりだしね」と。

私「それは運転手さんも同じだと思いますよ。いい人たちばかりになりましたよね。昔は特に女性がひとりで乗ったりすると、ちょっと怖い人とか、いましたよね。お互いに呼応しているんでしょうね」

「いい時代になったよね。これからの時代は本人が楽しくないとダメだと思うんだよ」

私「幸せかどうか？」

「うん、自分の生活が幸せじゃない人が、権威や体制に媚《こ》びたりするからね、そんな時代は終わったな」

など、心温まる会話。

5月25日（土）

京都の真葛《まくず》焼の宮川さんからご連絡をいただいて、東京の会員制レストランであるお茶会席に出席させていただいた。

マンションの中に本格的な茶室を作るとこういう感じになるんだな、という感心の空間だった。ツクバイはベランダにあるのだけど、ちゃんと御簾がかけられて涼が感じられ、日本庭園のしつらえまでなされている。

外国人がひとりいらして、「帆帆子さん、茶席のあいだ、通訳をお願いします」とか言われ、茶の湯の精神や今日の茶器の意味などを英語に訳すという頭の痛くなる作業が発生し……茶席のことはあまり覚えていない。お誘いして一緒に参加した優しいC姉さんに満足な気配りもできず、心残り……。

あ、あれだ♪という以前から好きだった茶器が出てきた。前の展示会のときにもあったもの。80万円くらい、だったかな……。でも今は、こういう買い物にセーブをかけている私。これも、「成長したい欲」という今の気持ちとリンクしている気がする。誰かが購入するまでは、眺めていられる。

懐石のあと、今日の会を記念して盃《さかずき》を購入する。そこにあるデザインの中から好きなものを組み合わせて描いていただき、後日届くというお楽しみ。私は東京タワーとカエデにした。東京タワー近くのお店なので。

ところで、今日のタクシーの運転手さんとも、昨日と同じような会話になった。「自分はこの仕事でまったくストレスがなくて本当に幸せなんですよ」だって。「すごく自由になりましたよね、やっぱり、楽しいことじゃないと続かないから」とも。ふたりとも、「楽しく、自由に、今とっても幸せ」が共通のキーワード。

あまりにリンクしている話なので、思わず鏡の中の顔をジッと見てしまったくらいだ。間違えようのないくらい、今日の人は若者。

5月26日（日）

「こどもの国」へ行く。あったね、こういうところ。小学生のときに遠足で来て以来だ。

トランプ大統領が来日していて安倍首相とゴルフをする映像を見た。お相撲も観戦したらしい。トランプさんとメラニア夫人が桟敷《さじき》席にいるときの、まぁ、収まり具合の悪いこと。私はトランプさんを、アメリカ人の本質の一部が極端に誇張されて表現されている見本の感じで眺めているので、彼が出てくるとしっかり見る。良くも悪くも話題性があるところがスターだよね。

5月29日（水）

昨晩は夜中に雨が降り出したので、窓を少しだけ開けて寝ていたら急に寒くなったので、子供部屋の温度を見に行ったり、その後「ママ〜」と呼ばれたりして、結局4回も行ったり来たりした。

幸せの「形」は人それぞれだと思うけど、「幸せな人」に共通しているのは「大好きなことがあるかどうか」だと思う。小さくても大きくても、人に言えることでもどんなことでも、自分の好きなこと。それをしているだけで無条件に幸せになれるもの。

今、私がなんとなく宙ぶらりんな気がしているのは、それがないからだろうな。大きく言えば、もちろんある。プリンスにまつわること、インテリアについて考えること、仕事や本について思うとワクワクするけど……もっとこう……マニアックな？　ひとりでグングン進めていくような、夢中！と言えるようなこと、ハマっていることができるといいなあ。

プリンスは、車で移動中、いろんなことをひとりでゴニョゴニョと話している。

今日、そんなプリンスに向かって、

「よし、たった今からママはちょっとでもモヤっとしたことはもういっさい考えないと決めたわ！」

と宣言したら、鏡ごしにジーッと私の顔を見て、「いい」と言った。

帰ったら、ママさんが遊びに来ていた。それと、一度着替えに戻ったという夫まで、ふたりが同時にいて大喜びのプリンス。

極端な経済的豊かさや社会的立場によって、どんなことでも望めばすぐにその通りになるとしたら……それって楽しみが減るよね。

たとえば「商売（ビジネス）」の場合、工夫しながら売上を立てたり、自分の考えやチームの計画がうまくいって目に見える収穫があったり、みんなの努力が実を成して形になったりするような、育てる楽しみ……それらは、うまくいかないかもしれない状況で進むからこそ味わえるものだ。

それが、失敗してもなんの痛手もない、すぐになにかが補填してくれるような、なにも困らない状態だったら、気持ちの張り合いは変わる。

私も今振り返ると、当時は「もっと簡単にパパッと、すぐ形にならないかな」と思ったものもあったけど、途中にあった副産物（もしかして、そっちがメイン？）を知ることができた今は、それがあってこそだったなと思う。
　これからも自分の好きな世界を自分の責任でしみじみと創っていきたい。

5月30日（木）

　今、夜中の1時。

　夫が帰ってきて（私はもう寝ていたんだけど）、今日の話を聞いているうちに盛り上がって1時間ほど話し込む。そして今、夫は気持ちよくいびきをかき始め、私は寝るタイミングを失った。話の最後のほう、私が心の内側にあるとても深い最近の気づきを語ったときに、夫から「そうか、うん、うん、なるほど……グァーッ」といびきが聞こえたときには、頭にきたね。お腹が空いて、梅干しでご飯を2膳食べる。

5月31日（金）

小学校からの同級生、キキとリンディーとお茶をする。

この数年で、人生の方向性が大きく変わったリンディー。小学校のときはあまり交流がなかったので、その頃からそんなにいろいろな思いを抱えていたこと、それが40年経った今解放されたことに、心から驚いた。外見も変わったのだけど、それだけ大きなことがあれば、そりゃあ変わるだろうね、という……。

その話を聞いていて、私の中に響いたことがあった。

「私ももっと本当の自分を生きよう」ということ。

それはたとえば、「今日あの場になにを着て行こうかな」というときに、本当はこっちの気分なのに、「あの場（やあの人の前）でこれを着ていたらおかしく思われるから、こっちにしよう」というような考え方をやめる、というような日常的なことも含まれる。自分以外の他人の評価や価値観に縛られた選択をなくしたい。もっともっと……。

リンディーがさらっと話した瞑想の話にも心惹《ひ》かれた。

瞑想ね……。春くらいから瞑想の話がまた集まってきているので、今再び興味がある。2年前にちょっとかじって、それ以降、ほとんどやっていないけどね。

窓ガラスの向こうにハガティ駐日大使を見かけた。体格が大きいのですぐわかる。夫の話の影響で、この1週間ほどハガティ大使のことを考えていたのでビックリ。特に、ここはとてもカジュアルなカフェなので、「なんでこんなところに……」と驚く。

しばらくして、これもこの1週間ほどなんとなく思い出していたK君が向こうからやって来た。本当にビックリ！

それから30分ほど経って、K君が一緒にお茶をしていた女性を紹介されてまたもや驚く。

それは『バチェラー・ジャパン（シーズン2）』という番組に出ていた倉田茉美さん、あの番組で最後まで勝ち残った人だ。『バチェラー・ジャパン』は以前ちょっとはまって、最近また思い出していたのだ。

なんとなく、興奮して帰る。

最近、いろんな人との引き寄せが頻発しているのだけど、こういうのが起こるときはどんなときだろうと考えてみた。

まず、その人のことをその前の数日、1週間、しばらく考えていた、という私自身の意識がある。毎日考えていなくても、「ふと思い出す」ということが何度かあった。単純に「どうしているかなあ」と思い出すだけの場合もあるし、個人的に（面識はないけれど）すごく好きだから、意識的に考えたりしていた場合などいろいろだけど、とにかく「ふと思い出して」が何度か繰り返されている。

同時に、こういう引き寄せが続くときは私自身の波動が上がっているとき。掃除をしていたり、言霊に気をつけてマイナスのことを言わないようにしていたり、一日の中で自分がワクワクする時間を増やすようにしていたり、そういう「波動が上がる行動」をなにかしらしているときだ。

　このふたつの要素が組み合わさると、引き寄せがぐんぐん起こり始める。

　そう、それと今日話に出てきた瞑想、そこにもなんとなく答えがあるような気がしている。

　昨晩、夫が最近の話をしていたときにも、瞑想の話が出てきたしね。

6月1日（土）

　今日、オフィスで仕事をしていたら、一緒に来ていたプリンスが奥の部屋からＤＶＤを持ってきた。『アウト・オン・ア・リム』のＤＶＤ。

　おおおお……これ、どこから持ってきたの？　しばらく探していたけど見つからなかったのに。たぶん、いろんな書類が積もったどこかからのはず。

　さっそく観てみたら、こんなに瞑想のことばかり出てくる映画だったことを思い出して驚いた。数年前もそうだったけど、私って、「自分を高めたい」という気持ちになっているときに必ずこの映画を観るようになるんだよね、なんなんだろう……。


　買い物に行って、私の夏物の洋服をまとめ買い。

6月3日（月）

　今朝のこと、オフィスの金庫を開ける用事があって鍵を差し込み、暗証番号を押したら……開かなかった。

え？　どうして？　と同じことをしてみたけれど、やっぱり開かない。

え？　どうして？　再度、暗証番号をゆっくり押してもダメ。

他の人に連絡して確認しても暗証番号は合っているので、これはまずい、壊れたのかも、と思い、すぐに金庫を開けてくれる業者さんをネットで探した。

「開かなくなった○○を開けます」という広告の出ている会社に連絡してみると、「30分後に行きます」ということだったので、来てもらうことにした。

待つこと30分弱。学生のような、ん？　少年？とも思えるような男の子？がやって来た。

金庫をチラ見すると、「これは旧式のタイプなので、開ける見積もりはこれです。壊す場合は……ここまで大きなものになるとこれです」といきなり見積もりを提示された。結構な金額。なにより、そのぶっきらぼうな態度にひるむ。

「暗証番号は確かなので、鍵の問題もあるからまだすぐにお願いするかどうか迷うのですが、どう思いますか？」と、一応相手は金庫開けのプロだと思うので聞いてみたら、「早く決めてください、僕も次があるんで」と言われる。

「どうしたの？　ここに来る前に、なにかあったの？」と言いたくなるほどふてくされている。もちろんやめた。こんな人に頼む気はしないし、この態度を見ていてちょっと思いつく私自身の反省点があったから。

　ここしばらくの私は、感謝が足りなかったような気がする。今の幸せではなく、足りないところやちょっとした不満に焦点を当てて拡大していたような気がする。

寒々しい反省の心でそれらを思い返し、ふと、私が大好きでお参りしている「いつものあそこ」の神仏が心に浮かんだ。

そしてもう一度暗証番号を入れて鍵をまわしたら……開いたのだ。

ビックリ……でもまあ、そういうことだよね……ね。

今思うと、あの態度の悪い金庫開け業者の青年は、これに気づかせてくれた神様だったかも。

6月5日（水）

仕事のことで、迷っていることがある。ＡにするかＢがいいか……。一番の理想の形はＡでもＢでもないＣなんだけど、私の力でＣにすることはできないので、妥協案として出てきたのがＡかＢ。うーん、でもどっちになってもモヤモヤするなあ。

そう考えてわからなくなっていたのだけど、さっき急に「いや、意外とＣが理想というわけではないかもしれない」と思えてきた。Ｃでなくてもいいかも……そう思った途端、急に気楽に。

私はこの「気楽になった」という感覚自体を信頼しているので、もうどっちになってもいいと思うことにした。

6月6日（木）

明後日、ファンクラブのツアーがあるので準備をする。着ていく予定の洋服を着てみたり、いろいろとシミュレーションしたりして。私はこの時間がとても好き。

天気があまりよくないようだけど、それも含めてとても楽しみ。


この数日、全仏オープンの錦織圭とか大坂なおみの試合があったけど、私はテニスの試合って見られない。応援しているほうが優勢でも劣勢でも、先が不安なので見たくない。見られるのは、応援しているほうが勝つとわかっている試合の録画くらい。

6月8日（土）

今日はファンクラブ「ホホトモ」の皆さまと行く箱根ツアーの日。

曇り空で、暑くなく寒くなくちょうどいい。箱根に着いて、鮮やかな緑の山の写真を撮っていたらサーッと光が差して太陽が顔を出した。

47名の参加者と、バスの中で合流、箱根神社に向かう。まだ皆さん、ツアーが始まったばかりなのでベラベラおしゃべりするでもなく静か。バスのマイクを使ってご挨拶をして、なぜ今、箱根神社なのか、私が思うところを話す。

バスを芦ノ湖沿いの手前に停めてもらい、下見のときに決めた散歩道から鳥居を上がるコースを歩いて行った。日差しが差してきて、緑の中の光が清々しい。顔見知りのホホトモさんとポツポツ話しながら歩く。いつの間にかすっかり青空。

箱根神社は、パワーが強い神社でありながら、これまで私はあまりご縁（魅力）を感じなかったのだけど、今年になって急に気になり始め、令和になってからその気持ちがさらに強まった。令和の「れい＝零」は始まりのゼロ。まっさらななにもない状態、なんでもありの新しい時代。それが、パワーが強くてなんでも一緒くたにご利益の幅が広い箱根神社のエネルギーと重なる気がしたのだ。令和の「わ＝丸、真円」はそれだけで完全、始まりであり終わりでもある。時代を憂えて、自然災害や政治など今の自分の環境のせいにして、未来への不安に焦点を当てて暮らしていく人と、同じ環境にありながら、今ある状況を楽しく面白く捉えて、自分が心地よくワクワクするように物事を捉えて暮らしていく人たち、その二極化が、令和の時代にさらに加速するような気がしている。

↑出版にあたって読み直している1年後の今、コロナが出現し、本当にこの通りになっているなあ、と驚く。

そんなことを考えながら、お参りをした。本殿に上がっての正式参拝をお願いしていたけど、これまでのホホトモツアーでめぐった神社の正式参拝の中で、かつてないほどあっさりしていた。この商業的なところが箱根神社を表している気がして、なんとなく笑えた。でも、これでいいのだ、これで。

ランチは、箱根プリンスホテルの「ル・トリアノン」。貸切にしているのでいつも通り、各テーブルをまわりながら皆さんとゆっくりお話ができた。

「数ヶ月後にこんなうれしい状況になっているとは思ってもいなかった、ということがあったんです」という報告話が多かった。そうだよね。頭で考えるとこの最悪な状況がしばらく続いてしまうだろうなとか、絶望的と感じることでも、それはただの想像。一寸先にどんなうれしい変化が起こるかわからない。それを期待して進めば、その可能性が広がるというものだ。

それから、「自分が引き受けているものが重すぎていっぱいいっぱいになっているときは、意外とその状況をそれに関係ある誰かに全部話してしまうことが解決につながることがある」という話もいくつかあった。話された側は、案外あっさりと協力してくれたりする。そこまで大変な状況になっているとわからなかっただけということもあるし。自分の状況を素直に話すというのは、話す相手とその事柄の成り行きを信頼しているからできることだよね。

ランチのあと、九頭龍《くずりゅう》神社へ。ホホトモさんとゆっくり話しながら歩く。

「夢や望みのことを考えて期待すると、そうならなかったときにがっかりするから期待しないようにしている、イメージした通りにならないのは実現する力が弱いから？」というご質問があった。

実現する力が弱い、という人はいない。それは単に、望んでいることを考えているようで、それと逆のことへ意識が向いている時間が長いだけだ。逆のこととは、心の底で「本当にそうなるだろうか」と思う気持ちが常にあったり、不安や心配している自分がいたりする、ということ。

望みについてイメージ（宇宙へオーダー）したあと、それを思い出すたびに「かなわなかったら……」という思いがセットで出てきてしまう場合（人）は、望みを一度オーダーしたら、そこから完全に離れてしまったほうがいい。考えなくていい、ということ。毎日ギュウギュウイメージしなくていいということ。念じると、結果的に離れていくから。そして目の前の日常生活で、望みと同じ波動ですべてをワクワクして過ごせばいい。人によって、毎日望みについて考えているほうが楽しいという人もいれば、そうではない人もいる。

イメージの仕方に正解はなくて、どちらのほうが自分が楽しくなるか、楽しく楽に感じられるか、そっちがその人にとってはうまくいく。

掃除の実験結果の報告も多かった。

思い通りにいかなかった小さなこと、たとえば美容院の予約が満席で取れなかったけど、そこで掃除をしたら予約しようと思っていた日にキャンセルが出たと連絡がきた、というような話。自分に起こって欲しいことと同じ種類の朗報が芸能ニュースとして流れてきた、など。みんな、偶然はないからね。

他にもたくさんあったけど、おかしかったのは、どれも「たいした掃除」ではなく、自分の部屋のものすごく小さなスペースとか、ものがたくさん置いてあって部屋が汚いから「ほんの少しだけ、ささっと拭いただけなのに、こんなに効果があったんです！」と皆さんが強調していたこと（笑）。

入り口近くの白龍さんがお祀りされている社と、奥の本宮にお参りする。

ここでは、神様の力がなくては突破できないような大きな望みをお願いしたほうがいい。お願いした望みを聞いてみると、「それは、今のあなたが普通に進んでいけば実現するんじゃないかな?」という場合が意外と多いから。神様の声が聞こえる人に言わせると、ここでなにかをお願いしたときに、「え? そんなことでいいの?」という声が聞こえてくることがあるという。これも、パワーが強いここの神様の特徴だろうか。

本宮の奥の石段を降りて、芦ノ湖の淵でみんなで写真を撮ったりして堪能する。

そこからは自由時間。水族館に行ってもよし、お買い物をしてもよし、どこかでお茶するもよしだ。

私はスタッフTちゃんと一緒にロープウェイで箱根元宮に登った。

結構登る……。降りたら一面の霧、霧と空しか見えない。

歩いていくとその真っ白な中に鳥居がうっすらと見えてきて、階段を登っていくと本殿が現れた。これは天空の城だね。

本殿の横には、石が奇怪に積み重なった場所が広がっている。ここはなんだろう。霧のせいもあって、宇宙船の発着場のようだ。結構広い。面白い場所があるもんだね~。ここ、霧が晴れていたら神秘さは薄れるのかな。

残りの自由時間は箱根プリンスのティールームで、ホホトモさんたちとおしゃべりする。

バスに乗って、箱根湯本の駅で皆さんを降ろした直後に、雨が降り始めた。これまで降るのを耐えてくれていたみたい。ありがとう。とても充実した旅だった。

6月9日（日）

今日は一日ゆっくり休む。今年は「ホホトモのイベントをこれまで以上に楽しむ」と決めているので、翌日のこの時間もセットで楽しもう。

1年半ぶりくらいに瞑想を再開した。以前、友達に誘われてちょっと習った瞑想の方法。それを自分流にアレンジしたもの。あのときはプリンスの出産間近だったし、出産後はすぐにやめてしまったけど、少しの瞑想で結構いろんなことが起こったんだよね……。オフィスのベランダにクジャク!!が止まっているのも見たし。今回もなにか起こったら楽しいな。

6月10日（月）

三笠書房の編集者さんたちとランチをする。最近私は、人と会う場というのは、「お互いに必要なメッセージが動く瞬間」だと感じるので、今日もその気持ちで臨む。

パークハイアットの「ジランドール」。昔からの担当Hさんと、最近文庫でお世話になっている新しい方ふたりの4人。

Hさんと会うと、なぜかいつも「すごくスピリチュアルな話」になってしまう。Hさんがスピリチュアル好きでいつも研究熱心だから、かな。思いつめた暗さがないところがすごくいい。前回話したこと、たとえば私の母が昔、気功をやっていて……ということも、「あのあと、気功のお教室を探して行ってきました」みたいなフットワークの軽さがある。

今回も、「ところで、魔法学校っていうのがあるんです、ご存知ですか？」と突然話し始めた。海外のある場所で開かれている、スピリチュアルな部分（能力）を鍛える学校らしい。朝から晩まで実技も勉強して、国もサポートしているかなり厳しいカリキュラムのもの、らしい。

「で、私、それに申し込んだんですよ」とか言っているので笑った。そしてそのあとに、「でもやっぱり行く気がしなくなってキャンセルしたんです」とか言って（笑）、「魔法学校と言うたびに気持ちが上がりますよね」というのには同意。

え？　今日の私へのメッセージって、この魔法学校？　いやいやまさか……。

6月11日（火）

爽やかな一日になりそうな空気。プリンスを送ってから、このあいだカフェで会った友人と『バチェラー・ジャパン』の倉田茉美さんとランチ。

倉田茉美さんは思っていた通りの人だった。陥っている状況が私のその頃（今のKさんと同じ年齢の頃）にとても似ていたので、手に取るようにわかった。それを経験している私からすると、「大丈夫、未来は明るいから」とはっきり言える。この時期、そういうこと、悩むよね。頭がいいと余計にね。あ、別に私も頭がよかったという意味ではないのだけど、その手のことをまったく気にならずに年齢を重ねる人もいるので、「繊細」とは言えると思う。

今日会った友人に言われて、個人のツイッターを始めることにした。

今の20代（から30代前半）の人たちって、ＳＮＳのフォローの人数が「すごい」の基準になるんだね。本で言うと、昔の「何万部突破」みたいなことなのかな。

今日も私は、「この人たちが今日私に伝えてくるメッセージはなんだろう」という意識でいた。今日ははっきりとあった。

6月14日（金）

瞑想をして、朝食のあと、床の水拭き、洗濯をする。
ママさんが来たのと入れ違いに私はオフィスへ。集中した。
家に戻るときに、「これ、持って帰ろうかな」とふと目に留まったものがあった。でも、別に今日使うわけではないし、明日も来るからいいかな、とそのまま置いていったものを、今日に限ってママさんが「〇〇があったら貸して欲しいんだけど」と言ってきた。
帆「あぁ、さっきそれ持って帰ろうかなって思ったんだけど、置いてきちゃった。結局、直感ってそういうことなんだよね～」
マ「そうそう（笑）、小さなあれ？と思ったこともやらないとダメよね」
帆「あれを今貸せなくても問題があるわけじゃないけど、そういう小さなことが積み重なって大きなことになるんだよね」

とか話す。

KAZENグループの故矢澤会長を偲ぶコンサート（@紀尾井ホール）にママさんと出席した。

驚いた。どうしてこんなに感じ入ってしまうのか……。

私は友人のお父様である故人の矢澤会長と面識があったわけではない。その友人と私は、カンボジアの里子の里親同士として出会い、それ以来、仲間数人で日本国内に旅行したり、ベトナムやカンボジアに行ったり、傘下の会社から「浅見帆帆子ライン」という介護ユニフォームを出させていただいたりしたけれど、お父様の話が出たことはそんなになく、要はその程度の「面識」なのだ。それなのにどうしてこんなに泣けるのか……。

私、矢澤さんのお父様のお顔に、異様に懐かしみを覚える。それがもうただただ不思議だった。

G線上のアリアもモーツァルトのレクイエムも、3種類の「アヴェマリア」も……最高。最後の第九（4楽章）はまさに「歓喜の歌」だったし。第九は魂を昇華するね。

指揮をなさっていた三枝成彰氏の説明によれば、第九は、「シンフォニー」という男性のものと、「合唱」という女性のものが組み合わさった（本来は歴史的にも絶対に組み合わせることはない）異例のややこしい曲だそうだ。それなのに圧倒的に聞く者に感動を与える、というのはすごいことらしい。ふむふむ。

私、キリスト教音楽がこんなに好きなんだから、これにもっと触れる生活をしたいなあ、と思う。かと言って、どこかの合唱団に入るということではないんだけど、なにかないかなあ。

「それが原点なのよ、あなたの」とママさんに言われる。「小学校からずーっと毎日賛美歌を聞いてきて、それがあなたのベースで原点なのよね」と。

そうそう、コンサートの途中で、「ママが亡くなったらこの曲を流してね」と言われた曲があったので、「ママは、終活っていうか、亡くなったあとにこうして欲しいみたいなの、考えてるの?」と聞いてみた。

マ「終活っていう言葉は好きじゃないけど……。そうね、ないわけじゃないけど……そこまで真剣に考えたことはないわ」

帆「すごく具体的に細かく決まっていると、残された者にとってはわかりやすくていいのかもね。それが一般的に変なお願いでも、本当にこうしたかったんだろうなあ、っていう本人の望み通りにできて」

とか話す。私にとって、はじめて近い者の「死」を意識したと言っても過言ではない会だった。

私は今、掃除と瞑想を通してステージが上がっているところだと思うので、感性が上がっている気がしている。今日のコンサートもその表れ。

今日のコンサートに対して、まったく違う見方をする人もいるかもしれない。意地悪な見方、斜めな見方、またはなにも感じずに通り過ぎる人だっているだろう。それは故人がどんなに素晴らしい人でも起こり得ることで、そういう様々な人がいて世界が成り立っているのだから当然だ。

物事の存在意義はそこにあると思う。つまり、私自身がなにも感じず、それどころか「一体なんなの?」と思うようなことでも、どこかで誰かを救っていることがある、ということ。今日、私が面識のない人の追悼コンサートで異様に感じ入ったように、誰かにとって人生のキーとなるような気づきを起こしているかもしれない。

感性が上がるというのは、知性が上がる（増す）ということ。知性が上がると、ひとつのことをあらゆる側面から見られるようになると思う。

6月15日（土）

雨。夫は早くから軽井沢へ。

プリンスと朝食を食べてから本を読む。プリンスは向こうでレゴに夢中。

今、久しぶりに『アウト・オン・ア・リム』を読み返している。「死は通過点に過ぎず、魂の旅は永遠に続いていく」という点について、これまでよりずっと興味がある。前よりも、それを実感できそうなステージにきた、という感じだろうか。もっと知りたい、体感したい。

私はどこからきて、どこに行くのか。

6月16日（日）

個人でツイッターを始めたのは、私が自分の本の中に描いてきた「ダイジョーブタ」のツイッターができたから。私もツイッターのアカウントを持っていないと、読むことができないので。

まだいまいち使い方がわからない。友人に送ったメッセージが、「私と友人だけに見える設定」で送ったはずなのに、「ホホちゃん、それ丸見えだよ」とか「ホホちゃんのタイムラインに載っちゃってるよ」とか連絡が来るたびに、慌てて削除している。当分のあいだ、他の人と交信せず、おとなしくつぶやくだけにしよう。

6月17日（月）

5時に目が覚める。窓の外はもうハワイの香り。

コーヒーを淹《い》れて仕事をする。今日は精力的な一日の予感。

プリンスに新しい朝食メニューを作った。だんだんと大人と同じようなメニューが食べられるようになってきている。子供にまつわることって、あんなに大変だったのに過ぎてしまうとホントに忘れ去っていくね。離乳食を作って母乳もあげていた時期が一番大変だったけど、そのときの感覚とか、どんなスケジュール感だったとか、ほとんど忘れちゃった。

午後、みんなで昼寝。ハワイのビーチで寝ているみたい。

起きてから公園へ行く。外はものすごい暑さだ。まだプリンスに帽子を買っていなかったので、私のキャップをかぶせたら、ちっとも緩くなかった……。


最近は、体力があってエネルギッシュな日が続いてる。瞑想のおかげかな。

6月18日（火）

次のホホトモツアーの下見で、富士山のエリアの神社をめぐる。

印象的だったのはこのふたつ。

移動の車の中で、窓からの景色を眺めていたときのこと。とても開放的な素晴らしい気持ちでその場を楽しんでいたのに、そこでメールをチェックしたら、気がかりだったちょっと憂うつな件の連絡がきていて、それを読んだ途端に気が沈んだ。そしてそのまま顔を上げると、さっきまで輝いていた景色がどんよりと曇って見えた……ということ。

もうひとつは、同行した友人から聞いた、「仲良くしていた人から受けた金銭的なトラブル」の話。今も解決していなくて、相手がどう出てくるかを観察中という……。

金銭トラブルがあったら、それはもう本当には付き合えないよね。

「……最初から本当には付き合ってない」と友人がしみじみ言うのがおかしかった。

6月19日（水）

朝、ベッドの中の起きているか寝ているかわからない時間のときに「瞑想と掃除！」とつぶやいて起きた。瞑想をするようになってから、この明け方のつぶやきが戻ってきたんだよね。

いつも忘れた頃に連絡をもらうのだけど、そこから先にはいつもつながらない人っている。あ、返信しようと思っているうちに日が経ってしまったり、なんだか約束がうまくいかなかったりするようなことが毎回起こる。そういう関係性こそ、そこにどんなご縁があるのだろう、と興味深い。

4月からプリンスは週に2回プリスクールに通っている。なので私も週に2回、午前中はそこにいる。とてもいい。ママ友と話すのも、癒し。

6月20日（木）

2020年の東京オリンピックのチケットが当たった。びっくり。

陸上の予選と決勝と表彰式、2日分で8名も。新しいオリンピックスタジアムに入れる競技というのがうれしい。

6月21日（金）

今日はディズニーシーの日だ。うれしい、楽しみにしていた。

11時頃に着いて、ディズニー通の友達（と子供）と合流して中へ。

おおおお……シーって、私は1、2回しか来たことがない。前に来たときは、ランドに比べてチマチマとしたアトラクションばかりで、あまり面白くなかった印象がある。

いろいろとよくできているよね。まず、この地面。他の遊園地は一般道のコンクリート地面の延長だけど、ディズニーはここから違うもんね……。

友人のガイドに従って、水の上をグワングワン動く乗り物とか、他にもこがわいいアトラクションに乗ってから、ミッキーマウスと写真を撮る列に並んだ。

は？　写真を撮るだけに1時間？

「……撮らなくていいかも」と言ったら、「ダメだよ撮ってあげなくちゃ！　はじめてのミッキーなんだから！　私なんて210分のときに並んだよ」と言われる。

うーん……すごいね。ひとりで並んでいる人とか、いる。大きなぬいぐるみを抱えている人とか、男性とか……すごい世界だ。後ろの女性が、自分の順番が近づいてきたらお化粧直しを始めた……すごい世界だ。

やっと私たちの番になって写真と動画を撮った。そのとき、たまたま端っこの裏口からドナルドダックが出てきて、サッとプリンスの手をとって歩き始めた。私はお客さんの列の横を小走りで移動して動画を撮る。プリンス、たまたま、よかったね。

それから室内のアトラクションで遊んだり、ミッキーの形のアイスを食べたりしたけど……総じて、世の中の母親というのはすごいな、と思う。ひたすらジーッと列に並び、眠いと言われれば抱っこをして、トイレと言われればトイレに走り、その合間にすかさず写真を撮って……頭が下がる。

５時近くまで遊んで、友人親子は同じプリスクールの友達と会ったので、私とプリンスは先に帰る。２歳児には充分だ。

この帰りの出口までがとても遠かった。プリンスはバギーに乗ろうとせず、一生懸命に腕を降って走ったりして頼もしい。そんなプリンスをいじらしく思い、入り口近くでミッキーマウスのチケットホルダーを買う。

そして駐車場で、自分の車をどこに停めたかわからなくなった。柱についているディズニーキャラクターを見ても思い出せず、４階と３階のあっちこっちを探したけど見つからない。このあいだ中、プリンスをずーっと歩かせているのがなにより気になる。もうクタクタのはずだ。

そこへスタッフの人が歩いてきたので聞いてみた。

スタッフ「何時頃に入られたか覚えていますか？」

私「11時くらいです」

取り出した紙をじっと見て、

スタッフ「その時間帯ですと３階の○○のあたりにご案内していると思います」

と言われてその場所に行ってみたら、あった。ディズニーのキャスト、最高。この最後の応対で、また来ようと思った。車に乗った途端、プリンスは爆睡。

6月22日（土）

今朝起きたときに、ちょっと気になるあることを思い出した。そこを突き詰めて考えていたら、今すぐなんとかしないといけないような焦る気持ちになったけど、私にはどうにもならないことなので、すぐに宇宙に預けた。宇宙に放り投げた感じ。

あの、心がドヨンと重くなる瞬間、あの瞬間にすぐ宇宙に投げて手放したい。それが早ければ早いほど、心も軽く解決も早い。

昨日のプリンスの、帰るときに文句ひとつ言わず、泣きもせず、私を励ますように歩いていたあの感じ、あれはとても頼もしかった。こういう頼もしさ、プリンスにはよくあるんだよね。

私の弟の幼少期とも似ている。私は弟と5つ離れているので、小さい頃の感じをとてもよく覚えているのだ。外見もプリンスとそっくりなので、たまに母は（私でさえ）間違えそうになるくらい。

6月23日（日）

まだ本になっていない去年の「毎日、ふと思う」の原稿を読んでみると、去年は結構体力的に大変だったことがわかる。授乳と離乳食の日々。でも終わってみた今、ほとんど覚えていない。それよりも常に目の前が更新されていくので。子供はいつも「今が一番可愛い」というのにも通じるのだろう。

子育てだけではなく、これから先に大変なことも必ず終わりがくるんだよね。それも意外と早く。

今日はホホトモサロンだった。

帰ってきて、最近の私のお楽しみの梅酒をちびちびといただく。実家で漬けている梅酒。

今日のは２０１６年のもの。さっきキッチンで、その梅酒の瓶を開けるためにかがんでいたら、「ママ、どいてくれる?」とプリンスに言われた。……「どいて」なんて、そんなことが言えるようになったのね。

6月24日（月）

なにかで見たんだけど、林真理子さんと瀬戸内寂聴さんが話していて、「運のいい人になるには」というテーマのときに「運のいい人のそばにいる」とか「自分のことを運がいいと思い込む」というようなよく聞くコツが出てきた最後に、こういうのがあった。

「自分の悪口を言われているのを聞いたら、運がいい！と思う」

笑った。


私はネット上でなにかを決めるときに「口コミ」というものを見たことがない。それが良いものでも悪いものでも、それらはあくまでそれを書き込んだ人の体験だからだ。違う価値観の違うエネルギーの私がそれを体験したら、違うことになるかもしれない。

そんなことより信頼できるのは自分の感覚。そのサイトを見たときに感じること、「あ、なんだかここはいいような気がする」という感覚だけが頼りだし、それで失敗したことがない。自分こそ、最強に信頼できる私の占い師。

それを信じられるようになるには、小さなことから積み重ねていかないと。たとえば、今日のランチのメニューを決めるとき、自分が一番食べたいものをパッと選ぶ、というようなこともそこにつながる末端だ。いつも自分の感覚を大事にすること。観察すること。

6月28日（金）

今日もムシ暑い。プリンスが出かけている今のうちに仕事をしようとパソコンに向かうも、やる気が出ないので瞑想をする。

30分後、なんとなくスッキリして目を明けた直後に宅配便が届いた。開けてみたら、それを見た途端に仕事のアイデアが降ってきたので、急いで机に戻る。

7月1日（月）

この1週間、「毎日、ふと思う」の読み直しでオフィスにこもっていた。

今日、やっと終わって、プリンスと出かけられることがとてもうれしい。

仕事の合間に『アウト・オン・ア・リム』だけは読んでいた。私も、環境に関係なくいつも幸せを感じるようになりたい。たまにその「何物にも邪魔されない至福感」がやってくることはあるけれど、あれを維持できるようになりたい。どうすれば維持できるだろう。今のところ、それがやってきたときの感覚をよーく味わって忘れないようにしておくこと。これ、これだよ、この幸せ感だから、忘れないでね。と体の芯に刻み込む。
もっといろいろ読みたいので、巻末についていた訳者の山川ご夫妻のオススメ本リストをいくつか注文した。

毎週月曜に配信している有料メルマガ「まぐまぐ」の購読者の方に、暑中お見舞いを送らせていただくことになった。印刷だけではなく、できれば手書きの一言メッセージをつけたいな、と思う。と担当さんに言ったら、「……え？　それは…………ものすごく大変ですよ」と言われ、……そうかぁ、と考える。でもまぁ、1000名はいないので、コツコツやれば終わるよね。それに、そのほうがやっぱり気が乗るよね。

7月3日（水）

『アウト・オン・ア・リム』に出てくる中で「なるほど」と思ったのは、「神」というものの科学的な証明の部分。
私たちを構成している陽子（プラス）のまわりを電子（マイナス）がまわっている、電子をまわらせている仕組みこそ、「神」である、という……。詳しくは読んでいただきたいけど、私にはとても説得力があったのです。

巻末から注文してさっそく届いた一冊を読み始めた。まずは『ホワイトホール・イン・タイム』という本。今日読んだところまででよかったのは、過去に対しても未来に対しても他のあらゆるものに対しても「恐れのすべてを解放する」というところ。

考えてみると、私たちの悩みのほとんどは、過去への思いや未来への心配（恐れ）だ。それが全部必要ないと思ったら、それだけで軽やかになった。

「恐れを全部なくしたら、すごくハッピーになった」

と夫に言ったら、

「帆帆ちゃんに恐れなんて、あるの？」

と　言われた。ありますよーーー!!

7月4日（木）

昨日の夜、寝るときにプリンスが熱いなと思って熱を測ったら38度5分も……。

朝になり、すぐにいつものクリニックに連れて行く。

ただの風邪だった。薬局の前に車を停め、処方箋を渡してできるまで車の中で待つ。15分後、取りに行くときにプリンスが目を覚まして「一緒に行く」と言って泣くので、抱っこしたまま薬局に行く。車に戻ってさぁ帰ろうとしたら、プリンスが後部座席の自分の椅子に座ってくれず、「抱っこー、抱っこー」を繰り返しているので、しばらくそのまま運転席で抱っこする。熱もあるしね、苦しいんだよね。

「抱っこしていると運転ができないから家に帰れないよ!?（ずーっとここにいる？・）」という話をゆっくりと何度も話して聞かせ、やっと納得して後ろに座ったので急いで帰る。

　こういう小さなことひとつひとつ、子供を産むまで知らなかった。こんなこと、世のお母さんたちがみんなしている日常の普通のこと。

　それにしても、プリンスは38度あるのにとても元気。


　午後、やっとプリンスが寝たので、そのそばで本を読む。

『ホワイトホール・イン・タイム』は、難しくて挫折。

7月5日（金）

　夜中、プリンスが目をつぶったまま急に震えてきたので、「寒い？」と聞いたら「寒い」と言う。最近のプリンスは私が言った言葉をそのまま繰り返すことがあるので、試しに「暑い？」と聞いた。すると「暑くない」と言うので、これは熱が急に上がる前の震えかもと思い、布団で体をしっかりとくるむ。

　すぐに汗をかき出したので一度着替えさせる。朝には37度8分になっていた。

私は最近、環境に左右されない恒久的な至福感や、揺らぐことのない心の幸せなどについて考え続けている。ピンとくる本を読み、深く考え、心の声を聞く。……迷走中。
ものや環境によって作られるのではない至福感はたしかに永遠かもしれないけれど、人には誰でもそれなりの物欲や望みがある。常に。それらすべてを手放すなんて、それもそれで苦しいよね。

現状を否定（これが不満、これが嫌、と今の状況を否定）した上でなにかを願うのは違う（手に入らない）と思うけれど、まず現状を受け入れ、「今も幸せ」と感じ、その上で望んでいるものや環境の素晴らしさにワクワクするような姿勢ならいいんじゃないかな。それを願っている途中の今も幸せ、という感覚。そして、結果にはこだわらない。一生懸命やったときに自分の望みと違ったほうへ流れていったら、そっちはそっちでよいのだろう、と受け入れること、それであればいいんじゃないかな。ここまではこれまでの私もそう思ってきたことだけど、もっと精神的に先へ進むと、それすらなにも望まなくなるのだろうか、と思う。

「……と思うんだけど、どう思う？」と私の心友たちにライン。

何回かやりとりがあったけど、最終的にこれに落ち着いた。

「お釈迦様の教えはひとつなのに、弟子たちの目の付けどころ次第で仏教の宗派がたくさんになったのと同じ、だから自分流の解釈でいい、それもお釈迦様の教えの一部」

そうだよね、いろいろな教えや解釈があるけど、それもその教えの一部。理解できるところから進めていけばいいし。

なにごとも、それを知ったときに「それ、いいねえ」と自分の心が軽く感じるものが自分に合っているものだと思う。その道から山に登ればいい。

九州地方の雨の被害が続いているようだ。自然の力はいつも大きい。被害が最小限にすむように祈るしかない。

7月6日（土）

プリンスの熱はすっかり下がった。

夫にプリンスをまかせて、開店と同時にデパートへ。

友達へのギフトや出産祝いを買う。同じお店で全部見つけることができてうれしい。女の子の洋服って、本当に可愛いものが多いよね。私好みのテニスウェア風のワンピースが子供服のエリアで１６６センチのサイズまであったので、私用に買った。

食料品を買って帰る。

帰ったらプリンスが夫にじゃれついていた。リビングでウトウトしている夫のお腹に馬乗りになり、足の先端に顔をつけて体を伸ばしている。しばらくして、そのままふたりとも寝た。馬乗りになられても起きない彼もすごいと思ったが、そこで寝られるプリンスもまた……。

仕事のことで、あり得ないようなミスを発見した。

ミスと言うか、怠慢だよね、これは、と鼻息が荒くなる。これ、私が確認しなかったら、そのままスルーしていたのだろうか。これをきっかけに、「見直したほうがいい」と前から思いながらそのままにしていたことを伝えようっと。

考えてみると、今年のはじめ頃からそれについて疑問を感じて「見直したほうがいい」と思い始めたけど、「もう少し様子を見よう」と延ばしていた。するとこうして決定的なことが起きて、言い出すきっかけができる。自分が「なんとかしよう」と思うと、それに必要なことが起こる。完璧な流れ。


あぁ、部屋が思う存分、散らかっているけど、居心地いい休みの夜。

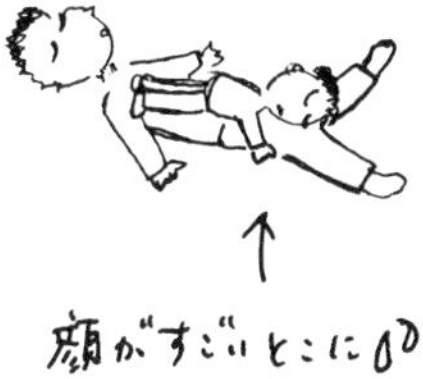

7月7日（日）

穏やかな雨。シトシト雨。こんな日に、夫はゴルフの試合で36ホールもまわっている。想像するだけで寒くなってくる。夕食に美味しいものでも作ろうっと。

物事って本当に、その人が考えている通りのほうへ進んでいくな、と思う。こうしたい、と思うことがあって、そこをオーダーしておくと、そうなるために必要な事柄が起きてくる。面白いほどだ。それは一見、トラブル……まではいかなくても面倒な厄介ごととしてやってくるときもあるけど、実はそれが状況を変えられる絶好のチャンス。

私はこの日記に毎年1回はこれを書いているような気がするけど、それは本当に何度も何度もそれを実感することが起こるからだ。そしてそのたびに、人生への信頼と安心が増す。しとしと雨の日は仕事がはかどる。梅酒をチビチビしながら。

7月8日（月）

引き続き、「魂の進化」「輪廻転生」「死んでからの次の世界」「自分は誰か」「この世に生まれた意味」「科学的に神とはなにか」というようなことに興味がある。それ以外のことには興味がない。今後もそうだろう。表面的には別のことに興味がいくこともあるだろうけど、根底にはいつもこれがあると思う。

自宅のリビングに新しい机がきた。実家にあったカッシーナのガラスのロングテーブルが「いらなくなった」と父から連絡があったので、ありがたく頂戴することにしたのが3週間ほど前。

こんな大きなガラスのテーブルを運んでくれる運送屋さんが見つからず……と言うか、保険などで必要以上に高い。運送費で20万近く。そこでカッシーナに連絡して運んでもらうことにする。

今日の1時以降の配達でお願いしたのに、11時に実家で積んでからそのままこっちに向かっている、と父から電話があった。そして運送屋さんがマンションに着き、コンシェルジュに連絡したら、私がちょっと前に帰ってきて在宅していると言ったらしく、1時より前に来てしまった。たしかに私は部屋にはいたけど、仕事のオンライン会議中。だって、来るのは1時以降とお願いしていたからね。

こういうのって、各人が自分たちだけの判断で動いているよね。在宅しているからって受けとれるとは限らないし、「1時より前は無理だから1時以降」と予約しているのに、意味がないじゃん……。

でも、運送屋を手配しているカッシーナの担当者にそれを連絡するのももう面倒で、なんとかなるだろう、とほうっておいた。

すると珍しく打ち合わせがものすごく早く終わり、12時半頃の搬入でも大丈夫になる。ラッキーだ。机の位置だけ指示をして、急いで次の仕事へ。

戻ってきてから改めて机をよく見たら、とてもいい。収まりもよく、部屋になじんでいる。今このリビングには、カッシーナのガラスのテーブルが3つあって、まるでカッシーナ好きの部屋みたいになってきた……別に特別好きなわけではないんだけど。

ダイジョーブタのダイカットポーチができてきた。ビニールやコットンなど、3種類の生地の中から気に入ったのをひとつ選ぶ。完成したら意外とよかったのがビニールだった。バッグから取り出すたびにすごい存在感。

7月9日(火)

瞑想のやり方がいまいちわからない。これで合っているのか、うまくできているのか、実感できない。ただ、やっていると、日常生活にいろんなことを思いつくようになるのはたしか。あっちとこっちのピースがすぐにつながるという感じ。今月半ばに神社のイベントで瞑想について話す機会があるのだけど、体験談を話すのがいいと思うので、これをメインに話したい。

さて、今日のお楽しみは、学校の後輩ちゃんに会うこと。

彼女独特のおしゃべりを聞くのがいつも本当に面白い。基本的にとても優しくて合理的だし、おしゃれだし。今日も私好みの格好で高級ホテルのラウンジに座っていた。そんな素敵な格好なのに、ここまで自転車で来るところもいいよね。

帆「え？　自転車？　どこに停めてるの？」

「そこらへんにつないでます」

とか言って（笑）。話していると、やる気が出る。

それにしても、このラウンジのいいところは雰囲気だけ。食事は相変わらず……。

7月11日（木）

このあいだのテーブルの搬入時間をめぐった一連のことをジーッと思い返しているけど、ああいうような「面倒」と感じる種類のモヤモヤもサインなんだな、と思う。予定より早く着いてしまったことをカッシーナに電話をするのが面倒だった、そこでほうっておいたら結果的に仕事が早く終わって万事うまくいった。もちろん、あのとき電話して予定通り1時以降にしてもらっても結果は同じだけど、電話したりする手間を思うと、気持ちの状態は全然違う。

こんな小さな、「面倒」というような感覚や、気が乗らないというのもサインなのだ。


吉本ばななさんと奥平亜美衣さんと会う。

ばななさんとは3年ぶり。亜美衣さんとは初対面。

ばななさんが大好きなので会うと緊張する私は、今日もなんかすべっていた。

ばななさんはやっぱりなにか持っていると思う。私が2ヶ月ほど前に知って、しばらく私の中でブームになっていたあるお店の名前を突然出してきて、「ああいうお店、やればいいんじゃない？」と言ってきた。そして、そのお店のいいところも残念なところも私が感じていたこととまったく同じだった。答え合わせをした感じ。

トイレの神様の声を聞いた話も面白かった。

ワケあって、身内のものすごく汚いトイレを意を決して掃除したら、はっきりした女性の声で「ありがとうっ」と言われたらしい。その家に関係のある人ではない声で、はっきりと。やっぱりいるんだね、トイレの神様。それから、部屋や家にはそれぞれ性別がある、という話が出たときには、「わかるワーー」と強くうなずいていらした。私は、車には性別を感じたことがあるけど家にはない。今の自宅とオフィスの両方を考えてみても、浮かばないなぁ。

そして一番盛り上がったのは、『俺の空』という漫画の話。『俺の空』というのは、バブル世代の男どものバイブルのような漫画。女をはべらせながら野望の赴くまま旅をするという（ような話だった気がする）、女性が読むとまったく馬鹿らしくアホくさく理解できない内容で、その上イヤらしいシーンが満載。なんと、私は夫から全巻もらったので知っているの。

……あれ、どこ行ったかな……。

ばななさん曰《いわ》く、「男の夢はいまだにあれだよ」。ばななさんと亜美衣さんの共通の知人で、今も『俺の空』的な生き方をして日本中をめぐっている人がいるらしい。

食後のお茶をいただいてからまさかの盛り上がりで1時間。なんとなく去りがたく、夜、お酒が入って話をしたら楽しいかも、と思った。やっぱりばななさんて、好き。

「引き寄せを体験する学校」で『チベット体操』という本が紹介されていた。「それを始めてから白髪がなくなった」という体験を読んで、なんだかよさそうだと思って注文したのがきたので、一気に読む。これはいい。

7月12日（金）

さっそくチベット体操を始めた。手帳に開始の印をつける。

今読んでいる『The Call 人はなぜ生まれたか』という本によれば、多くの人が神様からの特別な「呼びかけ」を期待しているが、神の呼びかけは「ただ自分自身であること」だという。もっと言えば、こういうこと。

「地球はこの時代にあなたに生まれてくるように『呼びかけた』のです。というのは、愛といつくしみの力を広げることができる魂を、そして従来の型にハマった習慣的、伝統的な見方を超えて物事を見ることができたとき、『何かもっとあるのではないか？』と問う魂を、地球は必要としているからです。地球は『そうだ、もっと何かがあるはずだ』と言える人を必要としています。」

すでに充分に呼びかけられているということ。

そして「何かもっとあるのではないか」というものこそ、私が今年の３月に瞑想を再開したあたりから思っていることだ。精神的な深まりの次の段階、この世に生まれてきた役目、意味……なにかもっとあるのではないか、という思いが今、私を駆り立てている。

夜は、「ギークピクチュアズ」が新しくに立ち上げたキャラクターコンテンツのプロジェクト、「ギークワンダーズ」のお披露目会へ出席する。ギークピクチュアズさんは、私と夫の披露宴のときに、ものすごく大掛かりな映像の数々を作ってくださった会社。

ここから「ダイジョーブタ」もひとり立ちする。ダイジョーブタは大きなパネルにすると、デジタルっぽい他のキャラクターに比べて手描き感満載。モサモサしていて超アナログ。まあ、そこがいいのかもしれないけれど、今後は少し修正する予定。

ダイジョーブタのクッキーなどもできていた。可愛いすぎて、食べられない。

びっくりしたのは、「モンシロちゃん」という、ダイジョーブタの隣にいたキャラクターの原案者が、脚本家の野島伸司さんだったこと。野島伸司さんって、こういう方なんだぁ。とてもマイルド。なんと言っても私は『高校教師』がこれまでの中で一番好きなドラマ、と言っていた時期があるし、『１０１回目のプロポーズ』とか『プライド』とか、私の好きだったドラマの多くが野島さんの作品。

ダイジョーブタよ、そんな原作者の隣に並ぶことができてよかったね。頑張れ、あとはキミにまかせた!!

7月13日（土）

去年の「毎日、ふと思う」の作業がまだ終わらず。今は中の写真のレイアウトとカバーのデザインをしているところ。今年はカバーに写真を使いたいと思っている。プリンスが生まれたときに作ったあのヨットの写真。


チベット体操、いいような気がする。5つの体操のうちの一番目、グルグルまわる体操をすると、初回はたった5、6回まわっただけで気持ちが悪くなったのだけど、今日はただ目がまわるだけで気持ちが悪くなるまでにはいかなかった。5つのうち、私の場合は一番ハードな体操がこれ。それに相当するチャクラが弱っているということらしい。チャクラね……チャクラって、それぞれの意味を聞いたりしたことはあるけど、いまいち実感がわかない。体操によって整うといいな。

チーちゃんによれば、「目もよくなるらしいよ」だって。それはうれしい。最近、目が悪くなって、なにかいい方法がないかなあと思っていたので。

去年、「塩結美《えんむすび》」というボディソルトの仕事で知り合った京都のH社長から、今年も「ちまき」が届いた。厄除けとして玄関の外に飾るもの。パッケージも中身も、すべてがとても京都らしいよね。すぐに玄関にとりつけた。

「これなに？」が口癖のプリンスにさっそく聞かれたので、「家を守ってくれるもの」と答え、「ふーん、そっかぁ」と「これなに？」とセットになっている口癖で軽く返される。

今日は「としまえん」に行った。

としまえんなりに進化していて、幼児の遊べるところが増えていた。

7月14日（日）

昨日も今日も夫がゴルフなので、ママさんに朝から来てもらい、今日も集中して仕事をする。瞑想は、最近は数日に一回しかできていないけれど、それでもすごく効果があるような気がする。

新しいアイフォンケースを買ったので、いつ取り替えようかなと楽しみにとっておいたら、キッチンに置いていたスマホにソースがこぼれ、古いケースがソースまみれになり、取り替えざるを得なくなった。

7月16日（火）

今日ひとつめの打ち合わせで、ある媒体への出演を依頼された。うーん、やってもいいけど、「え？　それって……」という少しモヤッとした部分もある。

そんなときはしばらく様子を見ることにしているので、そのままランチに行った。するとその席で、相手がその媒体の話をしてきた。興味深く静かに聞いているうちに、答えが出た。やめよう。

私は、ちょっとモヤッとする部分があったけど、よく知っている人たちが出ていたからいいかな、という基準で判断しそうになっていた。でも、各人のその媒体への思惑はそれぞれ。私には起こり得ないそれぞれのメリットのために出ていたり、する。

約束が前後だったら、こういう流れにはならなかったと思うから、よかった。

私は、子供ができてからのほうが人生に対して貪欲《どんよく》になった。子供のために、という感覚より、私自身の人生そのものに対してという感じ。仕事の方向性についても、はじめてと言っていいくらい様々な視点から眺めているところ。これまでは、「こういうことをしてみたい」というのがあるようなないような、だった。目の前に流れてきたものの中から、気が乗るものを選んできたので。そのやり方でいいのだけど、そこにもう少し強い意思が加わるという感じ。

そういう思いを珍しくアツク話すと、

「それ、僕（私）は数年前から言っていたけど（覚えてない？笑）そのときは帆帆ちゃんに届かなかったんだよね」

とみんなに言われる。

そうか……そんなもんか……。結局、自分にスイッチが入ってはじめて物事は動くよね。そして、スイッチが入っていないときにそれを言われても、必要以上に褒めてくれているだけのように感じたりして、ほとんど身に染みていなかった。そういうものなんだねえ。

7月17日（水）

今日もいそいそとチベット体操をして、瞑想をする。これだけで今日はもう充分、なんて思ったりする。


その人のエネルギー、質、物事への関わり方は、正確に炙《あぶ》り出される。

たとえば口先だけで大げさなことを言う人は、それをうまく隠しているようでも、しばらくするとそれが原因のなにかが起こる。たとえば手を抜いて適当にやっている人は、はじめはわからなくても時間が経てば表面化してくる。

どんなことも、しばらくはうまく隠せる。でも時間が経つと、それが原因の問題が必ず起こって、明るみに出る。

7月18日（木）

午前中はサロンを掃除。テラスも久しぶりに掃除した。植木など、ずいぶん長いあいだ気にかけていない。それを思ってマメに手入れが必要な植物はここには置いていないけど、サボテンが枯れている……ってどうよ。

午後から友人が遊びに来た。

今月は積極的にいろんな人と会っているけれど、「人の役目」ってあるよねえ、とつくづく思う。Aちゃんは絶対にBちゃんになれないし、Bちゃんはどんなに Cちゃんの真似をしてもCちゃんと同じにはなれない。それはもちろん残念な話ではなく、それぞれの役割があるということ。そのままのほうが魅力的だったりする。

すべての人よ、そのままで自信を持て！　ただ、そのままでいい……。

いろんな人と会っている、という話の続きだけど、前回会ったときにちょっと嫌な思い、と言うか一方的に振りまわされて終わった人と、ひょんな出会いからまたふたりで会う約束をしてしまった。でもよく考えてみると、その前もその前も振りまわされた感があって終わったことを思い出した。前回は、その前に会ったときのことを学んでいなかったことになる。「今回もきっと同じ思いをするわよ」というママさんの言葉で、やめることにした。本当にそうだな、と思ったから。

どうしてまた会おうと思ったか、考えてみた。そこには「なにか面白い話があるかもしれない」というような下心がある気がする。ほんの少しだけだけど。人に会うのは純粋に「わぁ、会いたい！　楽しみ」でなければならないのに、こんな理由は違うと思う。そして私にその感覚がある限り、また同じ結果になるだろうと思って、会うのをやめた。

夜、夫が出席していたアメリカ大使館のパーティーにミッキーとミニーが来たようで、プリンスのためにわざわざ一緒に撮ったという写真が送られてきた。

「あ、パパ、ミッキー」と興奮していた。

そうだろうそうだろう、このあいだ、このネズミと写真を撮るのに1時間も並んだ記憶があるからね……。

7月19日（金）

父とプリンスと3人で買い物、丸ビルで待ち合わせ。

駐車場に着いて、最近まったくバギーに乗ってくれないプリンスをなんとかバギーに乗せて待ち合わせ場所に近づいたら……やっぱり、もういた。父と待ち合わせをして、私のほうが早かったことはかつて一度もない。「遅れる」という言葉は父の辞書にはない。

丸ビル内で、夫の誕生日のプレゼントによさそうなものをいくつか選ぶ。夫のプレゼントを80代の父に相談するというのもなんだけど、父のセンスは今でも抜群だと私は思うので、男性ものを購入するときに父以上の相談相手はいないのだ。今日も、夫のために選んだカジュアルなジャケットは、父のほうが似合ったくらい。この枯れている感じが似合っちゃうんだよね。

お昼は、上のレストラン街で「筑紫楼」に入る。

プリンスが父とふざけて笑っていたら、後ろにいらしたご年配の女性に声をかけられた。

「孫なんですよ」と言う父。……この図式で、他にどんな関係性があるというのか……。

丸ビルの外のベンチにいた「チコちゃん」や「力士」の像の前で写真を撮って別れる。

久しぶりに商業施設に行って思ったけど、世の中の人たちがずいぶん子連れに優しくなっている気がする。お店の店員さんはもちろん、エレベーターの中で出会うビジネスマン、駐車場の人たち、みんな非常にジェントルマンだった。レディーファーストの上にバギーファーストが重なって、どこに行っても一番。昔に比べて格段によくなっているんじゃないかな。

夜、早くプレゼントを着て欲しいので、誕生日を待たずして、夕食のあとにプリンスとふたりでプレゼントを渡した。

来週、ウー&チーの誕生日会をうちでするので、以前からお願いしたかった近くのフレンチのケータリングを頼む。ケーキも相談したら、「うちはやってないですけど、この近くの○○さんは、かなりいろいろと注文を聞いてくれてすごくいいですよ」と教えてくれた。なんか、地域みんなで助け合っている感がすごくいい。お料理も楽しみ。

７月20日（土）

昨日の夜中、目が覚めて、眠れなくてゴロゴロしていた。別の部屋に行くほどでもない、かと言って、このままここにいても眠れなさそうとゴロゴロしていたら、突然プリンスが寝ぼけて立ち上がり、ベッドの上をこっちに向かってダッシュしてきた。

え？　なに？　とビックリして受け止める。起きていたからよかったけど、もし私がいなかったら、あのまま床に落ちるか、サイドテーブルに激突、上のスタンドにもぶつかったかも……と考えるとゾッとする。このために私が目が覚めたのかな？

午前中、プリンスが遊んでいるそばで本を読む。『フィンドホーンの花』という本。１９６２年にイギリスで誕生したスピリチュアルなコミュニティーだ。今でも、知っている人はよく知っているし、たまに名前を聞くけど、これまで私が興味を持ったことはなかった。その創設者の女性の自伝。

はじめに書かれてある、主人公が海外で講演をしているシーンを読んだとき、急にある思いが私の中にフツフツと湧き上がってきた。そして、ちょうどそこへやって来たママさんに「私、世界で講演をすることになると思う」とか言っていた、この口が。

さて、午後から神田明神である瞑想のイベントに出る。私の瞑想体験について話すというもの。

はじめの1時間、「アート・オブ・リビング」という財団からいらしているキールさんという方に、瞑想と呼吸法のワークをしていただき、それを受けて後半、40分ほど話をさせていただいた。

このキールさん、私すごく好き。さっき楽屋に入ったときに、部屋の隅の椅子にあぐらをかいて瞑想をしていらしたんだけど、そのときから「好きだな」と思った……顔が。顔が好きって、私にはとても大事。そして話も明瞭だった。

はじめに「音楽に合わせて会場を歩き、最初に出会った人を褒める」という、私が最も苦手とするようなワークをすることになったときはどうしようかと思ったけど、安倍昭恵さんが隣の席で、普通にやろうとしていたので、私もやることにしたのだ……。

ワークの説明になったときに、

昭恵さん「どうする？」

私「どうしましょうか……大丈夫ですか？」

昭恵さん「私は大丈夫だけど、帆帆ちゃんは平気？」

と言われ、さすがだなと思ったもんだ（笑）。この受け入れ体制が、昭恵さんを昭恵さんたらしめていると思う。

それから呼吸法を教えていただき、瞑想の話になった。その中で、「呼吸法は汚れた鏡を拭くようなもので、瞑想とはその綺麗な鏡で自分を見ること」という表現になるほどな、と思う。

呼吸法のひとつで、すごく気に入ったのがあった。短時間でいつでも気を取り入れられて元気になれるもの。これは活用したい。

その後、レジオン・ドヌール勲章を受賞されている日本画家、松井守男画伯の話が終わり、続けて私が話す。40分ほど、瞑想について私が感じていることを話した。

終わって、控え室に戻ったら、キールさんに「来年2月にインドで開かれる世界女性会議で話していただけませんか？　日本代表のゲストスピーカーとして」と言われる。

ビックリした。その場で即答した。

どうしよう、ワクワクする。

7月21日（日）

はぁ……昨晩も今朝も、私の心の中は昨日の講演依頼の話でいっぱい。

「あなた昨日の朝、世界で講演したいとか言ってたもんね」とママさんにも言われる。

そうだよね、言ったよね……。なんてスピーディーなんだろう。

夫とプリンスと今夏2回目の「としまえん」へ。前回ほどの感動はなかったけど、また空いていたのがよかった。いくつか乗り物に乗って、室内の遊具で遊ぶ。

その室内にある巨大なボールプールで私がスマホを落とすというちょっとした事件発生。

必死でボールをかき分けて、見つけた。よかったぁ。かなり広大なボールプールだったからね。人がいなかったこともよかった。

夜、来年2月にあるという「世界女性会議」について調べてみた。ビックリ、すごく大きな会議じゃないか……そうだよね、3日間のカンファレンスだって言ってたし。

うーん……。なんとなく「上」に動かされている感がある。あの日の朝、『フィンドホーンの花』を読んでいたら、私が世界のどこかで講演をしているイメージがはっきりと浮かんだんだ。すぐそこ、手で触れるくらいのところに見えた……。そんな見え方もはじめてだし、私が望んでもいないのに言わされた感覚、こういうの、はじめて。

7月22日（月）

最近、毎日がとても楽しい。キールさんに教えてもらった呼吸法をやって、掃除をしよう、そして瞑想も。

昼間、ケータリングをお願いしているお店のシェフに教えてもらったケーキ屋さんに行く。ここ、こんなに素朴で素敵な女性がやっていたとは知らなかった……好感度大。

そしてケーキの説明を聞いて、ますます好感度アップ。いろんなことがとても親切だ。ホールケーキは4種類から選べて、サイズも小さめからかなり大きなものまでそろってる。モンブランの5人から7人用にした。今日のおやつに、ティラミスとチーズケーキと大きなクロワッサンを買って帰る。

芸能界は吉本興業をめぐるいろいろで騒がしいようだ。

これまでのたまったものが一気に吹き出したのだと思うけど、なにごとも外に見えていることは全体の一部。部外者は余計なコメントはできない、といつも思う。


夜は数ヶ月に一度集うピグミンの会で久しぶりの「富麗華」へ。すべてが美味しかった。野菜炒めなんて、ひとつひとつの素材の味が際立ち、本来の野菜炒めとはこういうものだよね、と思い出させてくれる。普通、外で野菜炒めなんて頼んでも、同じような味しかしない。美味しいと思うこともまずいと思うこともない。それなのにこれ……。

北京ダックも、あの細くて固めの巻きに、美味しさがぎゅっと詰まっていた。フカヒレのスープも、予想の3倍美味しかった。酢豚とエビチリは、他の感動に比べると普通。

とても満足。

7月23日（火）

不思議なことがあった。昨日の夜中のこと、もう私も夫もぐっすり眠り込んでいる頃にプリンスが突然、「バーバが、バーバが」と言ってムックリと起きた。「あっち」と言うので抱っこして連れて行くと、玄関のドアを開けて外に出ると言う。仕方ないのでドアを開けて、エレベーターホールの窓を開けて下を見たりしながらしばらくそこにいる。しばらくして目をつぶったので、そーっと家の中に戻ってきても、ドアを閉めるとまた「あっち」と泣く。

これはもう玄関で寝るか、と覚悟を決めて「ここで寝る？」と聞いたら、「寝る」と言う。リビングにタオルを取りに行ったら、「ここでもいい」と言うので、これ幸いとリビングのソファに寝かせた。私はすっかり目が冴えてしまい、近くで本を読む。

妙な落ち着き。妙な幸せ感。時間は無限。永遠の魅惑の時間……。

夢中で読んでいて1時間後くらいに私も眠くなってきたので、プリンスを下に下ろし、私も隣に横になった。最後にアラームをかけたときに見た時間が、4時だった。

そして朝、起きたら……寝室のベッドに寝ていた。

あれ？　リビングに行ってみると、使ったタオルは残っていて寝た形跡がある。私は絶対にここで寝た。私ひとりなら寝ぼけて夜中に寝室に戻ることもあるかもしれないけど、プリンスを抱っこして寝室に移動したら絶対に覚えている。

ええっと？　なんだろう。絶対にリビングで寝たのに……。もちろん、夫はなにもしていないという。ええええ？　不思議……。

ということがあって、一日が始まった。

あとはまぁ、普通の一日。2月の会議のことを考える。

7月24日（水）

昨晩の夜中のことは不思議だったけど、幸せ感ってああいうことだよね、と思う。あの夜中に本を読んでいた時間。幸せ感って、なにかを達成したときや実現したときではなくて、日常にあるもの。すぐそこに。

さて、今日の楽しい予定はなんだっけ？とか思いながら起きる。

今日はウー&チーの誕生日。昼すぎにケーキを受け取りに行く。想像以上にいい感じのモンブラン、飾りもいろいろついている。

夕方5時にふたりがやって来て、6時にケータリングが届く。ソムリエのTさん自らが運んできてくださった。テーブルセッティングをしてくださっていろいろ並び、最後に、水を入れると火がつく保温機のパックの説明をして、帰って行かれた。今回はひとり1万円でお願いしたのだけど、前菜は様々に凝ったものがひとり10品ほど。メインの魚はエビとアワビ、ウー&チーには生牡蠣。そして牛肉とフォアグラ。ここ、いいね。

昨日の「朝起きたら寝室で寝ていた」という話をする。

「それは、メネフネ（力持ちの小人族。ハワイの聖地はメネフネが創ったとされている）にいたずらされたんじゃない？」とウーちゃん。

ウ「または宇宙人」

帆「ええ!?　抱きかかえられて運ばれたならメネフネがいいなあ」

なんて言ったけど、私とプリンスを移動させるくらい、片手で「ピ！」だよね。

本当になんだったんだろう。そもそも助けてくれた意味はなに？　だって、リビングで寝たってたいしたことではないよね。もちろん寝室のベッドで寝たほうが体は楽だけど……。そんな小さなどうでもいい「プププ」ないたずらをするのがメネフネっぽいけど。

7月25日（木）

今朝、起きてすぐからレゴに熱中しているプリンス。今朝作っていたレゴの車に、ちんまりと、でもきちんとトイレがついていたのには笑った。

12月の講演会の打ち合わせで品川のホテルへ。品川は新幹線に乗るときくらいしか来ないし、このホテルを利用したことはなかったんだけど、こんなにいいラウンジがあるとは……

庭の眺めが最高。

講演会主催のFさんと、対談相手のタマオキアヤさんと話す。タマオキさんは、元魔界出身なんだって。魔界の住人は、とにかくいつも不機嫌でイライラしていて、物事をなんでも斜めに捉え、大半は人のせいにする。「お花畑にいても枯れている花を探して文句を言う感じ」らしい。ウケる。

あるとき、運の悪いことが頻発してそれが続いたときに、「めったにないことがここまで自分に起こるのはなにかおかしい」と気づき、そこからいろんな本を読んで、（その中に私の本もあり）、薄皮を剥ぐように少しずつ自分の考え方を変えて魔界から脱出したらしい。脱出してみてはじめて、「あれは魔界だったな」とわかったという。

自分の本音の通りに生きる、という話になったとき、そもそも魔界の住人は、本音の感覚が麻痺《まひ》していると言っていた。

「たとえば毎日の小さなことではどんなことを意識したらいいんですか？」と聞かれたので「たとえば、毎日自分の着たい洋服を着るとか」と言ったら、「それはどういう……？」とさらに聞かれたので、「たとえば、雨だから汚れにくい黒を着る、っていうような枠にはまった考え方じゃなくて、その日に一番気持ちが乗る服を着る、みたいなこと」と言ったら、魔界の住人にとって、外見を変えるなんてことはとてもハードルが高いらしい。すべてが「こうあるべき」とか、他人にどう見られるかという恐ろしい思い込みから、決まった格好しかしていないので、自分を守っていた鎧《よろい》を取り替えるなんて大変なことだという。

なるほど。好きな洋服を着るなんて、日常的でハードルの低い「本音に素直に」かと思ったけど、たしかに外見が変わるという意味では大きいよね。それなら、朝起きて、「今なにを飲みたい」とか「朝食になにを食べたいか」という気持ちを優先させる、というあたりから始めるといいんじゃないかな。そうすると、「自分の感覚に素直に」とか、「自分が本音で何を感じているか」という感覚がわかってくると思う。そういうのって、本来は誰にでもあるのだけど、わからなくなってしまっているだけだから。

楽しい講演になりそうだ。ひとつ気になるのは、私のことがずっと大好きだったというタマオキさんが、たまにものすごくニヤニヤした顔で私を眺めているところ（笑）。

7月26日（金）

今日は夫の誕生日。ずいぶん前から「家ディナーで」と決まっていて、メニューもずいぶん前から決まっていたのだけど、今朝になってケーキを忘れていることに気づいた。

……やっぱり必要だよね、ホールケーキ。

どうしよう……。当日でホールケーキがあるところは近くだとあそこのデパ地下。もうひとつは、今日出かける場所の近くにあるデパ地下。でもどちらも「既製品」としてそこに並んでいるものだし、前に食べたときもあまり美味しくなかった……。それにあそこのデパ地下自体、行く気がしない……とか思ったので、一度考えるのはやめにした。

実は今日は忙しい。お昼に打ち合わせが2本、それからネイルサロンに行って夕方戻ってから誕生日ディナーを作るので。

　仕事の準備をしていたら、開けた棚から紙袋が滑り出してきた。それは、このあいだウー&チーのケーキを頼んだあのお店。そうだ！と思い出して電話した。

「さすがに今日お願いして、今日の夕方受け取るのは難しいですよね……」

　と聞いたら大丈夫だと言う。素晴らしい！！！

　そこからの一日は流れるように進んだ。今日は首都高がオリンピックのお試し期間とかで封鎖されていたのだけど（それを忘れていた！）、道が空いていて奇跡的に仕事に間に合ったり、ここしかない！というところの駐車場が空いていたり、他にも流れがいいと感じることが続いて、最後にケーキを受け取り、上機嫌で家に帰る。

　そしてお肉を焼き、スープと付け合わせの野菜を3種類と特製ガーリックライス。ガーリックライスは私の「お袋の味」なので、得意。グラス用の色鉛筆でプリンスと一緒にワイングラスに絵を描き、テーブルもガラスなので「HAPPY BIRTHDAY」など書く。プリンスはそのワイングラスにいそいそとレゴをつめていた。

　夫が帰ってきて、乾杯。

「家が一番落ち着くよね」

「ホントにね」

　としみじみしてから「おめでとう!!」とシャンパンを開けた。

7月27日（土）

今日、なんとなくいい気分になるのは、過去の自分がどこかでそれと同じ思考をしていたからだと思う。だから今日の、今のエネルギーが未来の私の日常を創っている。

今日はホホトモサロン。先週から今日のためにと考えていた服装は今日になったら気持ちが変わったので別の洋服にする。このあいだのタマオキさんの魔界の話をチラッと思い出す。最近、ＳＮＳの投稿というものが普通になったので、同じ洋服を着にくくなった。私はよっぽど流行遅れでなければ、好きな洋服は何年経ってもまた着たい。

今日のは、ドバイで買って、その後何回も着たもの。とても手が込んでいて、エレガントで、なかなか見ない雰囲気でとても気に入っている。

洋服に関しては相変わらずママさんのアドバイスを頼りにしている。「それ絶対に買っておくといいわよ」とママさんが言ったものは、あとになって思わぬ大活躍をすることが多い。

今日のサロンで印象的だったのはこれ。

自分がなにかを解決しようと決めたので、それに対しての自分の考え方を変えてみた。するとどんどん物事がよくなって、解決に向かっているように感じられた。そんなところに、新たな問題が起きた。それは新たな問題ではなく、以前からそこにあったもので見ないふりをしていただけ。でもそれが表面化してみると、やはり全体の状況としては悪いほうに進んでいるように感じられる……という話があった。

話を聞いていて私が感じたことは、「それを含めてよいほうへ進んでいる」だった。だって、見ないふりをしていたその問題の解決なくして、真の解決はない。自分が考え方を変えたからこそ、内在していた問題が表に出てきてくれて、いよいよそれを解決すれば真の平和がやってくる。病気で言うと、好転反応として一瞬悪い症状が出るようなものだ。それをきっかけに大きく変わっていくはず。

今日のホホトモサロンも非常に和やかで、でも話したいことはたくさんあり、時間を超過して終わる。

ホホトモサロン後の充実した気持ちで帰り、「これでしょ?」と夫が持ってきてくれた梅酒を夕日を見ながら飲む。

7月28日（日）

台風で夫のゴルフが中止になったのだけど、急に晴れてきたので3人でプールに行くことにする。半年くらい前に買ったプリンスのラッシュガードと、先週買ったアームガードと浮き輪をバッグに入れて、出発。

はじめ、水が怖かったプリンスは、夫が抱っこして入れようとすると「ママ大好きなの、ママ大好きなの」とか言って、プールサイドにいる私に助けを求めてきたけど、夫が水中で肩車をしているうちに慣れた。浮き輪は嫌いらしい。

私は日光浴だ。うれしい。太陽を思いきっり浴びたかった。アメリカンクラブの中で一番いいのは、このプールだな、プールサイドの半分外のこのエリア。

前回ここに来たときよりずっといい気分、同じ場所とは思えない。たぶん、私の気持ちが変わったからだ。すごく拓《ひら》けている。

友人親子に会った。夫がゴルフだったら今日は彼女たちに連絡してプールにでも行こうと思っていたのでビックリ。

下に移動してビュッフェを食べる。プリンスは眠さに負け、机に突っ伏して寝た。

7月29日（月）

朝起きて、１ヶ月ぶりくらいモヤッとしている。原因を考えると、あれだ。でもそれについてはやることはやったし、私が考えても仕方ないので、考えるのをやめよう。と言うか、こんな小さいことを思い出している、こういう自分が嫌！

もうひとつは、本当は行きたくなかったものに気楽に返事してしまい、同行する予定だった人も実はやっぱり行きたくなかったということがわかり、断るのに苦労したこと。返事をするときは重々注意しなくては。

そういうわけで、今日は仕事がたくさんあるのに朝から流れが悪かったので、一番重要なことだけに集中しようと思い、途中に入っている個人的な予定をひとつ延期した。そして瞑想をしてから、まずは『フィンドホーンの花』の続きを読む。

最近、瞑想をしようと座って深く呼吸をしただけで、もうすっかり充電された気分になって「もう終わりたい、動きたい」とか思ってしまう。瞑想時間3分だなんて……笑える。3分で効果なんてあるかね……あるよね。少なくとも満ち足りた気分になるんだから。

夜は先週会ったキールさんと食事に行く。

銀座のベジタリアンのお店。キールさんは完全なるベジタリアン。

お互いのバックグラウンドの話から始まって、日本とインドの精神的な考え方の話や女性の立場など、いろんなことを話した。キールさんのお父様は、前回の東京オリンピックのときに慶應の博士課程に留学していた、というような人。それでだいたいのことがわかるというものだ。当時は船で日本に渡ったらしい。その後、日本人を相手にした輸出入の会社を起業している。キールさんはインドにいた年月より、日本にいる年月のほうがもうすぐ長くなるらしい。本当に日本が好きで、日本が自分に合っていると言っていた。

相変わらず、「とてもバランスがとれている」という印象を受けた。普段は外資金融で働いているのも好感が持てる。私は朝から晩まで瞑想とかスピリチュアルなことを仕事にしている人は、実は苦手。そんな彼女に言われた中で一番うれしかったのは、

「帆帆子さんはスピリチュアルなことに関わっているのに、ちゃんと日常生活を楽しんでいる。スピリチュアルなことは、価値をつけられないほど大切だけど、今の人間の生活が現実

だし、そこを楽しんでいないともったいない」

という部分。同じことをキールさんに対して感じていたのでうれしかった。

そうそう、「ガネーシャ」の意味を知った。ガネーシャは、物事を「connect」するエネルギーがあるから、インドでは、どんな種類のことでもまずガネーシャに捧げる祈りがはじめにくるという。それから他の神様の祈りが続く。必要な物事や人やすべてをつないでくれるなんて、いいね。


帰って、そんな話を夫に話しながら、「来年のインド、一緒に行かない？」と言ってみた。だって今日の話では、私が行く現地は、アーユルヴェーダの専門医療病院などもあって、アーユルヴェーダのプログラムを受けながら長期滞在している人もいるらしいから。長期滞在してゆっくりデトックスプログラムを受けるとか、いいんじゃないかと思って。たとえばキールさんのお母様は、西洋医学では治らなかった目の病気がアーユルヴェーダの目の医療を半日受けただけで回復したそうだ。

あれ？　そう言えば私、1年くらい前にアーユルヴェーダが受けられる海外の施設を調べていなかった？　きゃあ、それもセットで引き寄せたかも。

7月30日（火）

今日から軽井沢へ行く。身軽に行きたいと思うのに、また大量の荷物。

家を出る前に、ガネーシャに手を合わせる。

軽井沢に着いて、買い出しもすませてホッとしたのも束の間、プリンスが外に出たいというのでテラスに蚊帳を吊った。

プ「これ、なに？」

私「カヤ、虫が入ってこないようにね」

プ「これ、なに？」

私「蚊取り線香、虫がこないようにね」

プ「これ、なに？」

私「虫除けスプレー、蚊に刺されないようにね」

なんか、虫の話しかしてないな、と思う。

すごく気持ちがいい。なにより涼しいし。

7月31日（水）

昨日の夜は半袖じゃ寒いくらい、しっかりと毛布をかけて眠った。朝食のあと、プリンスはさっそくおもちゃの車に乗って、いつもの林へ散歩に出発。緑が輝いている。すれ違ったおばあさんに手を振ったりしながら、砂利の道を一生懸命こいでいた。

奥の原っぱで、思いっきり走らせる。

1時間ほどで戻り、泥んこのプリンスをお風呂へ。さっぱりして一緒にゴロゴロしていたら眠くなった。プリンスは私の顔に自分の顔を近づけて、「おやすみ？　おやすみなの？　おやすみなのね!?」と念押ししてから部屋を出て行った。

夕方、私の後輩ちゃんの息子（小1）がアイスホッケーの合宿をしているので見に行く。軽井沢風越公園のアイスアリーナ、はじめて来る。と言うか、アイスホッケー自体、見るのはじめてかも。

「リンク内は寒いので！」というラインでのアドバイスの元、プリンスに暖かい格好をさせたら、頭までツルンと包まれてスピードスケート選手のようになった。

ちびっ子たちのアイスホッケーの姿は可愛い。息子のRくんも、たまにこっちに手を振っている。

終わって、彼女たちの滞在先で夕食のビュッフェをご馳走になる。

プリンスのことをいろいろと面倒を見てくれる頼もしいRくん。「一緒に食べよう」とビュッフェを取り分けてくれたり、「スペシャルなアイスクリームを作ってあげるね」と作ってきてくれたり、「食べ終わったら、外で遊ぼうね」なんて言ってくれて……。

そのたびに後輩ちゃんがRくんに「プリンスくんのこと、ちゃんと見てよ！　変なことにならないように!!」と言っているのが笑えた。

帆「変なことってなによ？（笑）」

後輩ちゃん「お皿をひっくり返すとか、なんかそういう『変なこと』ですよ」

8月1日（木）

軽井沢にいると、即座に浄化が起こる気がする。ぐっすり眠れるし、お腹も空く。なんとなくだけど、これから先の進んだ時代は、みんなが自然とすごく近いところで、一体となって暮らすようになるんじゃないかな。都市に住んでいても、気持ち的に自然と密接して生きるというような。

今日は新月で、1日で、水星の逆行が開ける日だ。

今日はプリンスとアスレチックに行って帰りに買い物に行く予定、と思っていたけど、ふと友人のＹさんのことを思い出したのでラインしてみた。7月に会いましょう、と言っていたのに7月が過ぎてしまったので。

　すると「ビックリ、昨晩着きました」とすぐに返信があったので、さっそく、お昼を一緒に食べることにする。ママさんとプリンスと、ＹさんとＹさんの奥様と5人。お土産を買って、ホテル鹿島ノ森のラウンジへ。

　Ｙさんたちの結婚式のとき、私はプリンスの出産のために入院中で出席できなかったんだよね……ということはもう2年経つということか。今さらですが、おふたりの馴れ初めや新婚生活など聞く。

　そして昨年できたＹさんの別荘にお邪魔する。想像通り、贅と趣向を凝らした大人の別荘だった。リビングの正面にある巨大な蓄音機が印象的。音楽が響きやすい造りになっている。「ただ広いだけ」という別荘が多い中、ここはさすが。隅々までしつらえが考えられている。建築的に素敵に見えるちょっとした「無駄なスペース」も多いし。

　2階の廊下にある本棚の一部が、クルリと回転して秘密の小部屋が現れた。本や好きなものが並んでいる趣味の部屋。ッカー！！　小窓にはラリックの磨りガラスがはまっている。そこから見える緑の苔むした庭がまたいい。やだー、こんな部屋があったら……あったら……うーん、なにをしよう。

　お風呂は2か所あり、メインのバスタブがしゃれていた。全体は白い小さなタイル張りで、バスタブの縁の部分が大きく流線的に丸い。背もたれの部分には座れるように絶妙な高さに段があって、背中の部分は斜め。由布院の「玉の湯」の浴槽を思い出させる。

うーん、大人の別荘。


今、深夜の2時、目が覚めた。あ、新月の願いごと書いていない。アメブロに「これから新月の願いごとを書きます」と書いて終わったのに、あのあとYさんから連絡があったので忘れてしまい、今になった。

『フィンドホーンの花』の最後の数十ページを読む。


1時間後、今、読み終わって……ビックリ。この本を読んだことで、私の中にあった様々なことがつながった。この時期にこの本を読んだことも偶然ではないと感動する。来年の世界女性会議で話すことがまとまった気分。最後のあたり、主人公が長い長い精神的な人生の旅をしてきて、やっと集大成的に落ち着くあたりで「インドの国際会議に呼ばれた」なんて書いてあったときは、「え？　誰の話？」と不思議な気持ちになった。

私が次にやるべきことはこれかぁ……インド、世界女性会議。

この半年くらいの自分の流れを丁寧に思い返すと、この一連の流れの一番はじめには、「もっと成長したい、自分のステージを上げたい」という私自身の意思があった。それがなくては物事は動かない。やはり、はじめに意思あり。

ああ、神が世界を創造したはじめも「意思」だったよね。「光あれ、と言われた、すると光があった」だ。神様の創造と私たちの創造は同じ方法。だから神は自分の中にいるし、神と同じエネルギーが私たちにも流れている、と。ああ、だから私たちひとりひとりが自分らしく生きることは神の知恵を生きるってことなんだな、と思う。自分らしく生きると神になる……。

目が冴えてしまい、ママさんの部屋に行ってみると案の定起きていたので、アツク語る。コーヒーを淹れてキャラメルラスクを出してじっくりと。

帆「やっぱり、軽井沢って私にとってパワースポットだね」

マ「うん、ママも今そう思ったわ」

帆「こういうことを深める話がママとたっぷりできることが大きいよね。でもそれもバランスだよね。軽井沢がパワースポットだからって、ここに住んだらどうかっていうと違うしね」

マ「違う違う」

帆「ママも、私たちと同居したらいいかっていうとそれも違うしね」

マ「違う違う（笑）、両方が交互にないと」

帆「こっちとあっちを行ったり来たりするからエネルギーが生まれるんだし、だからやっぱり大きなエネルギーを動かす人って、よく移動するよね」

とか話す。

5時頃、寝る。

8月2日（金）

爽やかな朝、緑の香り。テラスでチベット体操をする。

今回の軽井沢では健康的な食生活を心がけたい。とかいうこと、ここに来ると毎回思ってる。

朝食のあと、プリンスと公園へ。お盆前なので、まだ道路も公園も空いている。

今、プリンスは公園などで最も手がかかる年齢じゃないかな。ひとりでは階段を上るくらいしかできないのだけど、なんでもやりたがるので、滑り台も一緒に滑り、シーソーにも一緒に乗る。最近の滑り台はローラー式が多いので、ゴロゴロしながら滑ると太ももが痒くなる。前に、「こどもの国」で同じ形のものすごく長いのを滑ったときなんて、お尻に火がつくかと思った。ターザンロープにいたっては、足で挟んだままは無理なので、抱っこしながら走るのは私。人間ターザンロープ……つらすぎる。

途中、小学校高学年くらいの女の子グループを、「待ってー」と追いかけていったプリンス。追いつかず。……その子たちが戻ってくると、また「待ってー」と追いかけている……フッ。

午後は昼寝。プリンスの横で、緑の木の天井を眺めながらウトウトする。気持ちよさが夢の中まで追ってきた。

プリンスは、この数日でまたいろいろと言葉が増えた。「これ、ママのメガネ」とか、「積み木をやる、向こうで」とか、文章も長くなってきている。そして大人の話していることは絶対に聞き漏らさないぞ、という姿勢で全身で聞いている。

東京にいる夫とも電話で話せるようになった。

夫「元気～？」
プ「げんきー」
夫「今日はなにしたの？」
プ「こうえん」
夫「楽しかった？」
プ「たのしかった」
夫「もうご飯食べたの？」
プ「たべたの」

夫「○○、大好きだよーー」
プ「だいすきーーー」
夫「ママに代わって」
プ「ママー」
私「もしもし?」
夫「なんかずいぶん会話できるようになってるねー（驚）」
とか言っているけど、会話というのは相手の言葉を繰り返すだけで成り立つんだな、とわかる。

新刊の色校が届いたので、廣済堂のIさんと電話で話す。パソコンで見ている色と実際の色合いにはだいぶギャップがあるというもの。最後のほうはかなりイメージに近いところまでたどり着いたのでよかった。次の宅急便は来週の水曜頃に到着予定。
明日は山梨にあるウー&チーの別荘へ行く。2日間いなくなるので冷蔵庫を整理しながら、夜はカレー。

8月3日（土）

9時に出る予定が、お土産を買ったり、ゴミを出したりしているうちにあっという間に9時半。

知らない道をドライブするのはすごく楽しい。私は運転が大好き。都内でも郊外でも知らない道でも苦にならない。

途中で「今度来てみたいね」というアンティークショップや、家具の巨大アウトレットなどを発見して興奮する私たち。今、ママさんが軽井沢の家に欲しいものは木製の白いテーブル。「浅田美代子の自宅にあるような白い木のテーブル」と言っている。

以前はナビに案内されなかった「中部横断自動車道」という新しい道路に乗る。左右の景色がたまに拓けてとても綺麗。日本も広いな、とか思う。

30キロほど走ってから一般道に戻り、そこから30分くらいで着いた。

さっそくだらだらとおしゃべりをしながら、流しそうめんの準備をする。プリンスは今回もチーちゃんの愛犬にまとわりついている。子供って、犬が好きだよね、尻尾をつかんだり、背中をなぜたりして……。

夕立のあと、サーッと日差しが入ってきたので流しそうめん開始。私とプリンスは流れてくる下のほうでスタンバイして、おそうめんを待つ係。流してくれるのはチーちゃん、撮影してくれるのはウーちゃん。もう完全にプリンスのためにあるようなイベント……ありがたい。おつゆは2種類。麺つゆベースにネギやキノコがたっぷり入った和風と、サバとトマトのイタリア風。

プリンスはおそうめんが流れてくると、それまで竹の水の中で待ち構えていたフォークをわざわざ持ち上げて避けている。そういう遊びじゃないんだけどな。ザルに溜まったおそうめんを、私たちによそってくれるほうがお好みのよう。

テラスでシャンパンを飲んで、しばらくしたら雷の音が聞こえてきたので家に。

来年のインド行きについて、ウー&チーも一緒に来たらいいんじゃないかと思って誘ってみた。会議のあと、治療を含む本物のアーユルヴェーダを受けるプログラムになっているから。

「そういういいものを受ける旅行、ぜひ行きたい！」とのこと。

夜は焼肉。ここにいると、プリンスの相手をしてくれる人がたくさんいるし、私はほとんど座っているだけ。ミスジから始まって、先週、一頭売りで手に入れたという美味しい甲州牛をパクパク食べる。食事って、誰と食べるか、これがすべて。

考えると憂うつなことがあるとき、どうやってそれを考えないようにするか、という話になって、

「それはもう、楽しいことに意識を向け続ける！」

「やっぱりそれしかないよね」

「それがすべてだよ」

「はじめは難しくても、それをし続けるしかないんだよね」

「考えなければホントに気持ちが楽になるし早く解決するってことを一度わかると、ちょっと簡単になるわよね」

などと話す。夜は10時頃に就寝。

8月4日（日）

今日は桃狩りの日。7時頃起きて、パンとスープの朝食。

さすがにここではチベット体操はなし。

「穴山」という駅の前で他の参加者と合流する。私たちは歴史散策などはしないで、桃狩りのみ参加する予定。

そこに向かう車中でちょっとした事件発生。プリンスが手に持っていたビニールのケース（名刺入れのような大きさ）が、パッと手を動かしたときにママさんの目に入り、角が目に入ったらしくて目が開けられなくなってしまった。こういうとき、普通はしばらくすれば痛みが薄らいで開くようになるものだけど、30分近く経っても変化がないらしく、涙が出続けている。これは、どこか傷ついているかも……。

コンビニで停まったので、ウー&チーに報告する。

そしてコンビニから戻ってきたら、なんと目が開くようになっていた。

「今ね、気功をやってみたの。そうしたら開くようになったのよ～！！」とママさん。

「えええええ!?」と詳しく話を聞いた。

ふと思い出して、「そうだ、気を入れてみようかな」と、大気中にある「気」を集めて患部に入れてみた。すると開くようになったらしい。

へえ……凄いねええええ。

「眼科専門の病院がここから30分くらいのところにあるから、12時までに行けば大丈夫そう、他にも〜」と、いろいろ調べてくれていたウー&チーにすぐに報告。

もちろん完全に治ったわけではないので、桃狩りは車の中から見ていることにした。それに、暑いしね。

桃狩りの前に「共選場」という、桃を選別する場所に行く。糖度によって分別されてそれぞれの箱に収まっていく桃たち。コロコロコロコロ、たくさんの桃がベルトコンベアーの上を転がっていく。最後に箱に詰めるのは手作業だ。工場見学って楽しいよね。プリンスが一番興味を示したのは、たくさんのダンボール箱がジェットコースターのレールのようなところを滑って運ばれていくところ。

桃狩りでは、優しい農家のおばさんが、皮ごと食べる「なつっこ」という品種の桃をたくさん食べさせてくれた。プリンスを抱えて桃をひとり2個ずつ、全部で8個もぐ。

帰り、ドラッグストアで、抗菌の目薬を2箱、貼る眼帯、普通の眼帯、交換用のガーゼ、冷えピタなどを買う。

「どうしてこんなことになったか、ちょっとわかるの」とママさん。

私「どうして？」

「9月のあなたのイベントで、私が気功の話をするじゃない？　でも久しぶりだから、話はできるけど体験としてどんな話をしようかなぁ、と思っていたのよ。そうしたらこれよ……

体験させられちゃったわ」

とのこと。ひゃー、だとしたらすごいと言うか、怖いと言うか、起こることはみんな意味があるね。

ウーちゃんの家に帰り、ハンバーグとサラダでランチにする。

目の話から、自分がこれまでに経験した「三大不思議なこと」の話になった。

私はこれ、

1　伊勢神宮の帰りにワープしたこと

2　瞑想後に孔雀を見たこと

3　リビングで寝たはずが朝になったら寝室で寝ていたこと

これは起きた順番だけど、どれも本当に不思議だった。

1番は2013年、伊勢神宮の式年遷宮に出席した帰りの高速道路で、普通は5、6時間はかかるところを、まったく飛ばしていないのに3時間くらいで帰ってきたこと。ワープの前後、母と電話していて、「もうすぐ着く」と言ったら、「え？　さっき今○○って言ってなかった？」とふたりで一緒にその不思議さを体験したんだよね……。

2番は2017年、はじめて瞑想を習った翌日、オフィスでひとりで瞑想をやっていたら、その後テラスでものすごく大きくて鮮やかなクジャクを見たこと。そしてその数日後、私が生まれたときの星の配置を見てくれた人が、「この星の並びの人は、例えていうならテラスを優雅に歩いているクジャクのイメージです」と書いてある占星術の教科書を見せてくれたのだった。

そして3番目はこのあいだの、「リビングで寝たはずなのに、朝起きたら息子と一緒に寝室だった」というあれ。

チーちゃんにも、それはもういろんなことがあったらしい。様々なＵＦＯも見ているチーちゃんだけど、中でも面白かったのは、「プラチナの大ぶりの指輪をはめて寝て朝起きたら、それがペチャンとなって指からとれた」という体験。……なにそれ？（笑）

「やっぱりメネフネにいたずらされたんだよ、きっと」とウーちゃん。それで片付けられるとなんとも言えないが、逆にそれくらいしか考えられないかも。だって、それがそうなってもなんの意味もないので、ただのいたずらとしか思えない。

フー、この世は不思議なことだらけ。

そこから私は2時間ほど昼寝。

夢の中で、プリンスがとても大きな声で「ママーーーー」と言っているのにちっとも聞こえない、という夢を見て目が覚めたら、下でプリンスがウー&チーを相手に大はしゃぎをしているところだった。ああ、本当にありがとう。おかげでゆっくり寝ることができました。

夕方、荷物を積み込んで、軽井沢に帰る。

帰りはぴったり90分だった。ママさんは目のこともあるのでそのまま眠り、私とプリンスはふたりで夕飯を食べて、寝る。

8月5日（月）

朝。ママさんの目はずいぶんよくなっているみたい。

よかった……改めて、「気」はすごいね。私も今度から少々の怪我や傷はそれで治そう。もともと病院や薬のお世話になったことがほとんどないので、できるような気がする……。

こういうとき、ママのすごいなと思うところは、とにかくよく考えていること。

たとえば目が開かなかったとき、今のこの状態で病院に行ったらどういう処置をされるか、と考える。それが自宅でもできることであれば、わざわざ行く必要はない。他にもたとえば日常的にちょっとここの調子が悪い、というようなときに「これは自分がこの数日○○を多めに摂取したからだわ」というような、自分の体をよく観察した上で判断している。

そして「治癒力」の威力を知っている。ただ病院や薬が嫌いというようなことではなく、よく観察して考えているので感心する。一時が万事、そう。プリンスのことでも、ママさんの知恵、というか姿勢にいつも助けてもらっている。これからも末長くお願いしたい。

後日、東京の眼科に行ったら
多分眼球が傷つくレベルだったはず、
それが全く傷がないことに驚かれたらしい

午前中、画家の「イーダ・ヴァリッキオ」さんへの追悼を込めた推薦文を書く。

本を書いているときに、つらつらと流れるよう次々と文章が出てくるときは、うまく書けているときだ。でもそれを読み直して、頭で考えながら書き直しを始めるとうまくいかなくなる。多少抜けているところがあっても、ツルツルと書けたもののほうがいい。

午後はプリンスと昼寝をして、目が覚める。薄暮。妙に寂しいこの時間。

プリンスはドタドタとリビングに向かい、誰も見当たらないので急いで戻ってきた。ママさんは万平ホテルに田端志音さんの陶芸の個展を見に行っている。

「バーバはいないけど、ママはいるねえ」というのを10回くらい言っている。「パパもいないね、ジージもいないね」とか挟みながら。

ママさんが帰ってきてから買い物に行って、今日は遅めの夕飯。ひじきとお豆の煮物、焼き鮭、トマト、茹でたブロッコリーがプリンスのメニュー。大人は鯛とまぐろのお刺身、具だくさんサラダ、生ハムとチーズをおつまみにシャンパンを開ける。

8月6日（火）

今日も晴れ、とても気持ちよい天気。

プリンスを近くの公園に連れていく。車に乗って走り出したら眠ったので、そのまま公園の駐車場で昼寝、私は運転席で仕事。

2時間後、腕に太陽の光が当たっていたらしく、「暑い」と言って起きたので公園へ。途中の夕立に雨宿りしながら、40分くらい遊ぶ。

8月7日（水）

午前中、テラスで仕事。世界女性会議で私が話そうと思っている内容を担当者に送る。

自分自身を生きることが、この世に生まれてきた最大のミッションだな、と思う。

午後、ブラブラと、軽井沢銀座へ。テニスコートの試合をチラ見して、いつもの好きなお店でちょっとした小さな可愛いものを買って、お店の人と世間話。今年のゴールデンウィークに見つけた新しいジュエリーのお店にも行く。

そのとき気に入って買ったブレスレットを、友人の誕生日プレゼントにもうひとつ買った。1万円くらいのもの。ここのオーナーの女性はものすごく綺麗。男性だったら、この人を見に通うだろう、という感じの美人さ……とか思いながら、帰りにプリンスと砂場で遊ぶ。

滝川クリステルと小泉進次郎が結婚を発表した。学生時代からのごく近い友達は付き合いを知っていたようだけど、物事にはいろいろな見方があるし、いろいろな状況を内包している。そのほとんどが世間には出ず、真実は本人たちにしかわからない。

もっと言えば、当人ふたりに見えている景色もそれぞれに違う。その違いをお互いが理解しているかどうかは別にして……。なんにしても、常に公式コメントを出さなければならない立場というのは本当に大変だと思う。それがずっと続くというのは、いくら慣れているとは言え、自由さゼロ。個人的な一番の感想は、子供ができてよかったということ。

8月8日（木）

昨日、浅間山が噴火したらしいけど、ここには灰も飛んでこずに穏やか。

早朝、ブーンというものすごく大きなハチの音に起こされる。と、私の近くになにかが落ちた。「ギャーーー」と叫びつつ、急いでプリンスをママさんのところに運び、虫除けスプレーをシューーーーーとかける。シューーーー、シューーーーーー、で死んだ。フー……。ずいぶん大きい。どこから入ったんだろう。と言うか、夜中はどこにいたのかな。

目が覚めてしまったので、テラスに出て瞑想した。すると昨晩から考え込んでいた「答えの出ないモヤッとしたあること」について、どう考えればいいか答えが出た。ハチのおかげだと思おう。

来年の世界女性会議だけど、英語をブラッシュアップしないとまずいよね……パネリストとしてのディベートもあるしね。夫はそれで全然平気だよ、と言うけど、日常的に使っているわけではない私は、不安。さて、どうするか……。

夜、小学校からの同級生と会う。軽井沢に来るたびに連絡しようと思っていたのに、お互いに忙しくてなかなか会えず、今回ふと思いついて連絡した。やっと！

最近できたという彼女が気に入っている穴場のお店に連れて行ってくれた。

「なんでこのタイミングで連絡してきた？　さすが……」と言われて、話を聞いてみると、確かに彼女にとって様々なことが起こったすごいタイミングのときに連絡していた。

人生いろんなことがあるね、そして面白いね。とても楽しかった。

８月９日（金）

昨日、同級生といろんなことを本音で話して、「本音で話せるって最高だよね」と思った。たまに「とってもいい話で綺麗で素晴らしいけれど、それ、どこまで本音？」と感じる会話しかできない人って、いる。清く正しく美しいけど、毎回それだと、正直つまらない。時間を割いて会うのは、相手の意見や深い洞察力を聞きたくて会っているのだから。くだらない話でも、本音での「ぶっちゃけ」があるから面白いわけだ。

昨日のアメブロへのアクセス数が３３２３３人だったので、「惜しい、もう少しでゾロ目だったのに」と思ったけど……全然惜しくないか。３３３３２人ならともかく。

昨日から「まぐまぐ」企画の暑中お見舞いを一生懸命書いている。暑中お見舞いなのに、遅くない？と思うけど、準備の整ったハガキが「まぐまぐ」から届いたのが、そもそも８月に入ってからだった。うーん……（笑）。
すべてのハガキに一言ずつメッセージを書く。その場で天から降りてきた言葉を……なんて書くとスピリチュアルだけど、でもまぁ、それ以上でも以下でもない。そのとき思いついたことをササッと。スピリチュアルなことって、その人の表現の仕方によるところもかなりある。

「その場で降りてきたメッセージを書かせていただきました」

「ふと浮かんだ言葉を書きました」

どちらも同じ……。

日本列島を台風が襲っている。年々ひどくなる自然災害。令和の時代に「自然災害のない時代になって欲しい」とコメントしていた人がいたけど、一理ある。

夫が軽井沢入りして、プリンス大喜び。そろそろ、私とバーバだけの生活に飽きてきたか……。

8月14日（水）

今回の滞在は2週間と長い。人にもよく会っている。10日はC姉さんとお茶をして、11日は、夫とプリンスとピクニック、昨日は私の幼稚園の同級生とそのファミリーと一緒にテーマパークで遊んだ。

今日は激しい雨。毎日どこかに出かけていたプリンスは休息日。

夕方、さっき軽井沢に着いた弟夫婦とママさんを「喜玖蔵」（そう、軽井沢の郊外に喜玖蔵の支店ができたらしい）に送り、私と夫は友人宅での音楽会に出る。

私は、このお宅の奥様と一度ゆっくりお話してみたいと思っている。毎年どこかのホームパーティーで会うだけなのでたいした話ができないままだ。夏の軽井沢で、パーティーって……ほとんど話ができないよね。本当に仲良しだけの集まりはいいけど、知らない人がたくさんいる集《つど》いは相変わらず苦手。まぁでもそういうものも、はじめは小さな集まりがだんだん広がっていろんな人が来るようになった、という流れなのだろう。

雨は夜になっても降り続いている。プリンスは、喜玖蔵で好きなものだけいただき、大人のメインが出てくる頃にはバーバの腕の中でぐっすり寝てくれたらしい。

結局、たぶん誰もが自分の望んでいる環境に生きているのだと思う。「望んでいる」とは、いつも考えている、という意味。その人が意識を向けていることが具現化されたもの、それが自分の今いる環境だと思う。

8月15日（木）

今日もしっとりと雨。夫がいる軽井沢は本当に雨が多い。

朝食後、夫とママさんとプリンスが3人で絵を描いている。写真を撮ったらみんな真剣なとてもいい表情。

午後、中軽井沢の従姉妹の別荘に遊びに行く。

テラスが改良されてとても広くなっていた。これはいいねぇ。林に迫り出したここで、毎日早朝ヨガなどができそう。

「毎日ここにいたら……やらないわよ」と言われる。フッ（笑）。

これからの改装の計画を楽しそうに話す叔母と従姉妹。信じられないところを自分たちの力で創造していくのが好きな彼女たち。

私「え？　あのワインセラーも自分たちでやったの？　電気の配線とかどうしたの？」

「まさか！　あれは業者さんよ（笑）」

私「そうだよねーーーあそこに穴を開けてね、とか言ってるから自分たちでやったのかと思った」

うちの女性陣ならやりかねない。

2階にあった、薄いすりガラスのまん丸のライトがとても好き。「これ、浜田山の家にあったのよ」とママ。うん、覚えてる。幼稚園の頃に2、3回ほど行ったことのある叔母の家で、これを見た記憶がある。感覚の印象って、結構深い。

過去のゲストブックがあった。35年ほど前に私が書いた記録もある。

「明日おうちに帰ります、もうすぐ学校が始まるんだ、でも（略）などの宿題をやっていないので学校に行きたくありません」とかなんとかひらがなで書いてあった。

夜はみんなで「榮林」の中華。

8月16日（金）

昨日も今日も夜中に目が覚めて本を読んでいるので、リビングの隅に読書コーナーを作った。居心地よくクッションを配置して、お菓子を用意して夜中でもゆったりできるように。昨日も夜中にそこで本を読んでいたら、夫が「なに楽しそうにやってんの？」とか言って起きてきたけど、すぐにまた寝に戻った。利用者は今のところ私のみ。

朝食はフレンチトースト。今日は晴れ。プリンスは夫と散歩に行き、戻ってきてからバーバと白木の積み木に絵を描いている。

さ、今日も私は好きなことからやろうっと。

8月18日（日）

昨日、夫の知人宅のホームパーティー（音楽会）に出て、その後東京に戻ってきた。帰りの軽井沢の雲が、なんとなく、もう夏も後半という感じだったな。

今回の軽井沢は、なんだか毎日出かけていた。やろうと思っていた仕事はほとんどできず。でもそこに必要な気持ちの充電ができたからよかった。

義母から届いていた大きなスイカを切る。

午後、久しぶりに美容院。

8月20日（火）

朝、テラスの植木に自分の小さなプラスチックのジョウロで水をあげるプリンス。後ろ姿のちんまりした様子を今日も写真に撮る。

そして空に向かって「カラスさんこんにちはー、僕はここにいまーす、ママといまーす」と叫んでいた。

私は高嶋ちさ子さんが好きなのだけど、昨日もなにかの番組で途中からそこでの話に引き込まれた。

「よく、信用していたのに裏切られた、とか言うけど、そんなの相手の勝手。だって信用してくださいって頼みました？っていうね」

とか言っていた（笑）。大袈裟な言い方はテレビだから置いといてその通りだと思うよね。

「信頼していた人に裏切られた」と被害者意識を持っている人の多くの場合、たいてい、自分の作った勝手なイメージを相手に押しつけていることが多い。きっとこういう人だろう、だからこういうことはしないだろう、とか、きっとこういうふうにしてくれるだろう、とか。要は、自分の思った通りの動き、返事、反応がないと「思っていた人と違った」と言い出す。それが大きくなって「信頼していたのに（裏切られた）」とかなったりする。相手のことをどれだけ知っていたんだろう、という感じだ。

だから、当事者のことをほとんど知らない他人が、無記名で他人の悪口を言ったり書いたりするのは「そこらへんに落ちている石ころにしか感じない！　どうでもいい、まったく気にならない」と言っているのもよかった。石ころね！　たしかにね！

8月21日（水）

「成功している人」の私の中での定義は、「自分のやりたいことを実現できている人」だと思う。

そう言う意味での「成功している人」に共通していることは、「心の自由、精神的な自由」があるということ。経済的な束縛や時間的な拘束、人間的なしがらみなどから自由であること。精神的になんの束縛もないこと。完全ではなくても、そうでありたいと思い、そこに向かっている、そういう人はたいてい自分の望むことを実現している。

あぁ、ショック、反省、泣きたい気分。プリンスに火傷をさせてしまった。

夕食でイカの天ぷらを作っていたときに、イカがパチンとはねて、結構な量の油が小麦粉と一緒にドバッと飛んだ。それが床に座っていたプリンスの足の甲にベッタリと。ガス台からかなり離れていたのに。

すぐにはぎ取ったけど、結構大きく赤むくれしていた。これは……と急いでアイスノンで冷やしたけど、相当痛いらしくてしばらく泣いていた。

あぁ……朝一番でクリニックを予約した。

8月22日（木）

朝一番でクリニックへ。ガーゼの下に広がっている赤むくれの様子を見て、「結構広範囲なので皮膚科に行ったほうがいいと思います」と、近くの予約ができる皮膚科をすぐに調べてくれた。さっそく連絡して、その足で向かう。

お洒落な美容皮膚科のようだけど、もちろん火傷も見てくれるようだ。

頼りになりそうなベテランの女医さんだった。

恐る恐る患部を見せる。

「あぁ、大丈夫ですよ」の一言に救われる。

来週からハワイに行くので、それまでに水に入れるようになるかを聞いたら、たぶん大丈夫です、とのこと。２種類の薬とガーゼ類を処方していただく。

フゥ……、よかった。あぁ、気をつけよう。

8月23日（金）

薬を塗り、ガーゼを取り替えるごとによくなっているような気がする。

そうだ、と思い、気も入れてみた。大気の気を集めて、患部に注入。

8月24日（土）

ちょっとずつハワイの準備をしているけど、また今回も大荷物になりそう。でも、もうそれでいいってことにした。減らすほうがストレス。特にプリンスの「万が一のもの」が多すぎる。子供のものは「なかったら現地で調達」ということが簡単ではないし、私の洋服ももっと厳選して減らそうかと思ったけど、「そんなの、削ることないよ」と夫も言っているので「そうだよね！」と。

AMIRIに新作が出たので、ハワイにも持っていこう。コインと天然パールのペンダントトップ、ピアス。軽井沢でもずっとこれをつけていた最近のお気に入り。

夜は、夫の友人宅で小さな子供のいるファミリーが集まった。私たち以外は外国人か、海外を拠点にしていたカップルが多い。

そこで素敵な出会いあり。奥様はある国の元大使（女性）で、ご主人も元アメリカ大使という、夫は以前から知っていたカップル。子供がプリンスと同じ年で、日本で育てることから奥様といろんな話をする。私が来年2月にあるインドでの会議のことを話したら、「それ、私が協力するわ」と突然言われた。私の英語スキルアップとディベートのコツなど。

「ホント！　すごい!!」と思わず私は叫んだわぁ……。

「私にも日本語を教えて。それから本の出版のことも」なんて言われる。私が元駐日大使に教える日本語はないような気がするけど、本の話ならいくらでも。


夜、プリンスは、くまちゃんとアミリちゃん（人形）に布団をかけて本を読んであげていた。私が最近はまっているのは『ラスト・バリア』という本。この世の仕組みや真理を追求していく物語。

8月25日（日）

プリンスの火傷はだいぶよくなってきた。あとは「キズパワーパッド」を貼っておけば大丈夫らしい。「これは皮膚科いらず、と言われているくらい、なかなかの優れものなんですよ」と先生も言っていらしたので、たくさん用意した。こういう、さばけている女医さん、大好き。というか、女医さんでさばけていない人に会ったことがない。

最近プリンスが好きなのは、塗り絵。今気に入っている洋書の塗り絵の本は、分厚くて重いので、ハワイ用にたくさんコピーをとる。

夜は、プリンスをとり上げてくださった元山王病院の女医さんと食事。おめでたいことがあったので、そのお祝い。@アッピア。

8月28日（水）

今、ハワイ行きの機内。プリンスはディズニーの『カーズ』を観ながら自分用の夕食をつまみ、席のあいだの仕切りから手を伸ばして「ママーー」なんて言いながら11時すぎに寝た。私は本と映画を交互にちびちびとアルコールを。

プリンスは次の誕生日までは飛行機代がほぼタダなので、今回は一緒にビジネスに乗せたけど、次回からはみんなでエコノミーにする予定。「子供をビジネスクラスに乗せるのはよくない」というのが私たちの一貫した意見。それをしているファミリーもいるけど、やはりいろいろな意味で子供が勘違いすると思うから。だいたい子供にとってエコノミークラスは充分な広さだし、自分の力で乗れるようになってから乗ってください、だ。というわけで、しばらくおさらばになるビジネスクラスを味わおう。

あっという間に着いて、荷物が一番に出てきたのでスムーズに外に出る。夫がレンタカーを取りに行ってくれた。

今日から、生きていることを毎日神様に感謝しよう。今、こうして生きていること、これはきっとすごいことなのだろう……とか思いながら、息子の写真を撮りつつ待つ。

車に乗ってハイウェイに入ったら、ハワイの気持ちがこみ上げてきた。そう、これだよね。この突き上げてくるうれしさ。他の場所では味わえないこの島の感覚。

今回滞在するのは、私が幼少の頃住んでいたタワーだ。

案内してくれる人について部屋に入ってみたら、とても綺麗で居心地よく整えられていた。山側と海側と両方の景色が楽しめるし、必要なものはなんでもそろっている。あちこち写真を撮って両親に送る。「おおお、懐かしいねぇ」と父からすぐに返信あり。プリンスも数分おきに「ここ、いいねえ」なんて言っている。

一休みして、アラモアナに買い出しへ。

今晩と明日の朝のものをちょっとだけ買うつもりが時間をかけてたくさんになる。

冷蔵庫がいっぱいになるだけで幸せ。

グァバジュースを飲みながら海を眺める。どうしてハワイというだけでこんなに幸せなのか謎……と長年思っていたけど、去年、私の生まれた日時や方位などをすべて合わせて判断すると、私にとってハワイはいつ行っても最強のパワースポットになるということがわかった。それを知ってから、この気持ちに納得がいった。

夜は、フードランドコートで買った「アヒポキ」とムール貝のオードブルをメインに冷たい白ワインを開ける。あとは山盛りサラダ。プリンスには白米を炊いて、野菜炒めと鶏肉、パイナップルなど。

夕食の後片付けも、寝る準備も、なにをしていても楽しい。

8月29日（木）

6時半頃、「朝日だよ」と夫に起こされる。プリンスもすでに起きていた。夫が淹れてくれたコーヒーを飲んで朝日を見て、さっそく、今日も生きていることへの感謝を……。

9時半からプールへ。

え？　このプール……こんなに小さかったっけ？　昔はもっと巨大に感じていたものだけど……。

プリンスはここでもなかなか水に入りたがらず、「ボクはいい、待ってるの」なんて言っている。ライフジャケットを着せて水に浸しても私にしがみつきっぱなし。浮き輪に入れてもしがみつきっぱなし。「浮き輪が浮くものだということをわからせないと」と言って、彼が浮き輪に乗ったら……沈んだ。子供用だからね。

夫と交代してプールサイドで本を読む。今回、私は焼けてもいい、むしろ焼きたいくらい。ウトウト……。

「ママ、見て～」という声に起こされて振り返ると、プリンスがひとりで浮き輪で浮かんでいた。

「今さ、そこに白人の女の子が入ってきたのよ。そしたら急に僕を突き放してひとりで浮かびだしたんだよね」
だって。おかしいねー、プリンス、いっちょまえ。

それから2時間ほど部屋で休んで、夫がハワイ銀行に行っているあいだ、アラモアナセンターでプリンスの洋服の買い物をした。それと私のメイクアップ用品を買い足す。羽田空港のラウンジにお化粧ポーチを忘れてきたようなので……。

夜は鶏肉のカレー煮込みを作って、買ってきたポークチョップ、グリル野菜のサラダ、生ハムとチーズなど。美味しい赤ワインをセレクトしてもらったのに、部屋にワインオープナーがなくて飲めず、安い白を開ける。

急にリビングのテレビがつかなくなった。

「これはさ、テレビなんて見ないで愛を語り合ったほうがいいってことだよ」と彼が言うので、愛を語り合う……というのは大げさとしても、久しぶりにゆっくりといろんな話をする。

どうして東京（ホーム）だとこういう感じにならないんだろう……この大きなソファか……この景色か……などいろいろ考えたけど、わからず。

8月30日（金）

今日は7時半まで寝た。プリンスも時差なくぐっすり。子供って、寝ている姿を写真に撮ると大きく見えるよね。

海を眺めながら共同通信の連載やアメブロ、「引き寄せを体験する学校」の作業をする。

鏡で見たら、私、日焼けしてる。昨日のプールだけで。こんなに黒いのは、この10年にないくらい。夫はもっとひどく、赤くただれている。みんなの体に、昨日買った日焼け後用のアロエローションをもう一度塗りたくる。

さ、今日は定番の「ホノルル・ズー」だ。

ワイキキを走り抜けてすぐ。あぁ、この海！　この空、この椰子の木！！！

ホノルル・ズーは、あまりパッとした動物がいなかった。鳥とか、鳥とか……鳥を見る。ゾウもちょうど見えない場所にいて動いてくれなかったし、アフリカのサバンナのコーナーもウッドチャックのような小動物しかいなかった。

私が3歳くらいのときに、ここでボーッとキリンを見ている可愛い後ろ姿の写真があって、あれと同じシーンをプリンスで撮りたいな、と思っていたけど、今日はキリンとシマウマの檻《おり》もお休みらしい。

オオトカゲ？イグアナ？のところが子供に一番人気があったね。プリンスの一番好きだったところは、石でできたカバ。

さ、お昼をどこに行こうか考えて、近くにある前回も行ったオーガニックなサンドイッチ屋さんへ。

近くの公園に車を停めてテクテク歩く。幼稚園と小学校を通りすぎた。

夫「帆帆ちゃんはこんなようなところに通ってたの？」
帆「もうちょっと綺麗な感じだったけど……でも意外と今行ったらこんなものかもね」

　私が通っていたのはアラモアナにあるお寺系の幼稚園で、先生にも日系人が多かった。でも、ママと離れるときに泣いてもなんでももぎ取られるように無理やり引き離されるので、あまりいい印象がない。工作をしているときのノリの容器のハケのオレンジ色と匂いを断片的に憶えている……。

　お店は日本人でいっぱいだった。雑誌かなにかに載ったんだろうな。テイクアウトなのですぐに買えて、公園のベンチで食べる。ツナサンドとベジタブル卵サンド。

　プリンスは近くにいた鳥の群れを追い回していた。

午後は、またひとりでアラモアナセンターへ。またプリンスの洋服を買って終わる。数年前、あんなに精力的に自分の買い物をしていたのが信じられない。

テラスでゆっくりと、未来に思いを馳せる。

夕食はネットで見た「グーフィー・カフェ＆ダイン」へ。ものすごくローカルな、ＡＢＣストアの上にあるダイニング。今日はヒルトンの花火があるので、その近くで夕食をと思ったらここになった。

でも、とても美味しかった。ケールのサラダとフレンチフライ、シュリンプのガーリック揚げとロコモコ。サラダは山盛りのケールに少量のパパイヤとアーモンド、ガーリックも効いていて、山盛りがあっという間になくなる。フレンチフライも、ガーリックの蒸し焼きが入っていて他のお店と一味違うし、ロコモコのソースも最後までパンにつけたいくらい美味しかった。ここは人気が出るの、わかるね。

パッパと食べて、ヒルトンホテルのラグーンの砂の上に座って、花火を見る準備。

暮れゆく空と椰子の木のシルエット。

夫がチョコミントアイスを買ってきた。コーヒーを買いに行ったら一番近くのカフェがこのアイスクリーム屋さんだったそうで……どうりで、まわりにアイスを持っている人が多い。

私たちの近くに来た日本人親子の母親が「洋服が汚れるから立って見て」と子供たちに言っている。「それでも座りたいなら今、敷物を持ってくるから」とかなんとか。……汚れるって、このサラサラの白砂のことだろうか？　世の中にはいろんな人がいるな、と思う。

花火が始まった。それはそれは綺麗。フィナーレの連打も迫力。光に浮かび上がる椰子の木もよかった。

10分足らずの花火が終わって、テクテク歩き、帰りにＡＢＣストアに寄る。明るいところで見ると、さっき食べたチョコミントアイスのチョコが私のドレスに飛び散っていて、ものすごく汚かった。ミント色に黒い染み……鳥のフンを浴びたよう。

夫と爆笑するも、そこにあったドライフルーツのバッグをとっさにつかんで前を隠し、レジに並ぶ。

「これ、どしたの？　どしたの？　どしたの？」と帰るまでに3回くらい、息子に聞かれた。

8月31日（土）

今日も晴れ。まぶしいハワイの空。

住宅街にある「レナーズベーカリー」へ行く。まぁ、これも今じゃ日本で食べられるから、こんなに並ばなくてもいいんだけどね。まあ、プリンスのために一応……。

子供ができて、こういう「本来の私がまったく興味のなかったもの」を受け入れる機会が増えた。私は基本的になにかに並ぶ、ということが苦手。並ばずに手に入れる、というような意味ではなく、そこまでして欲しいと思うモノができたことがない。

甘ったるいドーナツを12個買って、ＡＢＣストアでサンドイッチと飲み物を補充して、海へ。

よさそうな椰子の木の下にシートを敷いて椅子を並べる。

プリンスはすぐに砂遊び。

一瞬、日本に戻ったら始めなくてはいけないインド行きの準備を思って気が重くなったけど、ここでは考えないことにしようと決める。もうひとつ、気がかりなことがあるけど、それも今は考えないようにしよう。特にあとのほうは、考えるとキリがなく心配だけど、私の力が及ぶことではないし。その当事者が、自分でそれを解決できる力があることに期待する。

さて、少しは海に連れて行かないと、ということで、プリンスを海へ。部屋にあった、発泡スチロールの柔らかい棒をプリンスの体に巻きつける。これで浮き輪から抜け落ちることもない。

どこにいても、その人の心は同じ。いつもその人が考えていることに意識が向いている。心配する人はどこにいても心配するし、愚痴っぽい人はどこにいてもそうだろう。環境が変わったことで、よっぽど心境に変化があって考え方自体が激変する場合以外は、しばらくすると基本的にいつもの自分に戻る。だからどこにいても、引き寄せるものは同じということになる。

帰りにカハラモールに行って、キッチン用品を買う。9月にあるファンクラブのサマーパーティーのプレゼントも、ちょこちょこ買い物。それからインテリアのお店でサンゴのデザインのクッションカバーとテーブルランナーを買う。帰りにスーパーで食材を補充。

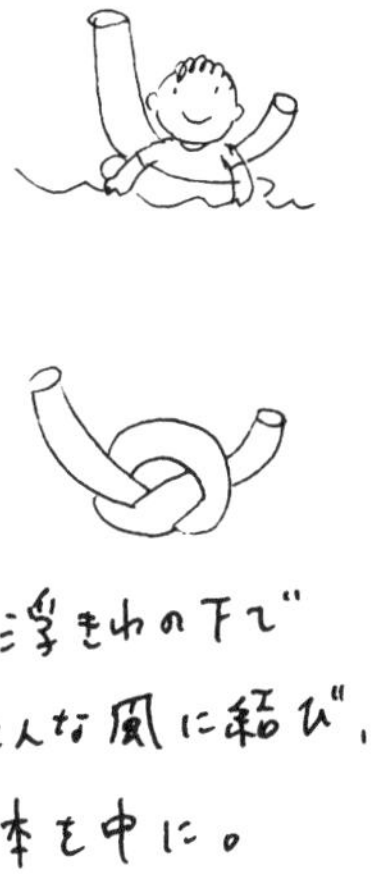

プリンスの火傷は順調に治っている。今日、海のあとに傷パワーパッドをそーっとはがしてみたら、ずいぶん小さくなっていた。傷パワーパッド、すごいね。

9月1日（日）

今日も晴れ。太陽、雲、椰子の木。ますます黒さが増している私。

今日もアラモアナへ。ようやく自分の洋服に気持ちが行き始めた私たち。熱心に探して4着買う。「JOSEPH」のニットワンピースは大阪講演に、ミッソーニのニットドレスはファンクラブのサマーパーティーにぴったり。よかった。

ハレクラニでブランチをする。サンドイッチとハンバーガーとコーヒー。

「ハワイって、どうしてこんなに楽しいんだろうね」と私がここに来て5回目くらいのことをつぶやいたら、「それはさ、買い物と食事と海とプールなんて暮らしだからよ」と彼。

そうか。そうかなぁ……それだけじゃないと思うけどなぁ。

意識して楽しもう、としているからじゃないかな。短いあいだだから景色を楽しもう、今を楽しもう、味わおうってね。それと、やっぱり「動く」っていいね、エネルギーが活性化する。普段は静かに幸せ度高く冷静に過ごして、ここぞというときに大きくガバッと動く……大事。

夕方、プラプラと半分裸のような格好で出かけてドラッグストアでいろいろと買う。お化粧品やボディクリームなど、絶対に日本で買ったほうが品質がいいだろうな、と思いながらも雰囲気に負けてつい。

ハワイの流れのよさは、この陽気や風土の気楽さからくる洋服のせいもあるよね。毎日、自分の好きな格好でフラッと出かけられる。誰の目も気にならないし。日本だったら絶対にこんな格好で出かけない……背中、ほぼ裸。

夜は現地の友人たちと食事。

みんな飲んでいたので、帰り道は私が運転した。左に曲がるポイントをあれ？あれ？と次々逃しているうちに遠くまで行ってしまった。でもその次に曲がる角にカフェがあって、「ドーナッツとコーヒーでも食べたい」とひとりが言っていたので、よかった。

9月2日（月）

午前中は部屋でゆっくりする。午後、海に行く。

ビーチ沿いの路駐スペースにものすごく可愛いワーゲンが停まっていた。ペパーミントグリーンのワーゲン。上にはサーフボード。絵になるねぇ。

ビーチで、アメリカ在住の日本人の親子とちょっと話す。

6才の男の子（ハーフ）は完全に南米系の顔立ち。

「あと1時間しかいられないので、本当は私は行きたいところがあったんだけど、息子がここがよさそうなので、ここにいたほうがいいってことかも」

なんて言ってらした。肌の黒い南米の人と結婚してアメリカに住んでいる日本人女性の暮らしを思う。プリンスは、その男の子と遊んでもらったたった20分ほどで、活発になった気がした。

夫が、砂に今日の日付とプリンスの名前を書き、記念に写真を撮る。

さて、そのあと、夫とちょっと言い合いになり、私はブーたれて不満をブチブチ言いながら、夕食の買い物をしてタンタラスの丘へ夜景を見に行く。

その行きの道でもブーブー言う。雨が降ってきたからもう引き返そうかと思ったけど、せっかくだからプリンスのために見る！と強引に頂上まで向かう。

そして、盗難に遭ったのだ……。

今は夜中の3時。今思い出してもドキドキする。

そんなブーたれた感じで頂上に着き、不機嫌な私は日本と電話している夫を車内に残し、プリンスを抱っこして、先に夜景を見に外に出た。夫がいるから、バッグは車内に置きっぱなし。すぐそこの夜景を見てから、少し離れた先まで行って、写真を撮ってから15分ほどで戻ったら、車の窓ガラスが粉々になっていた。呑気な私は、はじめそれを見たときに「子供が投げたボールでも当たったかな」なんて思い、夫の張り詰めた声で「カバンは？」と言われてようやく、助手席に置いていた私のバッグがなくなっていることに気づいた。しかもこ

著者累計500万部突破のベストセラー作家・浅見帆帆子が描く
癒しの言葉であなたの悩みに答えてくれる「ダイジョーブタ」。
公式Twitterでは日々ダイジョーブタの勇気がもらえる言葉を紹介中!
ダイジョーブタ
通販サイト
公式HP
©HOHOKO style Co.,Ltd

の日、私たちはなぜか、私と息子のパスポートをバッグに入れていたので、お財布はともかくパスポートも全部なくなったのだ。海のあと、一度部屋に戻って金庫を開けたときに、なぜか今日に限って私とプリンスのパスポートをバッグに入れたのだ。夫のは部屋に置いてある。ガタガタと震えた。どうしよう、どうしよう……。そうしているうちに、まわりの外国人たちが集まってきた。みんな「Oh No」とつぶやいている。現地で頼りになる知人に電話する。知人からすぐに警察に電話してもらい、私たちは丘が閉門するので、門のところまで車を移動して車内で待つことに。

この待っているあいだが一番怖かった。窓ガラスはなく、真っ暗闇。こんなところで襲われたら終わりだ。後悔の嵐が私を襲う。スマホは圏外。飛び散ったガラスを避けて、プリンスを抱いて後部座席に小さくなる。「神様、力を貸してください」と真剣に祈る。

20分ほど経ってやっとパトカーが来て、事情聴取された。バッグのブランド名とか財布の種類とか、中に入っていたものなどを聞かれる。

「まぁ、出てこないと思うよ。ここはよく盗難があるからね。なにも傷害がないだけよかったよ」とのこと。領事館に出す「盗難届け」のような紙をもらい、あっさりと手続きが終わる。夫が「ナンバープレートとか、このあたり、写真に撮っておいて」と言ってようやく写真を撮ってくれた、という感じ。

ガラスが散乱する車を運転して帰る。私はプリンスをしっかり抱きしめて後部座席で小さくなっていた。ワイキキの繁華街に戻ってきて交差点で止まるたびに、歩行者たちが、「ちょっとあれ見て」とこっちを見ていた……フー。

帰って、さぁここからが大変。まず、クレジットカードを全部止める。

「そんなことより日本に連絡して戸籍抄本をとってもらって！」と夫。パスポートを発行してもらうためには、自宅の住所が明記されているもの、そしてプリンスと私の親子関係を証明するものが必要らしい。母子手帳ではダメだそうで、ということは、え？　戸籍抄本？　それがないと仮パスポートを発行してもらえないという。明日、帰るのだ、間に合うだろうか。

日本に電話したらママさんがつかまったので、事情を話してすぐに区役所に向かってもらう。区役所の閉まる時間、ギリギリだ。ヤキモキして待つこと1時間後。無事にもらうことができたようだ。それを私の知人宅へファックスしてもらわないと。コンビニのはじめの数軒では国際ファックスが送れず、案の定、店員もまったくわかっていないらしい。3軒目でやっとファックスできるところが見つかり、30分近くかけて送ってもらう。

そのあいだに私は、明日の朝一番でパスポート用の写真を撮ってくれるところを探した。ここの近くにありそうだけど、自分たちでは行けないので知人に送ってもらうことにする。ついでに大使館までもついて来てもらうことに……。

知人から電話あり。ファックスされてきたものが真っ黒だという。……そうだよね、住民票みたいな書類はファックスとかコピーはできないようになっているんだよ、そうだよね、当たり前だ……。ママさんは書類をスキャンしてメールで送るなんてできないので、私の事務所のスタッフに住民票と戸籍抄本を渡し、スキャンしてメールしてもらった。それを知人宅でプリントアウトしてもらって、明日持ってきてもらうことに。

本当は、戸籍抄本の原本がないとダメなこともあるらしい。そうなったら、郵送に数日はかかるので、パスポートのある夫だけ先に帰ってもらい、私とプリンスはパスポートが発行され次第帰ることになるだろう。ここは延長して泊まれるので宿泊場所は大丈夫だけど、飛行機のチケットをとれるのは結構先……。

「あぁ、ビジネスのチケットも無駄になるか」とつぶやいたら、

「そんなことはどっちでもいいでしょ」と夫に言われる。

……そうだよね、ごめんなさい。そもそもね、この事件を引き寄せたのは私だという自覚がある。私が直前にあんなにイライラしていたからだ。傲慢な姿勢、思い違い。そこから発展して夫に対して感謝もなく、不満をぶつけて、こんなに楽しい旅行に来ているのにあんなエネルギーで…………あぁ、本当に悪かった。

そんな私なのに、夫はやるべきことをやったあとは穏やかにワインを開けて、「もう気にしないでワインでも飲んだら？」なんて言ってくれている。……涙。

9月3日（火）

5時に起床。昨晩はあまり眠れなかった。

6時から開いている写真スタンドに知人に連れて行ってもらい、パスポート写真の撮影を申し込む。プリンスの着ていた薄いピンク色のシャツが、後ろの白い背景色と混ざってしまうので「濃い色の洋服を着て欲しい」と言われた。併設していたお店に売っていた南国の花柄模様のランニングシャツを買い、上からかぶせた。ハワイなのに、タヒチとか書いてあるし……。でも考えてみれば、こういうお店が併設されていなかったら、早朝だし、代わりの洋服を買うこともできなかったよね。よし、流れ、いいぞ、と静かに思う。

カメラを向けると笑うプリンスを、「笑わないで、お願い、口を閉じて」と言って、できあがった写真を持って急いで大使館へ。開門前、一番に着いた。次の車が入って来たので車を降りて門の前に並び、オープンと同時に受付へ。

日本人の担当の人に事情を話し、プリントアウトした住民票と戸籍抄本をドキドキして渡したら…………大丈夫だった。

よかったーーーーー、本当によかった。ネットで見ていた時点では、「その発行にも何時間もかかった」という投稿もあったのでドキドキしたけど、「エアが夕方なので急ぎましょう」と言ってくださり、一安心。記入する書類はたくさんあったけれど、とにかく必要書類は全部そろっているということで落ち着いて記入する。

1時間ほどで受け取ることができた。いただいた簡易的なパスポートには、「帰国のための渡航書」と書いてある。帰国のためだけの片道のパスポートなんだって。

あぁ、よかったぁ………。

部屋に戻ると、夫は窓ガラスの割れたレンタカーを戻しに行っているところだった。

戻ってきて、「よくあることらしいよ。タンタラスの丘で盗難事件に、と言ったら、なにも傷害がないだけラッキーだって。あそこ、半年くらい前?に殺人事件があったらしいよ」と言う。やだ……本当によかった。

まだドキドキしながらソファに座る。昨晩、眠れなくてパッキングも全部すませていたので、もう帰るまでやることはなにもない。

「時間までプールにでも行ってきたら?」なんて、またも優しいことを言う夫。「いえいえ、とんでもありません」と部屋で神妙に過ごす。

フー、今、機内。無事に乗れて、ようやく本当にホッとした。

チェックインのところで仮パスポートの説明をしたら「え? 昨晩、盗難にあったの? で、もうこれがあるの? あなたたち、スーパーラッキーね」と言われ、不幸中の幸いを噛みしめる。はぁ、よかった……ちょっと寝よう。

9月4日(水)

無事に帰ってきました。

最後の一連のことを改めて思い返すと、あのときの夫の迅速な対応がなかったら、まだハワイにいたと思う。

頼もしさに感謝。ちょうどその直前に、ある会社の社長が「自分は秘書がいなかったら飛行機のチケット一枚とれないんだということに気づいて〜」とかいう文章を読んだところだったので、余計に。なにしろ夫は世代が私と違うので、そんなふうになることもあり得たのだ。あぁ、よかった。そして、改めて私自身の態度と心構えを深く反省した。あれを起こしたのは私。あの丘に行ったときの私は、盗賊たちと同じ波動だったということだ。夫の存在のありがたさと感謝の大切さを身に染みて感じた、とてもいい出来事となった。

「ちょっと！　私にも感謝しなさいよ！」と脇からママさんが。

もちろん母にも、それから事務所のスタッフHにも心からの感謝を伝える。

あのとき、母がすぐに動いてくれなかったら区役所はしまっていただろうし、Hちゃんのサポートがなかったら書類も届かなかった。

笑ったのは、ママさんが私たちの盗難事件を聞いてドキドキしながら書類をスタッフに届けるとき、ちょうど東京がゲリラ豪雨に遭い、傘を持つ手もグラグラするほどの雨が降っていたそうで、「なに、この試練は？」とか思いながら住民票と戸籍抄本を抱えて走ったらしい。豪雨だからタクシーが捕まらず、やっと来たタクシーに横から手をあげた人が先に乗ってしまい……ということがあったらしいけど、そのあとに走ってきた乗車中のタクシーがママさんの真ん前でお客を下ろして、そのまま乗ることができてラッキーだった……などなど、みんなそれぞれにストーリーがあったようだ。

海外に行くときは、住民票と戸籍抄本を持っていくべし！　盗難に遭わないようにすることは大事だけど、それでも起きてしまうときは起きるので、そのときに便利だからね。

9月5日（木）

日差しに透明感が出てきて、ここでの朝もハワイみたいだ。

ハワイでの、あの活発でクリアーなエネルギー原因はなんだろう（最後の事件は置といて）ともう一度考えてみると、余計な情報に触れていないからだろうと思う。

日本ではインターネットはじめ、メディアを通しての情報過多。それに比べるとハワイでは日本語ほどは英語を理解できるわけではないので、テレビのニュースも半分くらいしか耳に入ってこないし、日本でのように細部まで聞く機会がない。ネットは日本でもあまり見ないけど、ますます情報からシャットアウトされている、それが原因だよね。自分の本音の感覚だけで毎日動いているから。

そうだ、あと「意識的に今を味わおう」と思うことだった。今を味わう……このゴロゴロしている今、今、今。

ここしばらく読んでいた『ラスト・バリア』という本、本当にいい本だった。

まとめると、「心配ごとはすべて宇宙に預けて神の流れを信頼せよ」ということ。書いてみると真新しいことはないようだけど、違う方向からそこに気づかせてくれる素晴らしい本。

それにしても、このあいだの『フィンドホーンの花』といい、昔はみんな相当な苦しみを体験してそれを悟っている。現代では同じことをもっと楽に気づく方法も人もたくさんいる。私も楽に気づきたい。

本と言えば、『毎日、ふと思う⑱』が発売になった。タイトルは「引越し、ヨット、凪、出航」。去年の1月から9月までを収めてある。1年分を収録するとすごいボリュームになってしまったので今回は途中まで。

9月6日（金）

引き寄せの法則のコツは「感謝」にあるなと思う。

それが本当に実現することを知っていれば、ありがたくてありがたくて自動的に感謝をすることになる。未来にそれが起こるように「願う」という感覚ではなく、それが起こることを「知っている」という感じ。

「15日のホホトモサマーパーティーに着る洋服だけど」とママさんから連絡があった。そうそう、今回はママさんが話す場面もあるのだ。はじめに予定していた白の麻のトップスは、ママさんの気持ちが乗らないんだって。買ったときはすごくいいと思ったんだけどね。

「ちょっと見て」と送られてきた写真を見たら……たしかにこれは……オウム真理教みたいになってる……。

帆「やめたほうがいいね」
「そうよね、自分が着て落ち着くものにするわ」と。

9月7日（土）

帰ってきてから、自宅の気になっていた場所を少しずつ掃除している。今日は子供部屋。プリンスがもっと片付けやすいように整理。昔買った、カラフルな木の立方体のブロックの1個が1年近く見つからないままになっていたのだけど、掃除をしたら出てきた。その瞬間「あ、欠けていたものが埋まった」と思った。長らく私が思い違いをしていたこと（欠けていたこと）に、ハワイの事件で気づいて、必要なことが全部そろったという感じ。

久しぶりに実家に行った。プリンスはジージと遊んで大喜び。
ジージの部屋に並んでいる車の模型を出してきたり、立てかけてあったゴルフのパターの近くにゴルフボールを並べたりしている。そのあいだに私は、ママさんの新しいアイフォンの設定をしてあげた。父の部屋って、いつも思いもかけない素敵なモノがある。昔からそう。なにあれ……と遠巻きに見つめて、いつか欲しいな、と心の中で思うことがよくある。

9月8日（日）

みんな時差で、5時半には起きてしまったので、早朝から開いている近くのカフェへ。

コーヒーとドーナツとマフィン。夫にぜひとも読んで欲しい本の箇所に線を引いておいたので、食べながらそこを読んでもらった。音読しようとしたら「いい、自分で読む」と取られたので。

買い物をして帰る。

早起きっていいね。家に戻って掃除をして細々としたことをしてもまだ10時だ。

台風がきているようだけど、今日の夕食の約束は大丈夫かな、と思っていたら電話があって、お店が1時間早く閉店するそうなので予定より30分早めの６時に集合することになった。

@東京会館。今日はおしゃれなYちゃんの誕生日のお祝いをKちゃんとする。

このふたりとは、いつもあらゆる種類の話ができる。ポイントは、お互いが自立しているから。お互いの仕事や生活が重なりそうで重なっていないからだ。みんなの話す量が等分で気持ちがいい。でもまぁ今回は、私の車上荒らしの話で盛り上がる。

「そんな捉え方をするところがエライなって思ったよ」

とYちゃんが言ってくれたけど、あれはあれしかなかった。そう思おうとしたのではなくて、あれしか考えられないくらいはっきりしていた。

帰る頃に降り始めた小雨が、家に着いて10分後くらいに本降りになった。

プリンスは夫とご飯を食べて、８時すぎに寝たらしい。

9月9日（月）

台風が過ぎて、暑くなりそうな朝だ。

「台風はどこに行っちゃったの？」とプリンスが聞いてくる。「台風がくるよ」とこの2、3日毎日言っていたからね。

「〜〜になりたい、したい」と望んだとする。でも、「〜〜になりたい、したい」と思えば思うほど、それは実現しないような気がする。「〜〜になりたい」と思うのは、それを望んでいる状態を願っていることになるから。その通り、「〜〜になりたい」を味わい続けることになる。「〜〜になってありがとう」と思わなくちゃ。そんな、前から知っていたようなことを再確認するときってある。一段深く納得すること。

9月11日（水）

うれしいことがあった。これは、ハワイのあの事件からの一連の流れだと思う。あそこで私が思い直したこと、反省したことによる展開だろう。

午後、友人から「素敵なお店があったよ」と言われていた場所に行く。

「あれ？　このへんだったはずなんだけど、あれ？　ない……」とか言いながら、そのあたりをぐるぐる探してやっと見つけた、のに、なんと「2時半まで留守にします、店主」とか張り紙がしてあった。え？　こんな大きなお店なのに、そんな露店的な対応？（笑）。

今12時で待っているつもりはないので、グルリとまわりを見渡したら、別のお店が目についた。すると、そこで探していたものを発見！　すごくお世話になった人に送りたかったあるもの！　こんなところで見つかるとはねー。

10月にあるファンクラブイベント「新屋山神社ツアー」でお昼に行く予定だったうどん屋さんから連絡があったそうで、「メニューの種類が4種類から2種類に減った」という。「夏が終わったから」だって。え？　私たちのツアーははじめから「秋の開催」とわかっていたはずなのに？と思ったけど、前後の移動を考えるとそのお店がベストなので仕方ない。参加者様には2種類から選択していただこう。

9月13日（金）

昨日の夜は、夫が帰ってきたのが夜の12時くらい、そこからあのうれしいことの話をしていて、寝室に行ったのが2時くらい、そこからまたいろいろなことを考えた。たまにやってくる、夜が長く感じるあの感覚になった。

そのうれしいことが起こった今、すべては「今」への感謝、大事なことはそれだな、と痛感する。ハワイで気づいたこともそれ。

明後日にある「ホホトモサマーパーティー」の最終準備。
今回はママさんも話をするので「どう？　うまくいきそう？」と電話したら、「時間が足りなくなったらどうしようって感じよ」とか言っている……フッ（笑）。それでも、当日に向かってずいぶん前からシミュレーションしていたようだ。考えるだけでワクワクがこみ上げる。

さっき、コンランショップのカタログが届いたので見ていたら、そこに「マド エ レン」というルームフレグランスが載っていた。それを見たプリンスが「ジージの部屋にあったね」と言う。私も今そう思ったけど、他にもいろんなものがのっていた父の部屋の大きなテーブルの隅に置かれていて、決して目立ってはいなかった。誰もその話をしていなかったし……。こんなふうに、たまにプリンスの記憶力に驚くことがある。なんだろう、なんか印象に残っているのかな。

9月14日（土）

明日の衣装はハワイで買ったミッソーニのロングワンピース。かなり大きかったので、ママさんに肩と脇を少しつめてもらい、ウエストを軽く絞れるように後ろにリボンもつけてもらった……とか簡単に言っているけれど、普通は簡単ではないんだろうな、と今なら私もわかっている。ママさんが簡単にアレンジしたり直したりするのを見慣れてしまっているので、自分が納得する状態まで直して着る、という感覚が普通になった。

もちろんはじめからすべてがベストフィットの場合はいいけど、イベントや舞台上のものになればなるほど、ちょっと加えたり減らしたりする必要が出てくる。ジュエリーを派手にするか、洋服で主張するかなどを考えながら、そこが楽しいところでも、ある。

9月15日（日）

今、夜の8時。「ホホトモサマーパーティー」を終えて帰ってきたところ。

今日は夏のような日差しの、気持ちのいい日だった。結局ママさんの洋服は、とてもママさんらしいいつもの感じに収まっていた。パリでたくさん買った、あのブローチもつけている。

10時頃に北原邸に着いて、北原さんご夫妻とおしゃべりして、11時半に皆さんが到着。そこからはいつも通り、もうあっという間。

私は事前にもお知らせしていた通り、今年の3月から始まっているステージアップと瞑想への流れの話をする。続けて、ママさんが気功の話。気功を始めた経緯、過渡期にあったびっくりの面白体験などを私も久しぶりに聞いたけど、面白かった。あぁ、そんなことあったね、という……。

ママさんの気功の話も私の瞑想の話も、共通しているのは、「その形にこだわるのではなく、気功的な生活、瞑想的な生活をすることに一番意味がある」というところ。それは結局、日々の目の前のことを楽しみ、不安や心配などの望まないことにフォーカズせず、あらゆることを自分の意識の力で望ましいほうへ拓いていくということ。

途中、ママさんが話しているとき、そばでボーッとして座っていた北原さんを見て、「ねえ、聞いてます?」とか言ったところがウケた。もうひとつは、自分に最近あった引き寄せの話として、

「ご飯のしゃもじがなくなってしまって、しゃもじを買わなくちゃ、しゃもじを買わなくちゃ、と思いながら歩いていたら、道でよくティッシュを配っているような人がしゃもじを配っていたんです」

とか話していたとこ。しゃもじって……(笑)。で、その道を帰りも通ったら、なんと帰りもいただいたんだって、2本のしゃもじ。会場、大爆笑。

ママさんは思っていた通りに全然緊張せず、話すべきことはすべて話しつくして時間いっぱいに綺麗に終わっていた。

聞いていたある人に言わせると、「ああいうレベルの話し方をできる人はなかなかいない」らしい。

「自分をアピールするエネルギーがいっさいなく、自分の話を聞いてくださいというエネルギーもなく、わかってもらいたいというようなエネルギーもなく、ただ自分にあることを出している、という……ああいう話し方のできる人ってなかなかいないんですよね」

なんて言われて恐縮する。

でもたしかに、ママさんは本当に、ただあるものを出しているだけ。家のリビングで、私と普通に話しているような感じだった。

ホホトモさんたちとは、今回もたくさんお話ができた。この数ヶ月のご自分の状況や、前回お目にかかったときからの変化を報告してくださる方も。みんなとてもいい感じだった。また、北原さんの話を聞いて改めて「言霊に気をつけよう」と思ったものだ。

毎年、ここで思うことはこれ。自分の言葉への見直し。

終わって、皆さんが帰られて、「さ、お隣に食事でもしに行きましょう」と思っていたら、隣のカフェは予約でいっぱいだった。へぇ……去年はこれほど混んでいなかったのにね。北原さんたちが、近くの和食屋さん、お蕎麦屋さん、少し離れたイタリアンなどいろいろ電話してみたけど、どこもダメ。3連休の真ん中だしね……。

というところへ、入り江の向こうのほうに見える別荘の人から、北原さんのところへ電話があった。こっちから見えていた「あそこ」の家には、海沿いのテラスに裸のように見える水着の人たちがたくさんいて、きっとなにかパーティーをやっているんだろうな、とさっきから思っていた。そこに私の友達もいることがわかったので、「じゃあ、あそこにご飯を食べに行こう」とみんなで押しかける。

最近完成したばかりの別荘で、家主さんや息子さんの友達が大勢来ていた。テラスには海に面した素晴らしいプールがある。こういうL字型のプールっていいよねぇ……。たとえば店舗の前に広がる、目を楽しませるための池、そこに実際に入れる、という感じの造りにすると、そんなに広さがなくても充分に素敵。プールの続きにジャグジーがあって、そこに飲み物を片手にたむろする男女が十数名。ハーレム？　バチェラー・ジャパン？（笑）を彷彿とさせる。

　2階の寝室も見せてもらった。海に浮いているかのよう。お風呂も。

「軽井沢は木の緑がメインだけど、海の上の青もいいわネェーーー」とママさんと話す。うちはパパさんが海派だったので、軽井沢にはほとんど来なくてハワイばかりだったけど、その気持ちもわかるな……山や森にはこういう広がりはないものね。

　1階に戻り、ちょうど出てきたチキンの丸焼きをいただく。中までしっかりと脂がのっていてジューシーだった。それから豚肉とキムチの和え物、冷製の担々麺。素晴らしく美味しい。こういう場で出てくるお料理って、バーベキューの延長のような、それほど味は期待できないことが多いのに。担々麺の品のいい辛味や、豚肉キムチについていた味の染みたゆで卵など、味がプロ。料理人を呼んでいるのかと振り返ったら、料理が趣味という証券マンが向こうのオープンキッチンで黙々と作っていた。

「こういう人、お友達に欲しいよねーーーー」とかみんなで勝手なことを言いながらパクパク食べて、「そろそろ帰ろっか」という北原さんの一言で席を立つ。

　食べ逃げか……。美味しかったし、素敵なお宅も拝見して目の保養になった。

　楽しい気持ちで帰路につく。北原さんご夫妻とお会いしたあとは、いつもこの楽しい気分になる。

夫に電話して、プリンスの様子を聞き、家のことを考えるのも、また楽しい。

9月16日（月）

昨日の写真を見て、しかし私黒いなぁ、と思う。

今日はなにもしない日にしよう、と思ったけど、「LIVES TOKYO」のイベントが今日だったので、行く。

障害のある人たちと垣根のない社会を作る取り組みだ。毎年、気づきがたくさんある。今年のテーマは「マインド・チェンジ」。

今回、心に残ったのは株式会社ＤＤホールディングスの代表である松村厚久さん。パーキンソン病を発症し、筋肉が衰え、もう自分の力で歩くことも困難な状態になりながら、上場企業の社員を牽引してここまで会社を引っ張ってこられた姿に、胸打たれる。私も、与えられた人生を大事に、命を燃やして生きようと思う瞬間。

最後、とても長い時間をかけて壇上から歩いて退場されたあと、静まり返った会場に向かって司会のイェスパー・コール氏が、「Incredible! まさにマインド・チェンジって感じでしょ？」と言った言葉が、会場全体を表していただろう。会場中にマインド・チェンジが起こった瞬間。

私たちは、生きて、自分の力で歩いているだけで奇跡に近いありがたいこと。

最近のテーマ、感謝ばかり。

9月17日（火）

今日は、とても久しぶりの人と食事をする。

弟の幼稚園時代の同級生で、昨年、バッタリ会ったのだ。プリンスは私の弟の小さい頃にそっくりなので、プリンスを一目見た彼女は、「え？　○○君？」と弟の名前をつぶやいていた。

近くのカフェでランチをしながらみっちり3時間、話し込む。

私の実家の近くにある美味しいお菓子屋さん（懐かしい）のケーキとマカロン、ぶどうをいただく。


プリンスをお迎えに行って、午後は自宅でゆっくり、片付けなど。

自分の感覚の人への押し付けというのは、本当に怖いなと思う。

「傍目から見て大変そうな事柄が起きた」という人がいたとする。たとえば、自分の子供が離婚して、それをきっかけに孫と一緒に海外へ出た、とする。それを、その人たちのことをほとんど知らない人から突然「お子さん、大変でしたね、海外に逃げたくもなりますよね」とか連絡があったとする。さらに励まされたりなんかして……。

言われた本人はポカン。離婚ができたおかげで子供と孫は晴れ晴れと、前から予定していた海外に旅立つことができ、自分の本当の人生を生き始めているから。

そんなような食い違いを見ると、当事者とまわりの人（しかもたいして当人たちを知らない人たち）との温度差は大きいなと心から思う。勝手に慰めて、慰めた自分に浸っている……他人には他人の状況と捉え方があるということに気づいていない。

9月18日（水）

最近のプリンスのブームは、「お買い物に行こう」だ。

プリンスのベビーシャワーのときのデコレーションで使った子供用トランクに、自分の大事なものを入れて「お買い物に行こう」とつぶやく。


今日はダイジョーブタの今後の打ち合わせ。

3つの会社の人たちが集まったけど、話が早くてシンプルに進められる人たちはいいな、と思う。

仕事をすると、私はエネルギーが上がる。

今週は、夫の夕食が必要な日が1日だけ。先週も会食続きで2日だけだったので楽。と言っても10時前には帰ってくるので、そのあとにワインを飲みながらまったりしゃべるのが今日も楽しみ。

9月19日（木）

今週もまだまだ暑いなぁ。

午後、新しい仕事の打ち合わせ。あまりに暑いので、その前に一度帰って着替えた。

9月22日（日）

早朝、「いつものあそこ」へお参りに行く。

帰りにアメリカンクラブでブランチ。

海老蔵さん親子がいた。

そこから思ったのだけど、誰かにとって憧れで素晴らしい雲の上のような人だと見える人にも、暮らしの営みがあって日常の雑事がある。どんなにオシャレで素敵だと感じる人（ファミリー）も言い合いするときはあるし、グデーッとだらけているときがある。

生活スタイルは人によって違うけれど、それがその人の普通になれば、そこから出てくる雑事は結構みんな同じようなものだ。旅行を考えるとよくわかる。はじめは寝起きする場所が変わって食べ物が変わって接するものが変わると人生が変わったような気がするけど、それが日常になって、そこにいる自分が同じであれば、前と同じようなことが起きてくる。幸せはそんな日常から生まれるもの。特別な環境ではなくてね。

この間アマゾンプライムで、後藤久美子さんの番組があったのだけど（私は後藤久美子さんが大好き）、「綺麗な人とはどういう人だと思いますか？」という質問に、「まず健康で、今日のその人のやるべきことをきちんとやっていて、その上で自分の好きな時間がある人のこと」と答えていらした。ブラボー！と思った。

9月23日（月）

今日はお墓参りに行く。夏のような日差しで空がとても綺麗。

夫の実家の親戚のみんなと、とてもいい時間を過ごす。

帰りの車の中、「今日はいい日だったねぇ」とプリンスがつぶやいた。

「え？　今なんて？」と振り向く私たち。

9月24日（火）

プリンスを送ってからの今日のミッションは、今週末の講演の準備。

タイトルは「豊かさを引き寄せる方法」。豊かさとは……心の豊かさ、経済的な豊かさ、時間的な豊かさ、創造的な豊かさ、いろんな側面が浮かぶ。そのそれぞれの側面から話そうと思い、書き留めていたメモを見返す。

それと「感謝」の話もね。「今に感謝をする」とはどういうことか、どうすればいいか……それについて今パッと浮かんだのはこれ。今の私があることを思い始めると、それが実現する未来がひとつできる。私の未来の可能性、選択肢がひとつ増える。それについて思い続ければ、その可能性はどんどん広がる。ということは、目の前の「今」は確実にそこにつながっている未来だ………そう思うと、私は目の前の「今」に対して感謝の気持ちが沸き起こる。人によって、パターンがあるよね。

夜、今思い立って、自宅のリビングの模様替えをした。

前から家具の位置を変えたいと思っていたのだ。絶対にひとりでは動かせないとされているガラスのテーブルをちょっとずつ足で押しながら移動させ、ソファの位置も変えた。

これまでの配置だと、ソファがふたつとも壁にくっついているので中央は広いのだけど、向こうのソファまで遠すぎて、座ってくつろぐという空間になっていなかった。ソファなのに座る気分にならないってどういうことよ……と思い、テレビに向かってソファの位置を変え、それに合わせてダイニングテーブルの位置を移動したのだ。

すると……とても狭くなった。配置によってこんなに……と驚く。

9月25日（水）

朝、夫がリビングを見て、「なんか、狭くなってない？」とつぶやいてる。

……だよね。もうひとつの配置案があるので講演会が終わったらやろう。楽しみ。

あ、今、なにげなくアマゾンプライムのラインナップを見ていたら、『バチェラー・ジャパン』のシーズン3が始まっていた。きゃあ……と、息子がお昼寝をしている今のうちに、といそいそと飲み物を用意して、観た。

面白い。まだエピソード5までしか配信されていないけれど、早く次が見たい。

今週は本当に忙しい。来週になったら一段落するので、それまでは体調管理に気をつけよう。そう思い、チョコラBBの液体を3本買ってきたら、似たような瓶のドリンクを以前私の母が飲んでいたことをプリンスが覚えていたらしく、「はい、どうぞ」なんて母のところに持って行っていた。

夜は滝川クリステルのチャリティーパーティーへ行く。@パレスホテル。

9月26日（木）

今日のプリンス、お買い物ごっこをしているときに、「あ、お金、お金」なんて言って、急いで子供用のおもちゃのお金をとりに自分の部屋へ走っていた。お金を出さないとものを買えないとか、いつの間にかわかっているのね……。

最近、床掃除や瞑想ができていない。今週は気持ち的に忙しいので、また来週から始めようっと。ん？　たぶん本当はこんなときほどするものなんだろうな、と思うけど、無理は禁物。

9月27日（金）

今朝、起きたときにひらめいた言葉は、「できるだけ自然の流れにまかせよう」ということ。

「今日はいい日じゃないね」と言うプリンス。

どうして？と聞いたら、「雨だったから」なんて言っている。

私はここぞとばかり、「雨だと長靴を履けるからいい日じゃない？」と言っておく。

9月28日（土）

10時頃の「のぞみ」で大阪へ。

私は仕事で乗る新幹線が大好き。ひとりの時間。車窓の景色を眺めていると、なぜか、過去を思い出したくなるようなノスタルジックな気分になる。

スタバのティーラテとドーナツも食べて、日記を書いて、最後に今日の講演会のイメージをさらっとした頃に着く。

タクシーに乗る。ここのタクシー乗り場に立っているこのおじさん、いつもなにもしてくれないよね、荷物を乗せてくれるでもないし、ドアを開けるのは運転手さんだし、なんのためにここにいるのだろう……と思いながら乗ったら、「ほんま、あのおっちゃん、なんもしないわな」と運転手さん。

そこからなんとなく話が始まって終始「大阪は食べ物が美味しい」という話で終わる。講演会場の近くは、「ここらへんはフラッとどこに入ってもレベル高いですわ」とのことだった。

朝日カルチャーのFさんと合流して、ホテルの人と一緒に楽屋へ。今年で5年目?かな、いつもの楽屋といつものメンバーの顔ぶれにホッとする。

舞台上での確認のあと、楽屋でモニターに映し出されている会場の様子を見ているときに思った。会場の人たちは、自分の顔が楽屋にこんなにはっきり映っているとは誰も思ってもいないだろう。

監視カメラがいたるところにつけられるようになった現代、気を引き締めなくてはいけない。びっくりするところで撮られている。

今日も楽しく話した。いつもより時間の配分を考えながら話し、これまでの中で一番、自分を俯瞰《ふかん》して話せたような気がする。

話しながら、「私って講演会になると、どうしてこんなに熱い語りができるんだろう」とか冷静に観察してる自分がいた。

質問コーナーも滞りなく終わり、サイン会も終わり、そのあとまで会場に残ってくださっていた皆さまと壇上から話をしたり、写真を撮ったりする。

楽屋には大阪のKちゃんが遊びに来てくれていた。

「帆帆子さん、完全に出産前の体型に戻ってますね」

と言われたので、「今、黒いから細く見えるんだと思うよ」と言ったら、「すぐ焼きます」とか言っていた。

タクシーで大阪駅に戻り、夫に電話して「味噌カツ弁当」と「焼き鯖寿司」と「満足幕の内弁当」を買う。

帰りの新幹線でもいろんなことを思った。私は本当にこの時間が好き。仕事で世界中を飛びまわるとしたら、その道中が楽しいからやってもいい、とか思うくらい。2月のインドも楽しみだ。

9月29日（日）

昨晩は夜中に覚醒して、またひとり楽しく過ごした。

雑用、仕事、読書。

寝たのは4時。

今朝も気持ちのいい秋晴れ、暑いほど。

午前中はリビングのソファで過ごし、お昼から友人の結婚式で南青山のブノアへ。

夏のはじめに買って、まだ一度も着ていなかった黒のシルクのロングタイトスカートに、これもまだ一度も活かされていなかった黒地に銀の大柄チェックのトップスを着たら、とてもマッチした。最近の中で、一番気に入ったコーディネート。

式は、彼女のよさがあふれた素朴でいい会だった。やっぱり、その人たちのエネルギーって、出るね。非常にほのぼのとした気持ちで癒される。この人と一緒にいられるだけで幸せという感覚。

それにしても、私、黒かった。黒光り。最近、足の皮が剝けてきた。

午後はこのあいだの続きの部屋の模様替え。「あなたも好きねえ」とママさんに言われながら、また少しずつ、足で机を移動させた。ソファは底面についている連結金具を外してゴロンゴロンとダイナミックに転がす。

お、断然広くなったよね。それでテンションが上がって、疲れるから今日はもうやめようかと思っていたテレビの位置も動かす。

重労働だったけど、私はインテリアにまつわるこういう労働は嫌いではない。ママさんに手伝ってもらって少しずつ少しずつ。テレビがのっている台には本が詰まっているので、それを出してちょっとずつ動かす。

プリンスがせっせと本を運んでくれた。あとはピアノを動かして、あの丸テーブルはしまって……と思うけれど、今日はここまで。

彼が帰ってきてびっくりしている。

「おおお……帆帆ちゃん、こんなエネルギーがどこに？（笑）、テレビまで」

9月30日（月）

新しくなったリビングに入ると、まるで別の場所に来たかのよう。

新しいリビング、新しい家、新しい私。

夏に夫の友人のホームパーティーで話した、ある国の駐日大使とアメリカンクラブで会う。「来年のインドでの国際会議、その後、どう？」と聞かれ、まだなにも準備していないことなど、状況を話す。

それにしても、このインド行きより前から、私は自分の英語をブラッシュアップするための先生役を探していた。条件は、英語が母国語ではないけれど、日本に住んでいながら英語をメインにして暮らしている人、かつ日本人ではない人。そしてフルタイムのサラリーマン

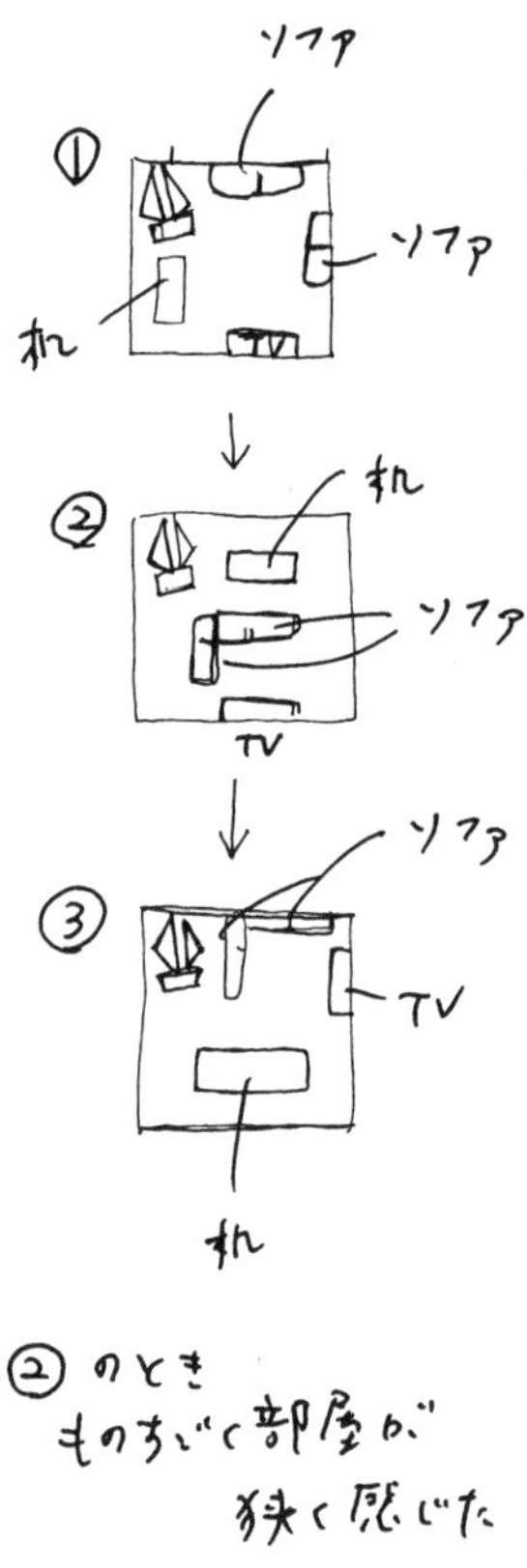

ではない人、というのが条件。

英語が母国語の人がＮＧな理由は、やはり英語だけでしか話せないとなると長くなれば私が疲れてくるし、どうしても立場が先生と生徒になりがち。日本人ＮＧな理由は、私が甘えて日本語を話してしまうときがあるだろうから。そしてフルタイムのサラリーマンだと、私とは時間が合わないだろうから……。

この条件、結構難しいよね。英語が母国語だったり、日本人だけど英語がネイティブ並みに話せたりするような人は夫の友達にはたくさんいるけど、この条件に当てはまる人はなかなか……。インド行きが決まってから、さて本当にどうしようかな、と一応英会話学校も検索してみたけれど、「中・上級の人たちのレベルアップが最も難しい」といろんなサイトに書いてあった。

……だよね。私も日常会話をダラダラと話している分には困らないので、英会話教室ではないと思うよ……それに、どのサイトを見てもワクワクしない。なので、方法がわからずほうっておいたのだ。

そうしたら、こんなにパーフェクトな人が現れた。しかも、彼女が未来に考えていることは本の世界のことなので、私がヘルプできる。お互いにとって最高じゃないか。

あまりにうれしくて、「前からこれこれこういう人を探していて、そのイメージ通りの人が現れた！　これは引き寄せの法則だと思う、あ、最近の私は自分の本に引き寄せの法則について書いていてね」

と話し出したら、彼女が目を輝かせて話し始めた。

「私、引き寄せの法則だけで生きてきたようなものなのよ」と。そして自分のことを「非常にスピリチュアルな人間だと思う」とためらうことなく言っていた。

「たとえば、今ここで雨が降ってきたのに傘を持っていないとするわよね。でも絶対に濡れないで帰れることを私は知っている、すると、そこに本当に傘が落ちていたりするのよね（笑）」なんて話から始まり、昔の忘れられない引き寄せの体験を話してくれた。

その日、彼女はお母さんと旅行中で高台にあるペンションに泊まっていた。その日はとても風が強くて、お母さんのかぶっていた大きな帽子が何度も風に飛ばされそうになっていた。そこで彼女は、「夜までに帽子につけるゴムを見つけてあげる」と言った。でもそれは結構難しいこと、地元の村まで降りて行かないとお店はない高地だったからだ。

ところがその日の夜、食事をしていたレストランで彼女たちの足元にゴムが落ちていた。それも長さまでぴったりの綺麗なゴムが。

Ａ「そんなこと、あり得る？（笑）でも、そういうことなのよね」

私「わかる！　本当にそういうことなんですよね。そういうことをいくつか経験すると、自分の人生に起こることへ………」

Ａ「信頼でしょ？」

私「そ、信頼！　宇宙から見たら、小さなことを望むのも大きなことを望むのも同じなんだと思う」

A「そう、同じよね」

そして、そういう種類の話を彼女がお母さんと盛り上がっているということ、さらにお互いに同じ年の子供がいるということが私たちをより親密にした。……完璧だ。

さっそく近々、勉強のために会うことにする。

夜、夫に興奮して今日の話をする。思い出してみると、1年ほど前に、私が英語を話す人を探しているという話をしたとき、夫はすぐに「○○○は？」と彼女の名前を出したんだった。でも当時の私はすぐに「そんなの無理よー」と否定していたのだけど、その通りになったよね……。他にも結構ある、はじめは私が全否定したけど、結局、夫の言う通りになっているということ。

夕食作りをプリンスがお手伝いしたいと何度も言っている。何か手伝えるサイドメニューは……と考えて、白菜と豚肉のミルフィーユを作ってもらった。肉をベタベタと積み上げて、完成。

10月1日（火）

最近のプリンスは、「これ、どう？」と私に意見を求めてくる。

今日は、出かける前に寝室に私の靴を持ってきて、「これ、どう？」と勧められた。履いてみたら、「入った？」と聞いてきて、「今日は別の靴にしたいな」と言うと、「ちょっと待っててね」と新しい靴を持ってくる。

さて、今日も忙しい。

5時に起きて、プリンスが起きる前に仕事の仕込みをいろいろする。朝食後、プリンスを送ってからネイルへ。

終わって大急ぎでオフィスに行って仕事。急いでお迎え。毎日午後の3時には一日のすべてが終わっている感じ。

ママさんの好きなテレビ『世界はほしいモノにあふれている』の話を、また今日も一生懸命話したかったママさんだが、番組名がパッと出てこなくて、話したのがこれ。

「ほら、女の人が出てきてそこらへんを歩く番組あるじゃない？」
無理がある。そこらへんって？

10月2日（水）

10月なのに暑い日が続いている。10月に30度超えというのは、東京では過去になかったらしい。でも爽やかでとても気持ちがいい。

本当に望んでいることは、「そうだといいなあ」ではなく、「そうしよう」という心構えになっていなくちゃね。時間の問題で必ずそうなるという前提。予定に入れるということ。

夜は1年に4回ほど集まる「ピグミンの会」。もうこのメンバーで集まり続けて4年近く。今日は代官山の「KASHIYAMA DAIKANYAMA」。洋服が、私が赤、友人が青、白、黒、とカラフルだった。写真を撮っていたら、隣のブースのおじさまに「色がいいですね」と言われる。

夜、お風呂で、私の髪の毛を海藻のように私のおでこに貼り付けて、「どう？」とやってくるプリンス。

10月3日（木）

なんとなく生活が活気を帯びてきた。次々と様々な楽しい出会いや計画が。

最近、床掃除も瞑想もできていないのにね。

床掃除も瞑想も、それによって生活に変化が起こるきっかけになる。そして変化し始めた生活を楽しみ出すと、毎日に感謝が起こったり、未来に起こることを楽しみに思い始めたり、日々のなにげないことにも楽しみを感じ始めたりするようになる。すると、床掃除や瞑想を前ほど続けていなくても、やっていたときと同じ効果が続く。そもそも、日常にそういうワクワクしたエネルギーを感じられることのほうが大事だからね。

あぁ……つまり、瞑想という形をきっかけに瞑想的な生活ができるようになるんだね……。瞑想的な生活……おお、これは数日前に三笠書房から依頼された新刊のタイトルだ。瞑想的な生活。瞑想的な生活……いいね。

ダイジョーブタの打ち合わせをする。第一弾のグッズ展開としてカップ&ソーサーの話が出た。やりたい！！！

私のママさんがデザインに関わることになった。オフィスのキャビネットに飾ってある、ママさんが絵付けをした陶器の数々を見せたら皆さん興奮していた。前世が修復士の母にとって、このくらいはお手のもの。技術的なことだけではなく、私はママさんのセンスを買っているので、ママさんがデザインに関わってくれるなんて、楽しすぎる!!　終わってから、さっそくママさんに電話。

今日は、これ以降、私もプリンスもなにも用事がない。

普段できない細々としたことをしよう。

最近の私のストレスは、夜、部屋を綺麗に片付けてから寝られないこと。なにかがいつも散乱している。プリンスのものだったり、やりかけのなにかだったり。体力が持たず、どうしてもそのままで寝てしまう。

10月5日（土）

ものすごく爽やかな秋晴れだ。

これは出かけようと思って友人にライン。「うわー、今日はなにもないの、遊びましょう」とすぐに返信があったので、すぐにプリンスと支度して、友人宅に10時前に到着。

彼女の家にはムクムクの犬がいる。プリンスはさっそく一緒に遊び始めた。ひとりっ子の家に犬を飼いたくなる気持ちって、わかるな。遊び相手だよね。

洋服が好きで非常にオシャレな彼女が、最近買ったというムートンのジャケットを見せてくれた。素敵、これは一生モノ。それから今年の夏にヒットだったというスカートの写真も見せてくれた。あぁ……これはまたさらに私好み。シルク タフタのようなハリのある生地でできたバルーン型のスカート。ベージュ地に黒の大きなストライプといい、タッセルのようなベルトといい、完全に私の好み。この生地、インテリアのファブリックじゃないかな、と思って実物を見せてもらったらやっぱり。上質なカーテン生地を使っていると思う。洋服の話はつきない。

彼女が最近行った断食道場の話にもなった。思わぬ人と一緒になって、お互いひとりで参加していたので仲良くなったという話。実は彼女は数年前にも、その人と意外な場所で同席し、また今回も意外な場所で一緒になったので、向こうは覚えていないかもしれないけれど、思い切って声をかけたらしい。

「意外な場所で何回か一緒になったら、絶対に声をかけるべきだよね」

「なにかが面白く展開していくよね」

と話す。お昼はウーバーでハンバーガーを頼む。

帰り、マンションの地下に入っているスーパーへ。買い物をすませて駐車場の券売機の前に行ってから、駐車券にスタンプを押してもらわなかったことを思い出して戻る。その途中、バッタリと友達に会った。彼女とは、夏の軽井沢でパーティーのたびに顔を合わせるだけの関係だけど、いつかゆっくり話したいなと思っていた人。意外な場所でバッタリ、というさっきの話を思い出して、さっそくお茶の約束をした。

10月7日（月）

ラグビーワールドカップのサモア戦には興奮した。詳しい説明をあとから聞けば聞くほど、勝って本当によかったねぇと思う。ラグビー、男の様々な要素を集結したスポーツ。そのスポーツ自体の激しさと比例して、観客の応援度合いや勝ったときのフィーバーっぷりも上がるような気がする。

今日も暑い。

毎日少しずつ、インド行きの準備をしている。準備とは英語のブラッシュアップのこと。今回のテキストは私の『あなたは絶対！運がいい』の英語版に決めた。ここには、私の言いたいこと、私の信念がすべて書かれている。話したいことがそのまま英語で出ているようなものだ。手始めに、ここにサラッと目を通して暗記しよう。

今日もコツコツとそれをやって、気分転換に、ダイジョーブタのティーカップの形を決める。

工場でお願いできる形には様々な規制がある……これなんだよね、モノを作るときに必ず出てくる壁。「これだと数がそろわない」とか「これだと予算が」とか、「この形だと納期が」というようなこと。デザインのほうは順調に進んでいる。と言うか、はじめに描きたいデザインがあって、それに合う形を探しているので。

10月9日（水）

今日は4時半に起きて、細かい作業にとりかかる。

そしてプリンス、5時に起床……ひとりの自由な時間は30分で終わる、フー。

昨日の朝、散らかっている部屋を見て、

「また部屋がきれいにならないまま寝ちゃった」

と夫に言ったら、

「そこそこでいいんじゃない？　ゴミで人は死なないからさ……ストレスでは死ぬけど」

と言われた。名言だぁ！


三笠書房の人と新刊の打ち合わせをする。神田明神の参道内のお店にあるというプリンをいただいた。その名も「縁結びプリン」。私は今度の新刊に書く内容が、7月の神田明神のイベントがきっかけで深まった瞑想にまつわることなので、だから神田明神のプリンなのかと思っていたら、たまたまらしい。

この仕事、進めてOKだな、とか思う。


午後、軽井沢へ。行きの車の中で、ティーカップの希望の形が在庫切れだとわかった。仕方ない、じゃあ、あっちにするか。意外とあっちのほうがいいかもしれない。


買い出しをして、暖炉に火を入れてからあれこれ楽しく食べて、プリンスはすぐに寝る。

プリンスは今朝から風邪気味で、風邪で涙目になったことを「なんか悲しい気持ちになってる」と言っていた。

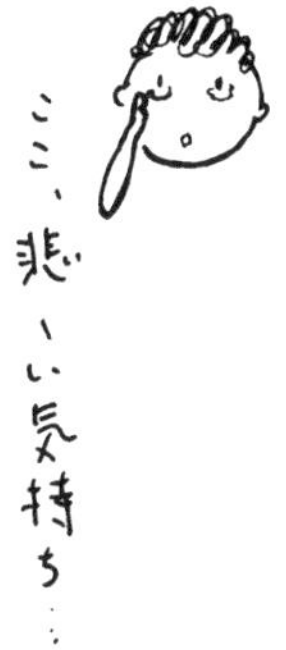

10月10日（木）

昨日の夜、プリンスが寝たあとにママさんといろいろ話しながら、ティーセットのデザインが決まった。ここが大事。「ふたりの気持ちが一致して決まる」というこの感覚、これがないとね。

その大事な部分が決まったので今日はダラダラ気味。

それぞれにやりたいことをして過ごす。プリンスは大きな積木、ママさんは2階の掃除、私は本を持ってお風呂へ。

英語のことだけど、毎日続けるコツは、「絶対に毎日することの続きにやるようにする」ことだと思う。たとえば歯磨き……歯磨きをしたら次は自動的に英語をやる、そうでないと気持ち悪い、というように紐づける……でも歯磨きは、もし忘れても困るのは私だけなので、もっとこう……忘れたら他の人まで困るような毎朝の習慣ってないかな、と考えていて思いついた。私は毎朝「引き寄せを体験する学校」のためにカードを引いたり、メッセージを更新したりしているので、その続きにしよう。それなら絶対に毎朝していることだから忘れないし。

そもそも、この「引き寄せの学校」を始めるときも、プリンスが新生児で授乳の真っ最中だったので、毎朝投稿（登校）なんて厳しい……と思っていたのだけど、やってみたら意外とできたので、あの感覚でルーティンにしたい。

今日も軽井沢の、まったりダラダラとしたとてもリラックスできる一日が終わった。

10月11日（金）

昨日はプリンスを8時前に寝かしつけながら一緒に寝てしまい、夜中の1時に目が覚めた。ママさんも起きてきたのでデザインの清書。5時に寝る。

そして8時。散歩がてら歩いて軽井沢銀座にパンを買いに行き、茹でた野菜と目玉焼きで朝食にする。

大型の台風がきているらしい。

食後、家の近くをプリンスとママさんと3人でまた散歩。

マ「林の奥のほう、行かないでね。クマに会うと困るから」

帆「台風がくるからいないんじゃない？」

マ「クマが台風がくるから今日は出歩くのやめよう、なんて思わないでしょ！」
帆「野生動物のほうがそういうの敏感だと思うよー」
マ「え、そんなこと考えるかしら、クマが」
　とか話しながら。
　台風に備え、テラスに置いてある椅子を室内に入れた。それからスーパーで買い出しをする。家に帰ってから車のガソリンを満タンにしてくるのを忘れたことに気づいたけど、面倒だからもういいいや。

　プリンスは、もうこの部屋で遊ぶことに飽きた様子。

「フー、あとはなにしよっかなあ」なんて言いながら、カゴをたくさん持ってお買い物ごっこを始めた。

　今朝は、朝起きて突然、「むか〜しむかし、あるところに、おじいしゃんとおばあしゃんがいました」なんて言ってた。最近、寝る前の本を読んだあとに電気を消してから、私が創作物語を話してあげるので、その真似だと思う。

10月12日（土）

　起きたら雨。午後に向けてどんどん強くなっていくのかもしれない。

　今、シンガポールにいる夫から、前に同じ規模の台風直撃を受けた人からの「拡散してください」という緊急ラインが送られてきた。内容がすごすぎてひいてしまった。

それによると、首都圏内だったら最低1週間の停電が起きるから、冷蔵庫が切れたときのためにお肉を調理しておくとか、台風のくる1、2日前から冷蔵庫の温度設定を一番低くしておく（止まってもしばらくはもつから）とか、雨戸のないガラス窓にはガムテープを貼る、電池を可能な限り備蓄する、簡易トイレ、携帯充電器とラジオは……という具合。うーむ……。

台風よりも、目の前のプリンスだ。口を怪我して号泣した。戸棚についていて手前に引く（降りてくる）扉を、「僕がやるっ！」と自分で強く引っ張り、途中で手を離したら、スピードがついて降りてきた扉がプリンスの口に直撃。かなり血が出た。結構痛かったと思う。歯は大丈夫だけど、上の歯茎が血豆になっている。

突然、テレビが映らなくなった。「電波を受信できません。悪天候かアンテナの設置状況が考えられます」という表示が出ている。きたか、台風。

昼すぎ、だんだんと雨が強くなってきた。明日帰ってくる予定の夫の飛行機は、早々に欠航になったらしい。「え？　明日のお昼すぎにはもう晴れるらしいよ？」と言ったら、「だって、明日乗る機体がこっちに飛んできてないんだもん」だって。なるほど。

3時半頃、そうだ早めにお風呂に入っておこうと思ってバスルームに向かう途中、突然電気が切れた。フッ……と静かに。

え？　ほんとに？　結構早い。外はまだ薄明るいけれど、「怖いよ、抱っこして」と抱きついてくるプリンスをなだめながら、ママさんが懐中電灯を集めて一か所に置いた。私はレインウェアを着て庭から薪《まき》を運んでくる。テラスを見ると、まだ木にランタンがぶら下がっている。今頃薪を運んでいるあたりも含め、のんびりしてるよね。懐中電灯だって、もしママさんがいなかったら場所を知らなかったし。でもうちはうちのペースで予防をしているので、一般的な備蓄の基準は気にしていない。

リビングにキャンドルを集めて火をつけたら、ホッコリとしたいい明るさになった。プリンスはリビングに敷いた布団の上で寝た。

この時間を無駄にしてはいけないと思い、私はキャンドルの灯りで英語の勉強をする。

「そうだ、今のうちにあそこのサイズを測っておこうっと」とメジャーとキャンドルを持って2階に上がっていくママさん。昼間、あんなに時間があったのに、こんな真っ暗闇になってからわざわざ……（笑）。私は暗闇の中で運動。

英語の勉強にも本を読むのにも飽きて、「あとはもう歌うしかないわね」と、ふたりで賛美歌を歌うことにした。キャンドルだし、ぴったりだよね。私たちの好きなハモれる賛美歌のどれにしようか、とか話していたときに電気がついた。またなんの予兆もなく、フッと。

よかったぁーーーー。私は朝までこのままなのを覚悟していたので、ラッキー。

そこからはもう、部屋全体がパラダイスのように感じた。電気って素晴らしいね。ちょうど起きてきたプリンスと一緒に楽しく夕食の準備をする。大人はキムチ味辛めのきのこ鍋、プリンスにはグラタン。「電気っていいね」と何度も言いながら美味しく食べる。でも、これってどうして戻ったの？　台風はこれからだし、この雨がざんざんぶりの中で、誰かが修理してくださったということなの？　とにかく、とてもありがたい。

10月13日（日）

朝の7時頃、もう晴れそうな気配。窓から空を見ると、すごい勢いで雲が流れている。緑の清々しい香り。たった数時間でこの変わりよう。

昨日書けなかった共同通信の原稿を書いて送る。

相変わらずテレビの調子が悪いので情報はあまり入ってこないけれど、千曲川が氾濫《はんらん》して長野市が大変なことになっているということを、夫からのラインで知る。シンガポールにいる夫のほうが情報が多い。

スーパーは閉まっているだろうけど、ガソリンスタンドに行きたいね、と10時頃に家を出た。門のところに折れて落ちている枝をどかして、車に乗る。

林の中も、結構木が折れていた。でもメイン通りに出たら、日がさんさんと差している。ガソリンスタンドもガラガラ。ガソリンがなくなっていたら困るな、なんて心配もなく満タンにして、ついでに洗車してもらう。スーパーツルヤに行ってみたら、拍子抜けするほど普通に営業していた。ノボリが立っているのが遠目に見えて「本日3」と書いてあったので、「本日は3時から」かと思ったら「本日は3％引き」だった。

家に戻ってネットでニュースをチェック。上信越道がまだ通行止めだ。ガソリンを満タンにしてきてよかった。これなら途中まで下の道を走って関越道にたどり着ける。

今日のお昼は買ってきた天ぷらで天ぷらうどん。食後、本を読んでいたら眠くなったので昼寝。

起きたら、上信越道の３分の２が通行止め解除になっていた。通れないのは軽井沢から松井田妙義のあいだだけなので、明日は松井田妙義まで下の道で、そこから関越道に乗ろう。違う道から帰るなんてワクワクする。

二子玉川の友人のマンションは地下が浸水して、電気も水道も止まっているらしい。東京でこんな災害って珍しいことだ。昨日も仕事上の人にラインをしたら、数時間経ってから「返信が遅くなり大変申し訳ありません。土嚢《どのう》を積んでいました」という返信がきたし。パパさんに電話したら、実家のあたりは「なにも」だと言う。

長野市の被害ができる限り最小限にとどまりますように。

10月14日（月）

帰る前にちょっと外に出て、林の奥の私のお気に入りの場所をチェックしに行く。……問題なしだ。むしろ、緑が洗われてキラキラしていた。ここには雷に打たれたような形の不思議な木が１本、真ん中に立っているのだけど、そこにキラキラした木の精がいるみたい。

足元を見ると、たくさんのどんぐり。とっておきの10個をプリンスへのお土産にする。

今、東京に戻ってきたところ。帰り、松井田妙義から関越道に乗ったら一台も車を見かけないほどガラガラで面白かった。ひとっこひとりいない世界。

松井田妙義までの下の道も快適だった。「上信越道がなかった頃は、軽井沢に来るまで下の道で行ったものよ、碓氷峠を越えてね」とよく親が言っていたので、すごい山道を想像していたのだけど、今は道も舗装されて走りやすかった。

今回の台風についても思うけど、改めてなにごとについても「想定外はないな」と思う。国や地域ごとに出している情報だって、所詮は同じ人間がしていること。自然にかなうはずがなく、「絶対に安全」なんてこともあり得ない。よーく自分で考えたらわかることってたくさんある。公《おおやけ》に「安全」とされていても「安全じゃないな」ということ、「危険」とされていてもそこまでじゃないな、ということを自分の感覚で見極めないと、なにごとにおいても。最後は自己責任、誰のせいにもできない。

未来を恐れる準備ではなく、そんなような自分の感情を養いつつ、いざというときには思い切って動けるようにしておきたい。

10月15日（火）

インドに一緒に行くキールさんとランチ。赤坂のタイ料理屋さん。

インドにはプリンスも一緒に行く予定なので、現地の様子をいろいろ聞く。私が出るカンファレンス以外に、呼吸法や瞑想のプログラムなどを全員で受ける予定なので、そのあいだは誰かに見ていてもらわないといけないし、食事や宿泊の様子など。

この世界女性会議は、「Art of Living」という団体が主催していて、これは世界の２００か所近くに支部がある巨大な国際ＮＧＯ。トップにいる「シュリシュリさん」という聖人は、非暴力によって国際紛争を平定している実績もあり、紛争地域の要人たちとの会談などにも出席され、ノーベル平和賞の候補にもなったことがあるらしい。

まぁ、私はこのキールさんが好きで、キールさんを信頼して始まった流れとご縁なので、その団体がどういうものなのかは、よっぽどおかしいことをしていない限りは問題ではない。

私が出席する会議のあいだは、毎日いろんなプログラムがあって楽しそう。早朝のヨガとか、瞑想など、他にも盛りだくさんだ。他の人たちのディベートもためになりそう。

プログラムは基本的に自由参加だそうだけど、キールさんが「これは絶対に受けたほうがいいです」という呼吸法と瞑想だけはぜひとも出たい。インドで大勢で瞑想したら……なにが起こるんだろう。浮かんじゃったりして（笑）。

10月16日（水）

今日は、ママさんの誕生日。18日にサプライズバースデーをするのだけど、そこで渡す予定のプレゼントが今日うちに届いた。なんと、ちょうど私がいないときで、プリンスと留守番をしてくれていたママさんが受け取ってしまい、宛名がママの名前になっていたので開けてしまったという。ママさんが私に頼んでいたお茶が届いたのかと思ったんだって。
ええ?と思って急いで中を見てみたら、途中の薄紙でお茶じゃないと気づいて開けるのをやめたらしく、最後の箱は開けられていなかった、セーフ!!

10月18日(金)

昨晩は、夜中にネガティブなことが浮かんで思考が止まらなくなって、そのままムックリと起き上がる。本を読んで気持ちを切り替える。夜って、考えたらダメね。ハッと気づいたときに、どこでそれを終わりにできるか。

キールさんから、インドで私と一緒のセッションに出席するパネリストのプロフィールが送られてきたのだけど、みんなすごい肩書と経験値だ。ウーン……。

夜はママさんのサプライズ誕生日で、友人たちとレストランに集合。私とママさんと友人たち4人で食事をしていて、デザートのときに夫がプリンスを連れて現れたときまで、自分の誕生日のことにまったく気づいていなかったというママさん。用意していたプレゼントを渡して、みんなでケーキをいただく。「ばーば、よかったねぇ」と何度もしみじみ言っていたプリンスが印象的だった。

10月19日（土）

今日からファンクラブのイベントで「新屋山《あらややま》神社ツアー」。

出発前の午前中に一生懸命家事をする。アイロンをかけたり掃除をしたり宅配便を受け取ったり留守中の料理をしたりして、やって来たママさんと入れ替わり、12時に家を出る。

このあいだの台風で中央道が通行止めとなっているため、東名高速道路で山梨の富士吉田の近くにある旅館を目指す。途中についているこの渋滞マークが気になるけれど、まあ、なんとかなるだろう。車で出かけるときの私は強気。道はつながっているし、ひとりのドライブは大好き。

首都高から東名に入り、厚木から先は混んでいるそうなのでグーグルの指示通りに小田原厚木道路から迂回して大井松田インターまで下の道を走る。大井松田インターの乗り口が見えてきたら、グーグルはさらにこのまま下の道を勧めてくるのでそのまま進んだ。

これが失敗だった。行けども行けども下の道。たまにのろのろと走る車がいても追い越せず、しかもまぁまぁ混んでいる。たまに見える東名高速道路をチラ見すると、車は快調にブンブン走っている。しかも夫からのラインで、「どうして山梨なのに東名？　中央道、お昼から復活したよ」という知りたくない情報を見て気が沈む。

仕方がないので、途中の風景を写真に撮ってツイッターに投稿。ここまで見知らぬ町、というか村？を走ることもめったにないのだから楽しもう、と気持ちを切り替えた。

３時間ほどかかり、３時すぎに到着。フー。

部屋に入り、夕食時間までくつろぐ。中央道のことを思い出してモヤッとしながらツイッターを開けたら、ダイジョーブタが「そこにも意味がある」とかなんとかつぶやいていた。夕食はホホトモさんたちと一緒に宴会場で。これが地方の温泉旅館というのにぴったりの宴会場で、なんか和む。

いつも通り、テーブルをまわりながら話していて印象的だった話はこれ。

「職場で同じグループのひとりの流れが悪くミスが続き、そのミスをまわりがカバーしている。それを見ると、今は流れのいい自分にも、そんな流れがくるというサインなのかと思ってしまう、どのように受けとめればいいかわからない」

回答としては、「まわりになにがあってもブレない」ということだと思う。世の中には、自分とは違う様々な状況が同時進行している。それをひとつひとつ自分のこととして拾って正面から受け止め、ブレていたらキリがない。同じグループ内の仲間として仕事を補い助け合うとしても、だからと言って自分にもその流れがくると思う必要はまったくなく、自分は自分の流れのよさを維持することだ。こんなときこそ「お試し」と思おう。なにがあっても自分の心地よさを維持できるか。逆に言えば、「自分にもその流れがきてしまう」と思えばそうなる。

この人の話だけではなく、相談ごとを聞いていると、「もう少し強さが必要」と感じることは結構多い。他の人に惑わされない強さ、自分に起こることを信じる強さ、自分の流れを信頼する強さ。自分のエネルギーがある程度強い人は、変な霊もまとわりつかないという。跳ねのけられるんだよね。びくびくしている人に限って押しつけられるようなもの。

このあいだの講演会のときも思ったけど、自分が「こうしたい」と思うことがあって、そこに必要な方法がある程度わかっているとしたら、「徹底的にやれ！」と思う。その方法がわからないならモヤモヤするのもわかるけど、やれることがあるんだったら、その期間は覚悟を決めてとことんやるべし、だと思うけど。と言うか、私はそう。最も優先させたいことを考え、それについては徹底的にやる。方法があるというのはそういうことだ。宇宙にまかせて執着を外すのはそのあと。もう自分にできることはなにもない、というとき。

その他、箱根ツアーのときに相談されて私が答えたことが、その通りになって解決した（解決しそう）、という話を2件聞いた。とてもうれしい。

楽しく終わって部屋に帰るとき、スタッフが私にささやいた。

「ふたつ隣の部屋、指定暴力団の○○組の会合なんですよ!!　お酌役の女の子がたくさん来てて……」

なるほどね……さっき私が来るときに廊下にズラッと並んでいたあの子たちはそういう……と納得。

「ボスも来ているらしくて、その人はものすごいオーラでした」とか言っている。

まぁ、どんなことでもトップの人はオーラを放っているものだよね。それと近くの部屋だったなんて、なかなかのエネルギーの高さだと思う（笑）。

そう言えば先週、ネイルサロンで「入れ墨」の話が出た。ちょうどそのとき後ろで流れていたテレビで、どこかの暴力団のナンバー2が出所したとかいうニュースがやっていたので、「入れ墨の話をしていたらこのニュース！（笑）」と笑っていたら、今日はこれ。なんの引き寄せか？

夕食後、部屋に戻り、ダイジョーブタのティーセットについて担当さんと電話で話す。カップに印刷する前の段階で、気になることがいくつかある。昼間、東名高速のサービスエリアで確認した画像について、細かく話した。

その後は、スタッフ2名と私の部屋で打ち合わせとおしゃべり。深夜近くまでこんこんと。

10月20日（日）

今日はすっきりと晴れている。

6時半頃目が覚めてチベット体操をする。プチッとテレビをつけたら『ボクらの時代』というテレビがやっていた。又吉直樹とキングコングのふたりが出ていたので、面白そうと思って見たら……非常に面白かった。

キングコングの西野さんってこういう顔しているんだね。3人とも、とても頭がいいのがすぐにわかる。世間的に話題になったあることについて話が進んだとき、西野さんが「まったく興味がない」と言い切っていたところが印象的だった。あるよね、そういうこと。どうして人のことにそこまで騒げるのか、まったく興味がない、ということ。と言うか、ほとんどがそうな気がする。芸能界の持っている特質だよね。

吉本興業のいろいろについては、「吉本の舞台が支えられているのは、売れている先輩方の稼ぎがまわっているからこそで、それがなかったら絶対に赤字で、そういう循環の仕組みがあって若手が育っている、育ててもらっている。そういう仕組みがあることを理解しないと、ただただ所属して歩合制の給料払いだけでは成り立たない」というようなことを３人とも話していた。

なるほどね。それぞれの世界に、これまで通用してきたルールというものはある。それは他の世界から見たら理不尽に思えたり、公平さがなかったりするかもしれない。でも、その世界はそれでやってきた。そこに文句があるならよそへ行ってください、というその世界だけで成り立つルール。私は、その世界が維持されて、そこに属している人たちの大半がそれで満足しているなら、他の世界から見ておかしなルールであってもいいと思う。でも、その世界の存続自体に関わるような変なルールだったら、それは時代とともに変わっていかないとね。と言うか、変わっていかないと終わるよね。

で、吉本興業のことは内部にいる人間にしかわからないのだから、結局、他者にはわからない。他者がコメントすることはできない。

いい番組を見たな、と思って珍しくネットで調べてみたら、これは毎回違うゲストが出るんだね。なんだ、そっかぁ、この3人のトークならまた見たかったのに。

対談やトークショー的なものって、今回のように、お互いの立場が対等で本音を出し合える関係じゃないと面白くない。片方が片方にすごく気をつかっていたり（たまにある）、立場的に相手の喜ぶような話題ばかりになったりすると、もうダメ。明石家さんまみたいに強烈な司会者がいてゲストを呼ぶ形はいいけど。

それから、絶対に本音じゃないだろうという「テレビ用の話」をずっとしていたり、表面的なキレイな話ばかりしていたりするのとかも、「対談番組に出てきた意味、あるのかな」と思う。話がまったく深まらない。

なんてことを朝から考えつつ、支度をして下に降りる。

富士山駅で今日から参加のホトモさんたちと合流した。

なんと、出発予定時間の5分前に40数名全員がそろった。素晴らしい！　台風の影響でいろんな交通機関に遅延が起きているので、遅れる人がいても仕方ないと思っていたのに。みんな、「絶対に行ける」と思って、ありとあらゆる方法でここまでたどり着いた、という人がたくさんいた。いいね!!

まずは、北口本宮《きたぐちほんぐう》冨《ふ》士《じ》浅間《せんげん》神社へ。

近くの駐車場でバスを降り、正面の鳥居をくぐってみんなで参道を歩いた。そうそう、ここが気持ちいい道。

本殿にお参りして、恵比寿様や大黒様がお祀りされている裏側の恵比寿社に行こうと思ったら、今日はなにかのお祭りで「御神体を取り替える日」だそうで、「今は、一般の人はお参りできないみたいです」と先に行ったホホトモさんが報告してくれた。

「あら残念」と思ったけど、そこに神様がいることには変わりないからいいよね、とホホトモさんたちと本殿の前で写真を撮る。そうしているうちに、その儀式かなにかが終わったようで、急に参拝できるようになった。

裏へまわってみると、下見のときは閉まっていた扉が開いていた。恵比寿様も大黒様もすごく近くに見える。色鮮やか。今日だけ開いているなんて、すごくラッキー！　みんなでありがたくお参りする。

続けて東宮と西宮にもお参りし、富士山の登山道の始まりである隣の社にも参拝する。

去年のアメリカのセドナツアーに参加されたＣさんが、双子の姉妹と一緒に参加されていた。え！　双子だったんだ……。と思っていたら、このおふたり、数年前にあった出雲大社ツアーにも参加してくださっていたそう。ひとりが、あることをとても強く望まれていたので、かなうといいなあと思う。

こんなご質問もあった。「自分が望んでいることについて具体的にイメージしようとしてもどうしても定まらない。いろんなバージョンが浮かんでしまう。たとえば結婚にしても、ＡさんとＢさんと両方のバージョンがリアルに浮かぶ、こういうときはどうしたら……」

定まらないときは定めなくていい、と私は思う。無理してひとつの映像に決めようとしないこと。たとえば結婚だったら、ＡさんとＢさんの影響がないイメージ、つまり幸せな結婚をして幸せな日常を過ごしている自分の姿とか、そのときの自分の感覚とか。あくまでも自分を主体で、どっちの人になっても変わらない部分をイメージすればいいんじゃないかな。その環境よりも自分の気持ち。そのワクワクした日々の気持ちをイメージして、その波動で今から暮らす。

境内で話していたら、あっという間に集合の時間になっていて、急いでバスに戻る。

次は新屋山神社の本宮。

着いて、すぐに予約していた祈祷《きとう》を受ける。

祈祷を担当してくださった神職の方（年齢がいっているので宮司さんかも?と思うので、ここでは宮司さんと呼ばせていただく）が、素晴らしかった。前回来たときの若い神職の方もとても感じがよかったし、祈祷が細やかで丁寧だった。

はじめに「お祓い」の説明を聞く。お祓いは古事記・日本書紀にあるように、イザナギが黄泉の国に妻のイザナミを追っていき、そこで妻の汚れた姿を見てしまったことから川で禊《みそぎ》をしたことが始まり、とされている。お祓いは、それによってその人がよき方向へ展開していくとても大事なことだという。

昔はここにお参りに来るすべての人にお祓いをしていたそうだけど、「そんなことはしなくていい」なんて言う人も出てきたそうで、「それ以降は希望者のみにさせていただいています」と話されていた。

普通、こういう類《たぐい》の話を聞くと「心ないことを言う人がいるな」とか「わかってない人もいるもんだな」とネガティブな受け止め方をする人が多いと思うのに、この宮司さんは非常に淡々としていた。「こういう人もいたんです、だからこうしたんです」と、現状にただ対処しているという感じで、そこに善悪の判断をしていない。神話の捉え方についても「私はこういうふうに捉えているけれど、他にもいろいろな解釈があるので気にしないでください」なんておっしゃっていて、そこが素晴らしかった。生きている姿から学ぶ、という感じ……。

ご祈祷自体はとても丁寧だった、そこがまたいい。玉串拝礼《たまぐしはいれい》も、団体の場合は代表者のみのことが多いのにひとりひとり全員が行った。ひとりひとりにいただくお札も、最後にもう一度名前の漢字を確かめて袋に入れてくれた。
「お札をいただいた人はもう外に出てもよろしいですよ。退屈でしょうからね（笑）」なんて言っていて本当にユーモアがある。

人数が多かったので二組に分かれ、私は前半の組だったのだけど、後半の組は時間がなくなってしまって、禊の話などすごくシンプルだったらしい。「あとは『古事記』を読んでください（笑）」とか言って。玉串拝礼についても「ここも省略しましょうか（笑）」とおっしゃったので、そこはさすがにうちのスタッフが「そこはひとりひとりお願いします！」とはっきり言ったという……（笑）。

後半の組を待っているあいだに、境内にある「願い石」を持ち上げてみた。とても重い石を持ち上げて、2回目が軽々と持ち上がるとその願いはかなうということだそう。

1回目、持ち上げたら想像以上に重くてびっくり、まったく持ち上がらなかったほど。ところが2回目はフッと20センチほど持ち上がった、1回目の感じだと、少々力を込めたくらいでは上がらないだろうにと思っていたので驚いた。そしてまた3回目は腰がフィックスされたように重くなり、ほとんど上がらなかった、不思議……。私は「オーリング」など、自分の力の込め方で結果が変わるような類のチェック機能はあまり信頼していないのだけれど、これは本当に不思議だなぁと思った。


ここですっかり時間がなくなって、急いでうどん屋さんに移動する。

このうどん屋の人たちがとても柔軟で、まず到着が遅れたことにも優しかったし、次の時間があることをわかって次々とうどんを出してくれたので、全員が15分以内に食べ終えることができた。いやーほんと、このうどん屋さんにしたからこそ、15分で食べられたんだよね……。夏のあと、メニューが4種類から2種類になったのも、早く出せることになったから、結局これでよかったということだ。

ホホトモにまつわることって、こういうことがよく起こる。変わった結果、そっちのほうがよかった、ということ。日常でもよく起こるけど、とにかく頻繁に。たぶん、ファンクラブの人たちがみんなすごくいい人だから、その人たちが関わるイベント自体の流れを私が心から信頼しているからだと思う。

それが毎回起こるたびに書きたくなるのは、同じ信頼感を私の日常でも感じながら進みたい、と毎回思うからだ。これを再確認できるだけでも、私にとってファンクラブのイベントは価値がある。

次に新谷山神社の奥の宮へ。ここに来た途端、ヒューッと寒くなった。

パワーストーンのまわりを大人数でぐるぐるまわって祠《ほこら》に祈り、小さな本殿にお参りをした。実は、下見のときに願ったことがかなったので、そのお礼も。

サッと集合写真を撮ってバスに戻る。

最後は「とらや」。バスの中で、ひとりひとり感想などを言ってもらおうかと思っていたけれども、皆さま結構お疲れで寝ていらっしゃる方もいらしたので、静かにバスに揺られる。

とらやの工房に併設されているカフェは、さすがどのメニューも凝っていて美味しそうで味がある、という気がした。カフェの内装もインドアとアウトドアがほどよく混じり合っている。

この時間、最後に皆さまとおしゃべりすることができて本当によかった。

充実した疲れとともに皆さまを御殿場の駅に送り、スタッフが帰り、私はそこからバスに乗ってまた金山へ戻る。そして車で自分の家へ。帰りは1時間40分しかかからず、8時前には家に着いていた。

夫が私の好きな白ワインを開けてくれて、プリンスと私のママと４人で夕食を食べる。今日は私のリクエストでピザ。こってりしたチーズ味などが食べたかったの。

10月21日（月）

昨日のツアー、よかった。すごい充実感。
早朝から仕事をして、プリンスを送る。
今、砂場遊びが大好きなプリンスは、プリスクールの終わりの時間になっても「もっと遊んでいたかったのに……」と涙声で繰り返していた。

10月22日（火）

今日は「即位の礼」が行なわれる日で、国民の祝日らしい。
そうか……朝、それを思い出して急にお休みムードが高まる。しっとりと雨も降っているし、中継など見て一日ぬくぬくと家の中で過ごそう。それに備えていたかのように、お菓子などもたっぷりあるし。

朝食もゆっくり作る。いんげんの胡麻和え、焼き鮭、ゆで卵、豆腐とわかめのお味噌汁、プリンスにはいんげんの胡麻和えの代わりにブロッコリーのバター炒め。
「賢所大前《かしこどころおおまえ》の儀」が始まった。天皇の袴姿というのは、本当に絵になる。上皇様かと思ったくらい、お顔立ちが似ていらした。さすが、そっち系のお顔。

　参列者は雨の中、外の席でジッと待っている。儀式の中身を見ることはできないので、待つだけ。伊勢神宮の式年遷宮に参列したときに、中で祭事が執り行なわれている中、真っ暗な外で何時間も待っていたことが思い出される。

　お供えであるご神饌《しんせん》（の想像）がテレビで紹介されていた。これを見ると、食べ物に感謝して命をつなぐというだけで、充分に日本という国を支えているのだろう、という天皇家の役目を感じる。高天原で神様たちが育てていた稲穂の末裔《まつえい》を、今も受け継いで育てているんだものね。日本は瑞穂の国だ。

　見届けて、さ、私も仕事をしよう……と思いつつ、昼寝する。


　この1週間くらい、食生活がいい加減だったので太ったし、睡眠不足もあるし、毎日スケジュールが詰まっているので体力が……と感じていたので、あの儀式の映像はすごくよかった。見るだけで、引き締まる感じ。

10月23日（水）

　今日、はじめて、プリンスのママ友さんたちとお茶をした。これまでは、お迎えの時間までプリスクールの近くにいるしかなかったので（なにかあったときにすぐに連絡がとれる場所、というルールがあったので）、カフェなどでおしゃべりするのははじめて。

とても面白かった。触れたことのない新しい種類の会話、様々な環境と価値観の人たち。

10月24日（木）

今朝も、朝特有のバタバタ感に覆われている。すべてがとっ散らかっている。

そこで、「お気に入りのフラットシューズでも履くか」と思い、スエードなので防水スプレーをたっぷりかけてよく見たら、防虫スプレーだった……フゥ。

外に出たら金木犀《きんもくせい》の香りでいっぱい。


私は新刊の原稿など、没頭する仕事ができると、それが終わるまで遊びはおあずけ、というような極端な気持ちになる。楽しいことを我慢するというより、その仕事が一番楽しいことになるので、たとえば友達と会ったり、家族で外出したりするよりも仕事を優先させたくなる。


でも子供がいると、そうもいかない。同時進行させなければ、子供の旬な時期も終わっちゃう……そこで今週末は家族で出かける予定を入れた。

「プリンスをあまりいろんな場所へ連れて行っていないから……」

と電話でママさんに言ったら、

「そんなものよー、いろんなところへ連れて行ったからって、いい教育になるとは限らないんだからー。自然でいいんじゃないの？」

と返事。そうだよね。無理は禁物。

プリンスのベッドが壊れた。一緒に寝ていて、私が寝返りをうった途端にお尻が半分ガタンと床に落ちる。マットレスを持ち上げてみると、これは……外れるよね、というなんとも簡単な仕組み。不良品じゃないかな、とかブツブツ言いながら、板を真っ直ぐにして簡易的に固定する。

10月25日（金）

ある国の元大使、Aさんとの英会話レッスンスタート。私の英訳された本を読んで彼女が読者のつもりで質問をし、それについて私が英語で答える。いつも講演会やファンクラブで受けている質問に英語で答える、という感じ。

かつて、これほど効果的な英語レッスンがあっただろうか……素晴らしい。

時間がきたら、同じことを交代でする。

お互いのレッスンが90分ほどで終わって、あとは子育ての話など、おしゃべりをする。プリンスと同じ年の彼女の息子くんは、大きい。やっぱり遺伝子だよね、お父さんがアメリカ人だし、お母さんも体格いいしね。


最近私は、プリンスを寝かしつけるために隣で寝たフリをしているときに、私の未来の楽しいことをあれこれ想像するのが気にいっているのだけど、今日もあれこれ真剣に考えていたら、想像の中で疲れてしまった。リアルになりすぎて……。

そこへまたガクッと音がして、私のお尻が床に落ちた。なにこれ、まったくもう……。

プリンスひとりだと大丈夫なので、重量制限があるとか？　明日、徹底的に直そう。プリンスを起こさないように応急措置をする。

すっかり目が覚めたので、その勢いでインド行きの航空券をとる。

それから三笠書房の新刊の原稿を書く。まぁ、これが進んでよかったと思おう。

10月26日（土）

天気がいいので水族館に行くことにした。

見慣れた首都高速からの景色もキラキラしている。

着いたときにちょうどイルカショーが始まったらしく、「行こうよ、間に合うよ」と夫が言うのでみんなで走ったら、10分程度で終わっていた。次は1時半。しばらくそこでイルカを見た。日差しが暑いくらい。

続けて、別の場所であるというアザラシのショーを見に行く。「子供優先場所」は、大きなお兄さんやお姉さんばかりで、プリンスひとりでは立っていられないようなので、後ろに下がり、夫が抱っこして見せる。隣のパパママも、交代で抱っこしながら場所を変えたり、抱え上げたりしていてみんな一生懸命。それなのに、上に乗っている子供は熟睡というような……微笑ましい。

それからまた元の場所に戻ってアシカショー。……結構、いろいろあるんだね。プリンスは芸をしているアシカを見て、「なにをしているのかな」とつぶやいていた。

それからペンギンとサメとニモを見る。アジがぐるぐるまわっている水槽にも「わー、なにをしているのかな」とつぶやいていた。

一通り見て、お腹が空いていたので帰りにアメリカンクラブへ。混んでいたけど、今日はもう家で食べたくなかったのでふたつのレストランに同時に並ぶ。1時間と言われたほうに、20分ほどで呼ばれた。

今日はハロウィンビュッフェのようだ。

食後、上の体育館でやっていたハロウィンのイベントにも行ってみた。迷路とか、骸骨のミニお化け屋敷とか、なかなか大掛かりだ。床にはカボチャのランタンがずらり。向こうのほうで係の人たちが一生懸命にくりぬいている。

今日は、頑張った。

10月27日（日）

午前中、ママさんが来る。

私はオフィスでずーっと仕事。

『バチェラー・ジャパン』シーズン3をついに最後まで観たけど、最終回の意外な展開含め、面白かった。とてもリアルで。女の子たちがどんどん綺麗になっていくのも興味深かった。私にもフィルターがかかっていると思う。ふつーの女の子なのに、その番組内ではとても綺麗に見える魔法。

最終回を見て、「やはり条件だけでは好きになれないよね」と思う。私もあった、そういうこと。条件はとてもいいし（と言うか、友達に言わせると、どうしてあれでは違うのか意味がわからない、と何度も言われた）、私のことをとても好きになってくれたけど、私が好きになれなければ仕方ないし、付き合うことはできない。最後まで勝ち残ったこの女性も、そうだよね。好かれて、テレビの演出やその場の雰囲気で自分も好きになった気がしていたけど、「これって恋愛感情なのかな……」というセリフがすべてを表していた。わかるわぁ……。そして（私の場合は）恋をしないと結婚できないので、それは無理。

　恋愛の感覚、懐かしい。今振り返ると、恋愛って最高にドキドキして甘いけど、同時にものすごく苦しいことがある。常に不安定、常にアップダウン。恋愛と安定は同時に存在しない。そういうの、今はもうやりたくないなぁ……。思い出してホロッとするくらいがちょうどいい。

10月28日（月）

　この数日、夜中にネガティブなことを考えることが多い。それ自体がネガティブな事柄というわけではなく、私がそれをネガティブに受けとめているだけだと思う。たとえば、年末に向けてやることが多くて、「あの締切りとかこの締切りとか、あれもしなくちゃ、ああこれも……」とか考えると苦しくなってモヤッとしてくる、でもそのひとつひとつに対してはネガティブなものはまったくない、というような。

　私はやることが多すぎるとテンパってくると自分でよくわかっているので、これは今考えなくていい、これは11月に入ってからで充分、など心を整理した。そして、それらひとつひとつに感謝をしようと思った。依頼をしてくださるからこそ、それらが発生している。たとえば家庭の主婦が、子供のことに忙殺されてイライラするとき、「じゃあ、その子供がいなかったらよかったか、というとそういうことじゃない」というのに似てるかも。基本的には現状への感謝を忘れている瞬間。

気を重くさせていることのひとつに、サロンの窓についている電動ブラインドが壊れている（長らく、壊れたまま）というのがある。修理の人を呼ばなくてはいけないと思うと、とても面倒。と言うのも、前のオーナーさんのこだわりで、とてもかっこいいものがついているので、まず、どこのメーカーなのかを山のようにあるリフォーム資料の中から見つけなければいけない。そしてたぶん、簡単に修理してくれるお店が見つかるようなブラインドじゃないんだよね。私はその手の作業が本当に苦手なので、延ばし延ばしになってここまできた。

それに対して夫が「見つからなかったら、とっちゃえば？」と言った。

帆「たしかにね、使ってないもんね」

夫「そうだよ、上のほうにカビもついていたし。あそこ、ブラインドを閉める必要ある？」

そうだね、そうだ、スムーズに修理できなかったらとってしまおう。

急に、ものすごく気持ちが楽になった。

そしてもうひとつ、この憂うつの原因として今朝わかったのは、あることについてまったく努力をしていない自分に対してイライラしている、ということだった。やることをやっていないのに、ただ「どうしよう」と不安に思っている自分は好きではない。

これはいっちょ、それについて徹底的に努力しようと決めた。

ちょうど明日は新月だし。やることやれ！

10月29日（火）

新月。あれに対してやれるだけのことはやろう、努力しようと決めたので、気持ちがスッキリ。それと、毎日を楽しもう。小さなこと、目の前のことを。それが人生。

このあいだ、アメリカンクラブでバッタリ会ったアメリカ人と、ベビーシッターさんの話になった。彼女はご主人も自分も事業をしているので東南アジア人のシッターさんをフルに雇っている。私はそんな贅沢はできないので、できる範囲で考えるしかないのだけど……と言ったら、「帆帆子、それはお金の問題じゃないと思うわ、日本人特有の、シッターさんにまかせることへのギルティーじゃない？」と。

……そうね、それもあるね。夫も「頼めばいいのに」と言うけれど、フルでお願いするのは気が引ける。でもまぁ……シッターさんに全部頼みたくないのは私の本心でもあって、「息子の成長には私が関わっていたい」と思うからだ。どうしても都合がつかないときや、夜に夫と出かけるときはいいと思うけど。

なにより、うちの場合は私の母が反対している。「できる限り、私が見るから」と。それに甘えて、かなりの時間を母にお願いしている。実家に預けるのではなく、母がうちに来るスタイル。母自身が、そのほうが楽だと言うし、私の家のほうがプリンスのおもちゃもたくさんあるし、お昼寝するときもプリンスの居心地がいいだろうって。

でも考えてみると、私自身には幼少のときにベビーシッターがいた。「自分のときはつけていたのに、娘の私にはシッターさんをつけるの反対ってどういうの？」とママさんに聞いてみたら、「あの時代はよかったのよ」と言う。あれは、信頼しているところのお嬢さんにお願いしていたからいいのよ、だって。ふーん……。確かに組織から派遣されるような形は、私もよくわからない。なにごとも、「資格を持っている＝だから向いている、よくできる」ということではまったくないと思うので、よい人との出会いがあるまで時間もかかるって言うしね。

まぁ、こういうことって、いろんな価値観と事情があるから、一概にどれが正しいとは決して言えない。私たちは私たちのスタイルをゆっくり作っていこうと思う。

新刊のサイン本が書店に並び出したそうなので、アメブロにそのことを書く。

私は自分のなにかの宣伝を自分でするのが苦手、すごーく苦手。でもアメブロは私が自分で書いているので仕方なく。

10月30日（水）

面白いことがあった。私が中学生？小学生？の頃に英語を習っていたMさんというインド人の女性がいる。彼女は長く、お母さまの代から広尾でインドサリーのお店をやっていたのだけど、私が英語をやめてしまってから何十年も連絡をとったことはなかった。そのあいだにインド人のご主人が亡くなったり、お子さんもすっかり大きくなったりして……つい先日、当時、彼女を紹介してくれた母の友人が「Mさんが今日本に来ているから、広尾のお店に行きませんか?」と連絡があったのだった。

行こう!と盛り上がり、今日、行ってきた。

Mさん……私の記憶の中のMさんをちょっと老けさせた人が出てきた。懐かしい……。そしてとても素敵なお店だった。本場のサリーはやはり素敵。お嬢さんもとても可愛らしかった、高校生くらいかな。私が来年の2月にインドに行くと言ったら、とても驚いていた。これまで一度も連絡をとったことがないのに、こんなタイミングで再会だなんて。彼女のデリーにあるアトリエにぜひ来てほしい!と言われたので、行こうかな……。

グレーのものと、黒とベージュのケープ仕立てになっているものと、真っ黒なサリーと、3つ買う。あとサンダル。

お店に入るちょっと前に車の中で眠ってしまったプリンスは、買い物のあいだ、ずーっと試着室の中で寝ていた。カーテンを閉めてぐっすりと。

10月31日(木)

火曜の新月以降、やる気がみなぎって流れが変わった。

自分で決めて、いろいろと再開したしね。自然の流れはあるけど、自分でも変えられる。

インド、Mさんに誘われて会議のあとにデリーにも行くことになった場合のスケジュールや、エアチケットを調べてみる。……うーん、日本からバンガロールに着いて（直行便）、会議が終わって2泊くらいでデリーに行き、またバンガロールに戻ってきてそのまま日本に帰るというスケジュールなら、行きと帰りのエアを変更しないで行ける。ただ、会議のあとに予定していたアーユルヴェーダの施術は、今回は見送ることになるな。

それはまぁいいとしても、2泊で戻るとか、大荷物を抱えてデリーに行くとか、大丈夫かな。荷物を空港に預けておくという手もありそうだけど……うーん、もう少し様子を見よう。


夜、辻井伸行さんのピアノを聴きに行った。

協賛のフジテックさんからの招待。以前から大好きだったのでとてもうれしい。

涙が止まらなかった。どうしてあんなに優しい音が出るのか……。鍵盤を叩くという動作だけにどうしてあんなにいろんな感情を乗せられるのか、まるで魔法。

手元がよく見える席だったけど、鍵盤のタッチを見ているだけでは違いがまったくわからず……すごいよねぇ……。子供がいる今は母親目線でも見てしまうので、一層気持ちが震えた。最後、深々としたお辞儀をしたときなど、「プリンスみたいだね」と夫も言っていた。

ああ、いいねぇ…………。一緒に演奏したハンブルク・フィルハーモニーの方々の、辻井さんを見る温かい眼差しも心に残った。

私が大好きな「それでも、生きていく」が収録されているCDを買って帰った。

5／2 シマウマ

5/10 波には恐る恐る……

5/21 AMI

盛り盛りプレート

親が張り切る誕生日……笑

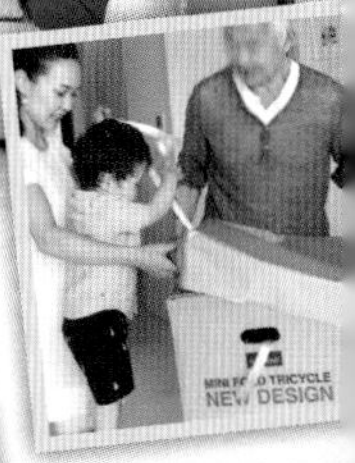

祭りのあと。大人グッタリ、プリンス元気

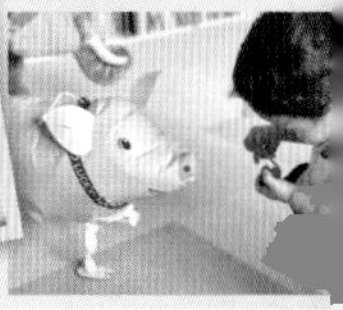

プレゼント説明に大人が一生懸命

6/8 ホホトモ箱根ツアー
「道」が心に残った

7/18 アメリカ大使館

梅酒

7/12 ダイジョーブタの旅立ち

のすごくレトロ

7/21 としまえん
←ここで、スマホ、落とす

たまたま全員が紺白

軽井沢

8/3 流しそうめん

8/15 ライト

今夏、一番好きな写真
母とプリンスと夫で、なにやらお絵描き

8/9 プリンス、ハガキのお手伝い
メッセージをつぶやいて隣の人に渡す役

今夏、気に入ってよく着た
紺の「ロンパース」

8/24 AMIRI

8/4 桃狩り

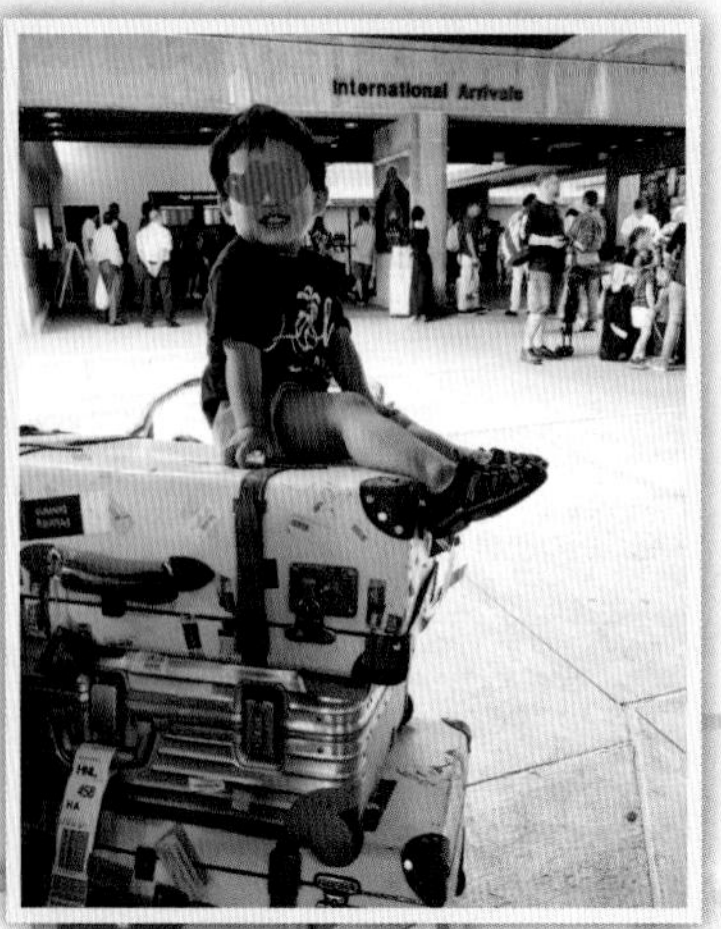

今だけのビジネスクラス

HAWAIIへ

8/30 ホノルル・ズーで
一番夢中だったカバ……石像

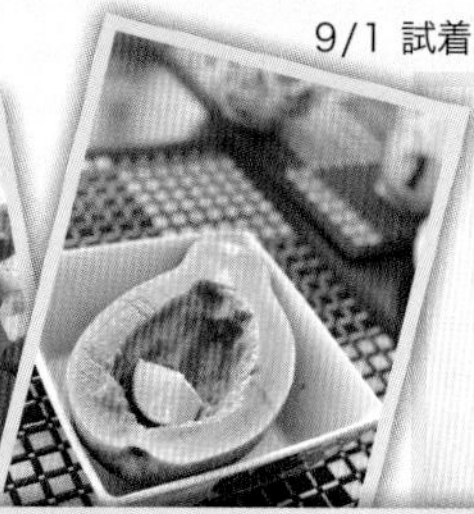

9/1 試着室から夫にLINE、「どう〜?

8/31 クッション

とても気に入った
椰子の木のコップ

9/2 この美しい夜景のあと、
事件が……

ひたすら反省と感謝の帰りの機内

9/28 大阪講演

ハワイから戻り……
祖父「ちょっとお腹が出たんじゃない？」
孫「そうなんだよね」

9/15
ホホトモサマーパーティー
恒例の北原ご夫妻と

9/23
お墓の足元にあった
かわいい花

9/25 チャリティーパーティー

この時期、一番気に入っていた格好

サインの手伝い

ホホトモ新屋山神社ツアー

10/14 とっておき

10/30 再会

台風の翌朝

10/12 軽井沢、台風の停電

10/26 アメリカンクラブの迷路

軽井沢で拾った
松ぼっくりを

クリスマス準備

12/18 子供たちのパーティー

主夫のパパだけが動いていた図（笑）

プレゼント探

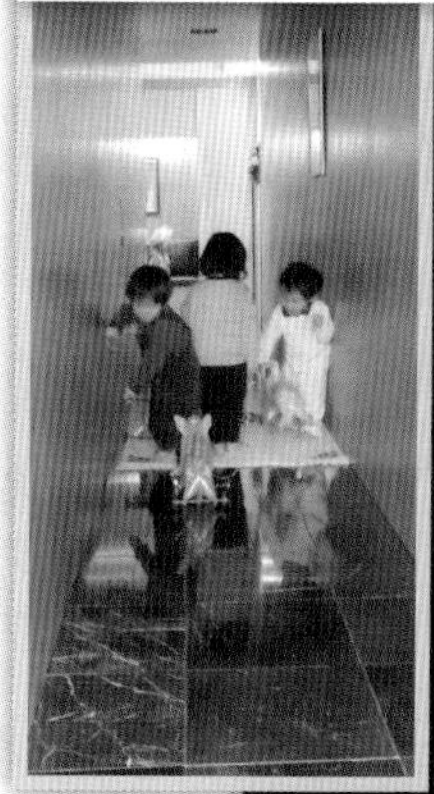

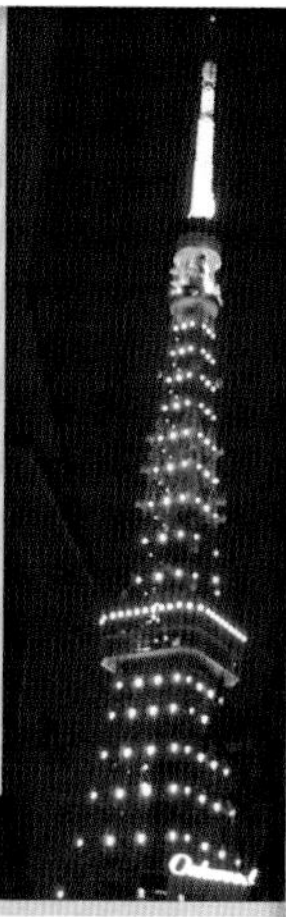

ホホトモクリスマスパーティー

ビーズを刺して
サッシュに

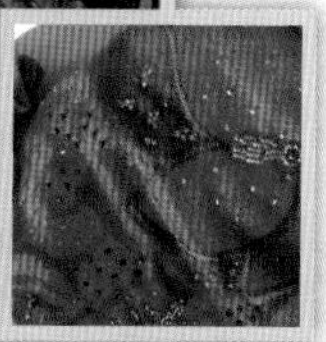

12/7 ぐりとぐら

身内クリスマス

1/29 ホテルで一番気に入ったおにぎり

1/19
自分で作った衣装

また、大人が一生懸命

インドへ

ラウンジ、ガラーン

香港国際空港、ガラーン

歓迎会、プリンスに似ていた子

シュリシュリさん

メイン会場

シュリシュリさんを待つ群衆

配膳してくれる学生さん

早朝ヨガ

キールさん(右)とミーナさん

ファッションショー

会議本番

アーユルヴェーダ施設に移動

私の担当さんと

飽きてきたカレー

施設の２階

ただいま♡ しばらくはベッタリ

2/20 ガネーシャ親子

2/19 最後に空港でバッタリ!

11月1日（金）

あのカッコいい電動シェード（ブラインド）についてだけど、取ってしまう気満々で工具を持ち、取り付けられた部分を見てみたけど……無理。私はこの手のものはだいたい自分で解体できるはずなんだけど、「ここを外せばたぶんいける」という雰囲気の箇所が、まったく見当たらない。もう……なんなのよ……。

仕方ないので、カタログを探す。私と違って几帳面だったであろう前のオーナーさんのおかげで、資料類は綺麗にファイルされていてすぐに見つかった。

「ハンターダグラス社」……あぁ、あそこね……知ってるわ……。説明書には一応取り外し方が書いてあるけれど、業者向けの説明書で一般の人がわかるはずもない書き方……。さっそく書かれている電話番号に連絡してみると、「この電話番号は現在使われておりません」ときた。カタログも「平成19年度のものです」とある。

日本のハンターダグラス社を検索して問い合わせにメールする。こういう作業が極端に苦手な私は、すでにハンターダグラス社と闘っている感じ。

11月2日（土）

明け方目が覚めて、またなんとなく重苦しい気持ちに。

クロワッサンが浮かぶので食べに行くか、考える。息子を着替えさせてカフェまで往復なんて……疲れそう。しかも今日は2連休の初日、混んでいそう……とかいろいろ考えてジーッとする。そうしているうちに息子が起きてきて、「あそぼ」と言うので起きてレゴをする。着替えのために息子の部屋に連れて行くと、「ここであそぼ」と言うので遊びながら部屋を片付ける。この半年くらいに息子が作った工作類を整理して壁に貼った。「何歳何ヶ月」と作った日を作品に書き加えながら。

そんなことをしているうちにすっかり気持ちが明るくなった。

午後、友達に聞いた「面白い遊具」がある公園に行く。

すごく遠かった。思っていたよりずっと。そして思っていたより住宅地のど真ん中だったので、車を停める場所が本当になくて困った。離れた商店街の中にあった数台のコインパーキングにやっと停めて、そこから歩く。

来ているのは近隣の住人ばかり。ここは違うだろう……と夫とつぶやく。遊具の滑り台がものすごく高くて柵もなく、おまけに急。夫が滑ったら、ものすごい加速で地面にめり込んでいた。

あれから毎日、車の中で辻井さんのＣＤを聴いている。この人の音楽は、私に物悲しい気持ちと、未来を思う爽やかな気持ちを同時に起こさせる。

母曰《いわ》く、

「前に見た、辻井さんがお母さんと一緒にヨーロッパのほうへ行く番組でね、景色を見ていたときか音楽を聴いていたときか忘れたけど、辻井さんが突然、お母さんごめんね、とつぶやくシーンがあるの。別にお母さんに言っているんじゃないのよ、自分でつぶやくの」

あぁ……泣ける。子供はみんな、母親が大好き。母親によく思ってもらいたいし、褒めてもらいたいし、母親に認めてもらいたい。

11月3日（日）

３連休か、いいね、昔の日本より確実にお休みが増えている感じがする。

さっき、私がテレビのリモコンを探していた。「どこかで見た？」とプリンスにも探してもらって見つけたら、言われた。

プ「昨日、ママこれ見てたでしょ？　パパも見てたでしょ？　ボクは見てない」

私「え？（笑）だからママかパパがリモコンを使ったっていうこと？」

プ「そうだよ〜」

ほぉー、ずいぶんいろんなことがわかるようになって……。

そんないっちょまえプリンスの苦手なものは、お風呂。今日も夕食後に「お風呂よー」と言ったら、「僕はいいでっす」と、まるで入るか入らないかの選択肢があるかのように言われる。

「じゃあ、先に入るからあとから来てね」と言って先に入っていると、トテトテトテと歩いてきて黙々と洋服を脱ぎ始める……フッ（笑）。

11月7日（木）

この数日、新刊の執筆に集中していた。


今日は、いろいろな雑用が片付いた充実した日だった。午前中、飛行機の航空券のことで航空会社とちょっとした行き違いがあったのだけど、ＪＡＬの方のおかげで見事に解決した。窓口の人も丁寧で迅速で優しく、こういうとき日本って素晴らしい、と思う。

続けて、先週からの「ハンターダグラス問題」について。あれからメールがあり、取り扱い販売店に連絡するように書いてあったので最寄りのお店へ電話する。なんと、うちの近くに３軒もあった。

はじめに電話したところは扱いを終了したそうだけど、「取り外しだけならできますからいつでも言ってください」と非常に好感度高し。次に電話して出たおじいさんも丁寧な上に話が早く、話をしているうちに「ここにお願いして直そう」と思った。やっぱり、あんなに素敵なのがついているのを外すことないよね。
「来週の月曜なら大丈夫なんですが、今週はもう修理がいっぱいでうかがえなくて、ご不便おかけしますね～」なんて言ってる。いいえいいえ、これまで1ヶ月もこのままでしたから全然……と心でつぶやいて、来週はじめにいらしていただくことにした。金額もリーズナブル。たぶん、その日に直るって。

　そしてその勢いで、オフィスの調子が悪いディスポーザーもなんとかしようと思い出す。そう、これも先週、突然動かなくなったんだよね……。

　まず、あの親切なコンシェルジュさんに言ってみたら、「ちょっと見てみましょう」と来てくださった。ちょっと見てもらっても直らないんじゃないかな、と思ったけど、説明書と工具の入った袋を下げていらして、中をチョイチョイと掃除してくれたら、

　……直った。

「スゴイーーーーーー！！！」と危うく抱きつきそうになったよね。
「これ、よくあるんですよ。中の金属の噛み合わせに異常がないときは、たいてい汚れが詰まっているんですよね」
だって。たしかに、ここのキッチンはほとんど使っていないからね。大きなものが詰まっていたわけでもないのに、ヌメヌメを取っただけで解決、という。

　これからはもっと頻繁に掃除しよう。はぁ、本当にありがたい。

　ブラインドもディスポーザーも解決したいい日。

ダイジョーブタのティーカップのサンプルが届いた。

開けた途端、「これは違うかも……」と思う。

私のデザインがいけなかった……これでは出せない……。簡易すぎる。

さっそく、ダイジョーブタのグッズ担当に連絡する。

ホホトモのクリスマスパーティーに間に合わせるのに、もともと納期がギリギリだったのに、この段階で修正して間に合うかどうか、明日の午前中にならないと工場からの返事がこないらしい。

「間に合う！」と祈って、夜中から新しい図案に取りかかる。

11月8日（金）
夜中から朝まで描いて、とてもよくなった。
朝、担当さんから電話。なんとか間に合うって。よかった！
12時前に完成して、バイク便に出す。

ネイルサロンでホッとして昨日と今日の流れを思う。

日本って、日本人って、すごいよね。この正確さ、緻密さ、丁寧さ、その上でのホスピタリティなど。たまにそれがマニュアル化されて杓子《しゃくし》定規になることもあるけど、やっぱりこのサービスの質は素晴らしい。

「青い鳥」にならないようにしないといけないよね。。今年の1月、パリに行って、やっぱり住むのは日本がいい、と痛烈に感じたことを思い出した。もちろん、その人自身のタイプやご縁だけど。私は日本が好きだなぁ。

午後は明日の大阪行きの準備。

11月9日（土）
今日は大阪でホホトモサロン。
やって本当によかった。いつも東京のイベントに遠路はるばるいらしてくださる方々のことを思ってジーンとする。

「北海道から来ました」とか「福岡から」とか、皆さん「飛行機に乗れば東京まですぐですよ」とよくおっしゃるけど、やっぱり「ちょっとそこまで」というわけにはいかない。

今日の話で一番印象に残ったのは、自分の予定外のことが起こって「困った」とか「失敗」とか「残念」とか思ったときに「いや、きっとそっちのほうがいいのだろう」と捉えて自然の流れにまかせていると、本当にそっちのほうがよかった、ということばかり起こるという体験の報告。

はじめに望んだ通りにならなかったのは、もっといい状態のことが待っているからそっちを楽しみに、ということだと私は思う。こう思えるととても楽だし、実際にその通りに物事が流れていくので驚く。

そして、自分がはじめに「これがいい」と思い込んでいたことが、いかにその時点での小さな範囲での考えだったか、それにも驚く。


夜は、「チャリティー」を目的に個人的な仲間が集まったアットホームなパーティー。そこで30分ほどのスピーチ。

11月11日（月）

プリンス、ちょっと風邪気味。私もうつった気がするし夫もそんなことを言っているので、

「ここは気合で乗り切ろう」とみんなで言い合って家を出る。

最近のプリンスのお気に入りはメジャー。

「ちょっと測ってくるね」といそいそといろいろなものを測りにいく。そして、なぜかいつも「40センチ」と教えてくれる。

「おはしの長さ……40センチ。ママのお仕事の（パソコン）は、40センチ。ボクの足も……うーん40センチだな」

硬い金属製のメジャーは危ないし、柔らかいものも首に巻きつきそうでドキドキするので、メジャーを持っているあいだはずーっと目で追っている。

11月12日（火）

どうもやる気が湧かず、だるくどんよりとしているので、今日はクリスマスの飾りを出そうっと。

プリスクールの息子の友達やママ友たちとのクリスマスパーティーを、うちですることになった。はじめ、ホテルとか会員制クラブとかいろいろ案が出たのだけど、いろいろ制限があってなかなか決まらなかったときに、「……うちでしますか？」とか言い出していた、この口が……。人の家なら時間も気にしなくていいし、デコレーションもできるしね。食事はうちがお世話になっているケータリングをお願いすることにして、飲み物担当、プレゼント担当など、みんなで分担する。

クリスマスと言えば、ファンクラブのクリスマスパーティーに着るドレス。今年の色は赤オレンジ。胸の部分に、私が昔から気に入っている濃い赤い花の生地でサッシュを作って巻く予定。巻いた先は背中でリボン状にして垂らして、同じ生地でコサージュも作る……予定。

11月13日（水）

プリンスの風邪がよくなってきたので、予定通り軽井沢へ。

最近、ちょっと休んでいたチベット体操を再開して、床の水拭きをして、キッチンを片付けて、夫の食事の買い出しをして、私と息子の洋服をパッキングして仕事の道具を用意して、ママさんが買ってきてくれたお昼ご飯を食べて、２時すぎに出発……上出来。

なんか、すごく楽しい。

着いて、暖炉の火を入れて、ゆっくりとお風呂に入る。

11月14日（木）

朝、起きたらもう暖炉に火が入っていた。薪がパチパチ言っている。

前回行って気に入った、ちょっと離れた場所にある家具のファクトリーショップへ行く。クリスマスのオーナメントがたくさんあったので、ツリーに飾るオーナメントを少し補充して、１メートル弱の光るサンタの置物、枝でできたシンプルなクリスマスリースをふたつ、赤い木馬の壁飾り４つ、クリスマスらしい機関車やキャンドルなどを買う。

プリンスがお店に入ったときから抱いていた、木でできたビーバーみたいな置物も。

帰って、また暖炉に火。あとは気ままにウロウロしながら、ときどき仕事をしたり、プリンスと散歩に出たりした。ママさんは食事の支度に忙しそうだった。

11月15日（金）

紅葉の真っ盛りだ。プリンスの真っ赤なダウンコートが紅葉に映える。今日は私も赤いコートで散歩。

誰もいない紅葉の原っぱ。プリンスは３回ほど転がり落ちながら、やっと土手を上まで上った。雪の土手を転がりながら頂上にたどり着く白熊の映像を思い出す。
夜、東京に帰る。

11月17日（日）

来年の4月に出る、「毎日、ふと思う⑲」のチェック。

去年の今頃、私にとってとても印象的で強烈な女性と会ったときのことが書いてあった。そのとき強く思ったことが、1年後の今、そうなっている。

強烈に思ったこと、その後しばらく心を占めていたことって、「こうしよう！」と意図的に決心しなくても、未来を創る。グッと思ったときに、未来にそれが創られている。

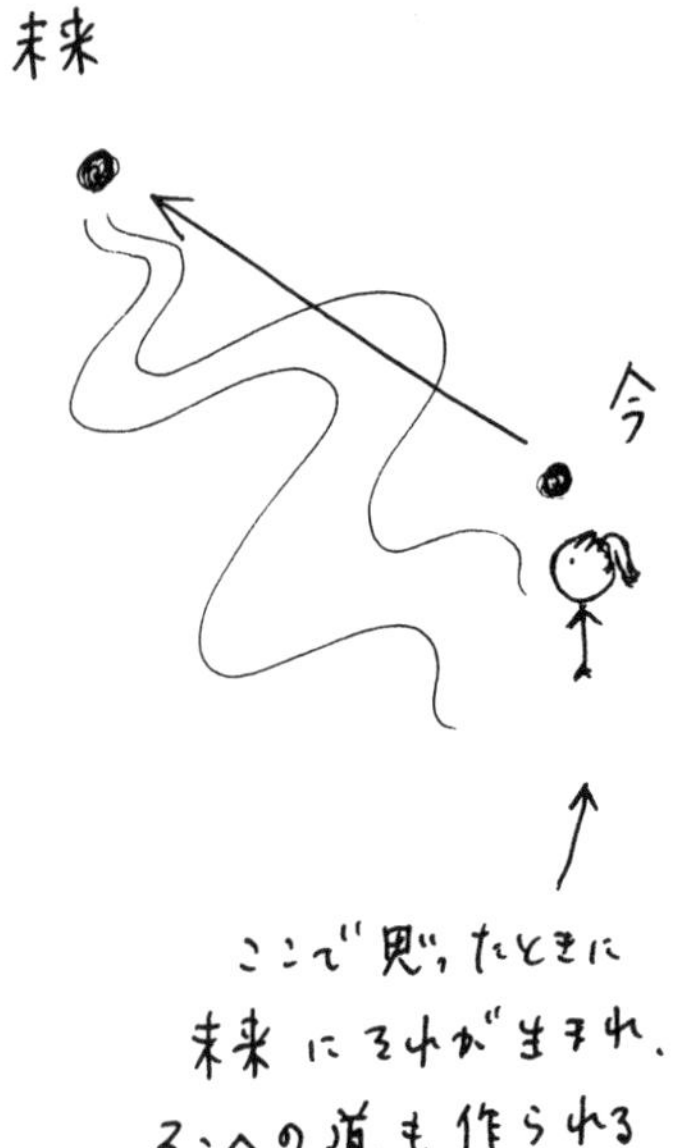

うち中にプリンスの風邪がうつったのが先週のこと。まず私がうつり、夫がうつり、フラッと寄った実家で私のパパさんがうつり、この軽井沢でママさんがうつった模様……。父はそれをきっかけに全身の健康診断まで受けたらしい。健康オタクの我が父、81才。私も喉と鼻がまだ本調子ではない。「おい、いつまでグズグズしているんだ」と、鼻に言う。

11月18日（月）

仕事のことで、年内に仕上げようと決めていたことを、ひとつ減らそうかなと思う。ちょっと進め方がわからなくなってきたし、この状態で無理に進めてもダメ（やり直し）になることが経験上わかるから。ちょっと離れようっと。

そう思っただけで、急に今日が輝いて見える。

こういうのも流れのよさだろう。10月の終わり頃から、床の雑巾がけ、チベット体操、瞑想（これはいまいちやり方が決まっていないのでたまに）を再開したからこそ、ちょっと離れよう、とか思うんだよね。そこだけを見ると停滞しているように感じるけど、全体からすると、そのほうが流れがよくなるのだと思う。

さて、そんな晴れやかな気分で8年ぶりの友人に会いに行った。プリンスも一緒に。

会っていなかったこの8年のことを話していたときに、なにかに対して彼女が言った「それは……その人の道を進んでいるんだね」という言葉が妙に心に残った。

私たちはみんな、それぞれ「自分の道」を進んでいる。その人の道を。

11月20日（水）

芸能人の麻薬逮捕とか、なんとか裁判とか、まったく興味のない話が今日もツラツラと流れている。コメンテーターも大変だろう。興味のない話には「興味がない」と言いたいよね。「正直な人はコメンテーターには向かない」と、誰かが言っていたけど、そうだろうなと思う。

年内に終わらせる予定の仕事から離れた途端、そのことについていいアイデアが浮かんだりする……。そういうものだ。

人は見かけによらない。それは私を勇気づける。私も見かけ通りにならなくていいんだなって。

11月22日（金）

昨日今日と、AMIRIの撮影がある。

夜は久しぶりに夫とふたりで外食する。

夫の仕事の話をゆっくり聞く。聞いているだけで刺激的。

11月24日（日）

平和な日曜日。夫もプリンスもリビングでぬくぬくしている。

来日していらっしゃるローマ教皇の映像を見た。広島の原爆投下のときの焼き場の少年の写真を心に刻み、核兵器廃絶のためのメッセージを伝えられたローマ教皇。世界の紛争に関わる武器商人、組織、政府関連のトップ全員が「こんなことはもうやめよう」と本気で思ったら、世界の紛争は1時間以内に終わる、と聞いたことがある。

その流れで、夜は、録画されていた映画『ハンティング・パーティー』を夫と観る。世界的テロ組織の裏や紛争の火付け役、それを追うジャーナリストと国際レベルの犯人隠蔽……世界の紛争は日本の手には負えない、とつくづく思う。私たちにできることは、目の前の日常に真摯《しんし》に向き合っていくことだけ。

11月27日（水）

今日も昨日に続いて雨。12月の講演会の打ち合わせをする。恋愛と結婚に特化した対談講演、５００名満席。参加者からきていた１８０件ほどの質問を読む。

よくあることなのだけど、質問欄に自分の状況がとても詳しく書かれていて、それで最後に書いてある質問が、それまでの説明とずれていることがある。「え？　その状況からすると、あなたが聞きたいことは本当にそれかな（違うんじゃないかな）」というとき。自分が本当はなにを望んでいるかを把握できていない人がいる。そして、「わかっていないこと」に自分で気づいていない。そういう質問に回答しても、それは問題の根本ではないからトカゲの尻尾切りのようなもので、全体としては変わらないんじゃないかな、と思う。

ハワイで失くしたパスポート。申請に必要な書類を電話で確認した。戸籍抄本と息子の健康保険証、私の免許証と帰国のときに現地の領事館から発行された一時渡航書らしい。フー……。

11月28日（木）

今日も雨だねぇ、とプリンスが言う。本当にこの1週間ほど、ずっと雨。

区役所に戸籍抄本を取りに行き、お昼は仲のよい編集者さんと。

来年のインド行きとそこまでの経緯の話になり、「最近、特にいろんなものを引き寄せる」という話をしたら、真剣に聞いていた彼女が「それ、今の私にすっごく必要なことのような気がします」と彼女の近況を詳しく話してくれた。

彼女は今日、私にまったく別の話をしようと思っていたそうだけど、なぜかそんな話になってしまったらしく……そういうことってあるよね。と言うか、そういうことだらけ。そっちの話が必要だったということだよね。

最後に、彼女が最近作った本の話になった。ある人に取材をしたとき、その人の家にかかっていた絵の話になって、その話に私はとても心惹かれた。私が何年か前から考えている、私の未来の「宝箱計画」。あれ？　秘密の「宝箱計画」だっけ？に刺激を与えてくれる話だった。彼女とはいつもこんなふうに不思議と素敵に絡み合う。

インドの国際会議の準備、すっかり停滞している。形だけは進めているのだけど、ワクワクしないどころか……憂うつ。内容や進め方が決まったら現地から連絡があると言っているけど、それもこないし。

私の出る回のテーマは、「Pathless Path（道なき道）」……何それ？（笑）

そもそも、英語をこの数ヶ月でブラッシュアップするなんて、不毛、キリがない。あれから、自分の本の英語版を読んで、だいたいの表現はパターンとしてわかったし話せるので、もういいかな、という気分。

11月29日（金）

この半年ほど、すっかりネットショッピングにはまっている。洋服なども世界中から届くし、イメージと違えば返品もできるのでとてもいい。毎晩、みんなが寝てから、シャンパンを飲みつつ、いそいそと見ている。見ているだけでも楽しい。

さて、今日は意を決してパスポートの申請に行く。

有楽町にあるパスポートセンター。近隣の会社員で混みそうなお昼の時間帯は外そうと、遅くても12時前に現地に入りたかったのに、なぜか今日に限って道を間違えて12時10分にやっと到着。

申請書を出したら、まず「息子の写真のサイズが小さいかも」ということになる。窓口の人が確認してくれるのを待つあいだ、神に祈る。だってそれが原因で出直しとなったら、息子が一緒じゃないのでものすごく面倒くさい。

大丈夫だった。でも、今度は私の写真が前回と同じものを持ってきてしまったようで（6ヶ月過ぎているので）撮り直しとなる。これは隣にある写真館ですぐに撮影してもらう。白黒で昭和な感じのいいのができた。それを持って再度申請。私の番号が呼ばれるまで30分くらいだという。

こんなときに限ってスマホの充電がない。車についている充電器の調子が悪くて充電されず、残りは20％弱。そこで隣の本屋で時間を潰す。

15分くらい経って戻ってみると、まだ私の番号まで30人くらいいる。ここで私はふと「この時間に伊東屋に行けるかもしれない！」と思いついた。今日はこのあと、クリスマスカードも買いに行く予定なの……あぁ、だったらさっき本屋なんて寄っていないではじめから行けばよかった。今からで間に合うかな……自分の番号を通りすぎちゃったらどうなるんだろう、一番後ろにされるのかな。でも行きたい、ダッシュすれば間に合うと思う……と思った次の瞬間には走り出していた。なぜかどうしても、そのままそこでボーッと待っていることができなかったのだ。

建物を出て、ダッシュ。こんなに走るのは久しぶりというくらいのダッシュ。

途中で「あれ？　伊東屋さんって、こっちじゃなくてあっちじゃない？」と充電わずかのスマホで調べてみたら、やっぱり、こっちじゃなくてあっちだった。それは私が飛び出してきたビルの方向……それならここまで走らなくてよかったのに、時間のロス、と残念に思う時間ももったいないので、さらにダッシュする。

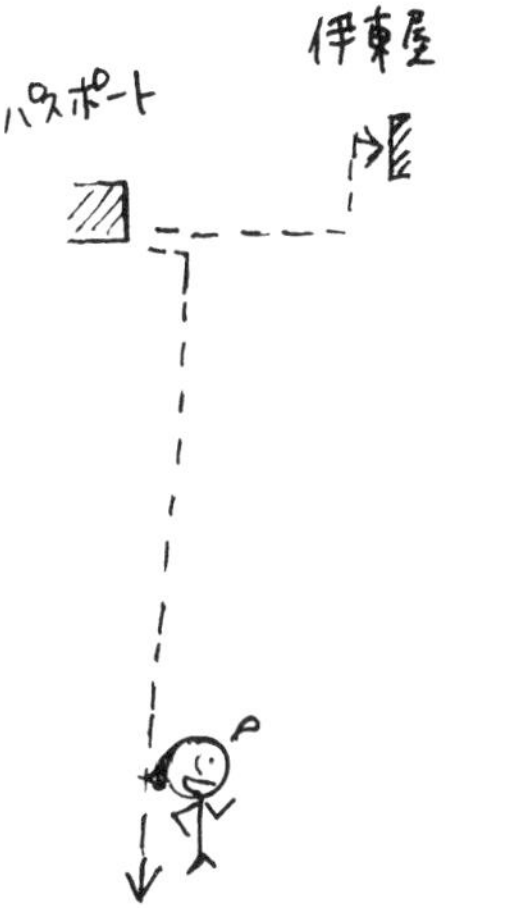

猛ダッシュでお店に入り、1階のクリスマスカード売り場で輸入のクリスマスカードをパッと40枚つかみ、急いでお会計をしてもらってパスポートセンターにまたダッシュで戻る。着いて30秒後に私が呼ばれた、よかった。

で、次は、さっきは大丈夫と言われたはずの息子の写真のサイズが、別の窓口でまた「小さい」と言われ、「今データを持っているなら、どこかで拡大して現像してきて欲しい」なんて言われる。

え？　それってどこで？　近くのビックカメラかコンビニ？　そんなの、無理……と言うか、今スマホの電源があと数%なので、プリントアウトする場所に向かうあいだに切れると思うから（スマホの中に画像があるから）。

「でも、充電はそのお店でできますよね」と窓口の人に言われて……ガックリ、絶望的……と思いながら、言われるままに書類に必要事項を記入する。なんとかならないかな、と神様に祈りながら。

すると、書類を書き終わったときにそのおばさんが、「画像が悪くても構わないなら拡大してこれでやってみます」と言ってくださった。いい、いい、画像が荒くても全然いい、とそのままお願いした。

結果、大丈夫だった！　よかった!!　神様ありがとう。

無事に申請できて、家に帰る。疲れた……。

帰ったら、「ドーナツ買ってきてくれた？」とプリンスに言われて、そのまま近くに一緒にドーナツを買いに行く。

……さっきのこと、考えてみるとたぶん、あの一番はじめ、「予定より遅れて到着したこと」から、それでよかったんだな、と思う。遅れたからこそ、混む時間帯に並ぶことになって、そのおかげで待っているあいだに伊東屋に行く時間ができた。もちろん終わってから行くこともできたけど、伊東屋の場所を勘違いしていたので、車を別の駐車場に移してそこから歩いて……とするところだった。結果的に車も移動しなくてすんだし、間違えた場所に行かなくてすんだ。そして車の中でスマホの充電ができなかったことも、もしスマホのバッテリーがあったら息子の写真を現像しに行かなくてはならなくなっただろう。充電がなくてデータがなくなりそうだったからこそ、窓口の人も（かわいそうに思ってか？）そのまま引き受けてくれたような気がする。

うん、これでよいのだ。

12月3日（火）

今月半ばに、プリンスのプリスクールの友達とのクリスマスパーティーがある。大人6名、子供5名の11名。それに向けて、11月からちょこちょこと飾りの準備をしている。オフィスのサロンの続きの部屋を当日の子供たち用にしようと思うので、そこにツリーを立てて、自宅から絵本やおもちゃを運んだりして。

今日は、軽井沢で拾ってきた松ぼっくりをプリンスと一緒にリースにつけようと思う。

ネットショッピングをしていたら、素敵なサングラスを見つけた。父から「クリスマスはなにがいい？」とラインがきていたので、これにしよう。

12月5日（木）

物事は、常に広い視野で眺めることが必要だな、と思う。なにかに対してたったひとつしか方法がない、ということは稀《まれ》。そこだけを見ていればひとつしかないかもしれないけれど、実際は他にもこんな方法があった、こんな例の人もいた、といくらでも違う方法はある。一歩下がって眺め、その中で改めて自分はどれが合っているか、どれが一番モヤモヤしないかを見極める。

12月7日（土）

友人から「ぐりとぐら」を意識して作られた、クリスマスのアドベント的なオーナメントが届いた。24個の小袋が入っていて、12月1日から毎日ひとつずつ、その袋を開けていくというもの。なんてこがわいい！　今日は小さなテーブル、今日は小さなケーキ、今日は泡立て器、という具合。


　雨が降る寒い冬の一日。お昼はママさんとプリンスと一緒にカフェでシナモントーストを食べる。私たちが入ってきたあと、お客さんが次々と入ってきて、狭い店内があっという間に満席に。外から見ると、ここは雨にけぶった緑の中に温かく見えるのだろう。

　午後、うちのスタッフたちとクリスマスパーティーの準備。

12月8日（日）

　今日は「ホホトモクリスマスパーティー」。

　ダイジョーブタのティーカップもお披露目する。

　今年は身近で日常的な話をした。いいことがあったから幸せなんじゃなくて、自分で自分を幸せにできる捉え方をしたい。これからも引き続き……。

　テーブルをまわってゆっくり話をする。たまにあるんだけど、自分で話しているのに話がどんどん思わぬほうへ流れていき、「これ、自分に向かって話しているな」というときがある。良い悪いのジャッジがなく、ただ聞いていてくれる安心した心地よい環境が、私のなにかを引き出すのだろう。久しぶりの人たちに会うと、とかく、前回会ったときからの自分の成長とか面白いことを話さないといけない、と思う人がいるようだけど、ただ、そこにいて思いついたことを話す、人の話を聞く、という環境はとても癒される。

そうだ、私が「ホホトモ」を作った目的はここにあったんだった。「他者との比較なく、安心して思いを共有できる場になること、足元の花に幸せを感じつつ、壮大な夢に向かって進めること」。

このテーブルまわりのおしゃべりに今年も時間をとられてしまい、プレゼント抽選会は駆け足だった。1分くらいでプレゼントの説明をする。

フー。家に帰りつき、夫とシャンパンを飲む。イベントのあとのこの充実感、これがたまらない。

12月10日（火）

不思議な人に会った。言うなれば、宇宙人。

自分の前世の内容や、今世で自分がするべきこと含め、宇宙や銀河レベルでのこの世の成り立ちや世界の仕組みを完全に思い出した人。地球の次元を上げたり、銀河団のまとめをしたりするようなミッションを与えられている人。たぶん、そういうことを思っている人や話す人ってたくさんいると思うけど、話を聞いている限り、そこに胡散《うさん》臭いものはない、と言うか、この人は自分の本当の体験を話しているのだろう、ということ。

彼女自身も言っていたし、話を聞いていて私も思ったけれど、そのような特別のミッションを与えられる人の人生は、普通の人からすれば波乱万丈、現代の社会生活に適合して生きることは難しくなる。壮大なこの世の仕組みの「一部を思い出す」くらいであれば、今の人生が生きやすくなるということはあるだろうけど、すべてを思い出してしまったら、それはもう大変だろう。酸いも甘いも、必要悪も地球の未来も宇宙の未来も全部知ってしまったら……ねぇ。そしてその人の行動すべてが、普通の社会生活を営んでいる人たちから見たら「わけがわからない」ということになるだろう。

実際、私から見てもわけがわからなかった。修行をしていると、スーパーサイヤ人みたいに髪の毛が金色に逆立って、漫画みたいに「シュワッシュワッ」と凄まじい「気」の音がする、とか、足が折れたときに、「これはなかったことにしよう」としたら、折れていない自分のパラレルワールドに移行するとか……それはもう、ウソとか本当とか言える次元の話ではなかった。たとえデタラメだとしても私にはわからない。だからこういう次元の話を聞いたとき、私はその中で自分が聞いていて心地よく、私の人生が明るく感じられるようなものだけにフォーカスしようと思っている。

今回、私にとってのそれは「もっともっとハンドルを手放していい」という話だった。「それ」がそうなっていることにも、宇宙の意図や采配があるから。

これを聞いて、インド行きの件、これ以上準備するのはやめよう、と思った。これ以上すると苦しくなる。

「そうよ、それを計画して御膳立てしたのも宇宙なんだから、行きさえすれば、あとは宇宙がなんとかしてくれるわよ」

なんて言われて、ものすごく気楽に。

そうね……もっとハンドルを手放していい、もっともっとコントロールしなくていい。私はまだまだコントロールしようとしている部分があったと思う。手放そう。

帰りに来年の手帳を買った。赤い皮の表紙。このあいだテレビで見ていいなと思った、マンスリーとウィークリーが一度に見られる形のもの。

12月12日（木）

数ヶ月前のこと、ある人のパソコン上での作業が原因で、私の会社のメールデータの一部がなくなってしまった。今日、それをやってしまった本人から、「今バージョンアップしつつある帆帆子さんにとって、あの古いデータ類を戻す必要はないのではないかと思います」とかいう連絡がきた。

あまりに自分にとって都合のよい解釈に、脱力、苦笑……。

もちろん、その人がそのデータを失くしたのは故意ではない。思わぬパソコン上の設定によって結果的にそうなってしまったというもの。でも結果的にそうなったことに対しては責任がある。戻そうと努力する責任も。個人のデータならともかく、他にもそれを使っている人たちがいる会社のデータだからね。それを、ちょっとやってみて簡単に戻らないことがわかったからか、頑張る前に理由をつけて放棄しようとしている。

これはたとえば、私が誰かの大事なものを借りて壊してしまった、または失くしてしまった。もちろんわざとではない。でも、その修理や代替品を用意してもいないうちから「あれはあなたにとってもう必要ないモノなんだと思います」と言うようなものだ。

もちろん、たしかに自分の元を離れていったものは必要のないものだと思う。でもそれは、データがなくなった本人（今回の場合で言えば私）が、あとから「そういう捉え方もあるな」と自分で思うことであり、失くした本人が復旧する前に言うことではない。

これをそのまま本人に伝え、パソコンに詳しい人を連れてきてもらったら結果的に復旧できた。別のスタッフのパソコンには過去のデータが残っていたから、それを移行してもらうのに時間がかかっただけ。

12月13日（金）

今年もあと2週間だ。インド行きの準備をもうしなくていいとなって、本当にうれしい。スッキリだ。

今日は夜にお客様があるので朝から準備をする。掃除機をかけて水拭きをしてから、クリスマスディナー用のテーブルランナーを出してナフキンにアイロンをかけ、キャンドルをセットする。

ママさんが来てプリンスを預けてから、もう一度サロンに来て、残りの時間で銀のカトラリーをゆっくり磨こう、なんて思っていたら、もう夕方の5時すぎで、いつものレストランから料理がきた。

今日のメニューは、様々なオードブル（これがいつも大変美味しい）、フレッシュチーズの盛り合わせ、赤カブのブランマンジェ、ズワイ蟹のコンソメジュレ、フグのセモリナフリット（トマトのロースト、苦味野菜）、黒毛和牛のグリル（フォアグラのソテー、冬野菜のエトフェ、フレッシュトリュフ、マディラ酒のソース）、グラニースミスのタルト、プティフール各種、自家製パン。

彼女と、じっくりと未来会議をする。よし、来年はどんどん動こう。このあいだの宇宙人会議でも「動きながら調整したほうがいい」と言われたし。

他にも、あることについての意見が同じで意気投合した。さすが、人をよく見ている。こんな話を向こうからしてくるとは思わなかった。

気づいたら深夜1：00。酔っ払いつつ、彼女は帰宅した。私はお皿だけ下げて、片付けは明日にしよう。

そう言えば、このあいだの宇宙人会議だけど。

宇宙の次元から見たら意味のある場所に行って、地球や宇宙にとって必要な儀式（なにかのエネルギーを沈静化したり、なにかとなにかを統合したり、あっちの世界へのゲートを開いたりというようなこと）をする人たち、というのがいる（とする）。

その類の話は、多かれ少なかれこれまでも聞いたことがある。でも、私自身がその活動に同行したり、一緒にしたいとはまったく思わない（もちろん誘われたら、の場合だけど）。まだまだ、現実の地球ベースで動くことがたくさんあるから。

ここからは、その話をきっかけに昨日の友人と話したことだから、宇宙人会議とは関係ないし次元が違うのだけど、昨日の彼女曰く、

「よく、宇宙的な見方をすると、とか、宇宙の考えで言えば、とかいうようなことばかり言っている人がいるけど、『で、あなたは現実世界になにをやっているんだよ！』という人が

多すぎる！」

と言っていた（笑）。わかるわかる、スピリチュアルを履き違えている人ね。

「現実世界で自分のやりたいことにきちんと進んで、いろんなことを経験して味わわなくちゃ。じゃなくちゃ、この世に生まれた意味ないじゃん。そんななら、もう、神でいいじゃん（笑）」

わかるわかる（笑）。現実世界できちんと自立して、自分の幸せに責任を持ち、その次だからね、そのステージは。

「もうね、そういう人たち、宇宙宇宙ってうるさい！　宇宙ファック」

とか言っていた（爆笑）。もちろんお酒が入っていたからだけど。

もうひとつ、とかくなにかの儀式をしている人たちって、やはり自分たちは特別な仕事をしていて、そうではない実利の世界で生きている人たちをまだまだ、と思っているような姿勢がたまに見えるけど、どっちにも役割があるよね。同じこの地球上に生まれているんだから。その役割に、「こっちが崇高であっちは未発達」ということはないと思う。

12月14日（土）

夫はゴルフ。

いいお天気なので、プリンスをプラネタリウムに連れて行こうかと外に出る。

会場に着いていて、始まりまで40分ほどあるので、宇宙服の写真パネルに顔を入れたり、３分で見終わってしまう展示物などを見て、なんとか時間を潰す。開場して中に座り、キッズプログラムに使うライトの説明を受けているときにプリンスがぐずり出したので、部屋を出る。「帰る?」と聞くと、「帰る……抱っこ」と言うので、抱っこして建物を出た。帰りにパン屋に寄る。

抱っこしたままクタクタで家にたどり着き、プリンスをベッドに寝かせる。買ってきたパンをむしゃむしゃ食べる。日差しがたっぷりのリビングにいたら眠くなり、寝室に行ってプリンスと一緒にお昼寝。

友人たちからプレゼントされた「インスタント・ポット」をインドに持って行こう。プリンスが向こうで食べ物に困らないように。部屋には電子レンジがないので、これがあればご飯を炊いて、レトルトのものや缶詰を簡単に調理できる。行きの荷物のほとんどは食材になりそう。ん? インドって、どのくらい食糧を持って入れるんだろう、とここで気づき、今調べてもらっているところ。

今夜は母とバレエを観に行く。この数年、定着したこの時期の「くるみ割り人形」。「今年はママと行ってきたら?」と夫が用意してくれたものだ。

帰ってきてから、クリスマスカードを書く。

12月15日（日）

うーん、おとといくらいからの咳がまだ続いている。うっすら、熱もある。

今日はタマオキアヤさんとの対談講演だ。テーマは「結婚と恋愛」。こんなテーマで講演をすることになろうとは……。

相手と出会う方法とか、失恋を乗り越える方法とか、付き合っている人と早く結婚する方法とか、結婚生活を維持する方法など、大きく5つに分けて話し合う。

結婚って、それに向かうときもしたあとも、それを通して自分を見つめる作業だと思う。自然とそうなるというか……。相手は自分の鏡。相手を見つける段階では、そのときの自分の状態（エネルギーの質）と相応の人がやってくるだろう。寂しさを埋めたかったり相手に幸せにしてもらおうとする欠乏感から相手を探したりすれば、相手もそういう人がやってくる。だからまずは自分自身を自分で満たせること。ひとりでも楽しめる生活をすること、そうして毎日の生活を本当に楽しんでいると、その延長で楽しいエネルギーの恋愛相手と、そこからつながる結婚相手がやってくる。

結婚したあとも同じじゃないかな。ふたりの生活と同様に、自分ひとりの生活も充実させること、結婚によってひとりの時間を犠牲にしないこと、相手に依存しないこと、この人に幸せにしてもらおうと思うのであれば、自分も相手を幸せにしてあげること。

結婚は、この人と時間をともに過ごそうと魂が約束をしてきた同士なので、そこにはいろいろあって当たり前。それを全部含んで楽しまないと。

終わって熱があるのですぐに帰ろうとしたら、主催者メンバーたちとの打ち上げがあった。そうだったそうだった……ちょっと風邪で朦朧《もうろう》としていて忘れてたの。

ひとつのものを作り上げるときって、その影にたくさんの人たちの支えがある。こういう当たり前のことをじっくりと感じられるので講演会は好き。本を出すという作業も実は同じなのだけど、著者は編集者くらいまでしかリアルには会わないからね。

帰り、タクシーに乗ってから急に熱っぽくなってきたのに、帰ってから夫とプリンスに会ったら急に元気になってきた。シャンパンを開けてから、さらにテンションが上がってナチュラルハイに。

彼「ちょっと、まさかインフルエンザじゃないだろうね」

私「なんで？」

彼「インフルは、そんなふうにハイになるんだってよ」

私「まさかー、違うよー」

と言いながら気分は絶好調。半分踊ってた。

12月17日（火）

明日の子供たちとのパーティーに向けて、最後の飾り付けを頑張る。モミの木から天井にわたるように光る玉をつけて、クリスマスの絵本を並べて、自宅から少しずつ持ってきていたプリンスのおもちゃを並べる。

大人の机のテーブルセッティングをして床を雑巾がけする。

夜、帰ってきた夫のスーツの肩にゴミ?のようなものが貼りついていたので、「ねぇ、これついているの、気づかなかったの?」と呆れて言ったら、「それ取るとね、左右のバランスが……おっとっと」とかよろけて歩いていた。フッ。

12月18日（水）

今日は6家族でクリスマスパーティー。私とプリンスを入れて大人7人、子供6人の13人。

9時半頃に、プリンスと一緒にサロンへ。グラスなどを出す。このグラス、ママさんとイタリアを旅行したときに買ったものだけど、こんなにたくさん数を出すのは久しぶり。たしかあのとき、6つ買おうとしたら、「8個買っておきなさい、6個じゃ足りなくなるから」とママさんに言われたことを覚えている。

そうだ、そのときに買った大きなガラスのヨットとか、他にも危なそうなものはしまっておかなくちゃ。ここに子供が入るのははじめてなのでね。

お料理が11時すぎに届いて、来た順におしゃべりしているうちにあっという間に全員が集合。みなさん、子供スペースのデコレーションをすごく喜んでくださったことに驚いた。

はじめに子供たちに食事をさせる。子供たちのメニューは、コーンスープ、フレンチフライ、唐揚げ、ブロッコリー、ゆで卵、ハムとチーズのロールサンドなど。

ノンアルコールのスパークリングで乾杯した。プリンスは炭酸を飲むのがはじめてだったので、飲んだ途端、ウェーと渋い顔で出していた。

やっぱり、女の子はだいたい少食なのね。そして男の子は、ずーっともぐもぐして食べ続けるのね。C君が口にたくさん頬張りすぎていたらしく、騒がしいみんなのそばで静かに喉に詰まらせて苦しそうにしていた。……子供って目が離せない。大人が大勢いたから気づいたけど、あっという間に危険になることが起こり得るよね。なにもなくてよかった。

だいたい食べたかな、という頃にケーキを出す。キャンドルを立てて、クリスマスの歌を大人が歌って「メリークリスマース」で吹き消した。大人たちの写真の嵐。

ケーキは本店が板橋にあるというMちゃんパパ一押しのケーキ屋さんのもの。甘さ控えめの生クリームにたっぷりのイチゴ……うん、美味しい。これはいい！　プリンスは、大人と一緒の大きなサイズをほとんどひとりで食べている。

そういえば、Mちゃんパパは完全なる「主夫」で、いつも本当に細やかな気遣いで感心する。今日も、ふと気づいたら主夫の彼だけが子供たちのお世話をしていて、女性陣のママたち6人が全員後ろに立って見物しているという図があって、笑った。大人の料理を温めるときも、できあがったお皿の温かさを見て「あと5分くらいやっていいと思います」なんて、パッと電子レンジを操作してくれそうだったし、片付けのときもさっさと運んで「お皿洗い機に入れると思うので簡単にしておきますね」なんて、サッと水洗いしてくれていた。ほんと、家庭の作業に向いている……。


その後、ひとりのママが持ってきてくださったトンネルの遊具で子供たちの体力を発散させる。みんな、グルグルと出たり入ったり突進したり……。

そして体力を消耗させたところで、プレゼント探しをした。

事前に作っておいてくれたプレゼント入りの大きな赤い袋をリビングに隠す。クッションの裏とか扉を開けた戸棚の中とか、大きなバケツの中とか……。みんなが見つけて、リビングに座る。

中には、懐かしいレトロなおもちゃがいっぱい入っていた。空気で跳び上がるカエルピョンピョンとか、息を吐くとピョロピョロと伸びるアレとか、輪っかがつながって階段を降りていくのとか、ゴムでできた卵から怪獣がブニュッと出てくるのとか……いいね、すごくいい。こういうのを細々と集めるの、さぞ大変だったろうと思う。プレゼント担当のお母様、ありがとう。上からビー玉を転がす組み立て式のおもちゃは、大人たちが集中。そのあいだに子供たちは、膨らませて引っ張ることができるビニールの犬に夢中。

　みんな個性豊かなので、そんな最中にも赤いバケツに潜り込んでジーッとしているMちゃんとか、黙々とおもちゃキッチンでお料理しているM君とか、いろいろいる。あれ、ひとり足りないなと思ったら、Nちゃんの着ているワンピースがうちのソファカバーと似ていて、すぐそこに立っているのに気づかなかった、とか。写真に撮ると、さらにカメレオン状態（笑）。

　2時近くに、ようやく大人の食事をスタートさせる。

フー……。あまりにごった返しているので座るとホッとするけど、それでも子供たちの様子を見ながらなので、おしゃべりはほとんどできず……。

　印象的だったのは、女の子たちはオムツにちょっとおしっこをするだけで「取り替えて」なんて言ってくること。……へぇ。プリンスなんて、取り替えるのを嫌がってパンパンに膨らんだまま夜までいっちゃうときがあるくらいなのに。隣に座っていた、同じ男の子のママに「○ちゃんはどう？　オムツ、すぐ取り替える？」と聞いたら、「ぜんっぜん……」と即答だった（笑）。よかった、同じで（笑）。

　今日も、なにか音がして「どしたの？」と、実際に立って急いで子供たちの様子を見にいくのは女の子のママたち。私と彼女（男の子ママ）は「あらあらあら」と言いながらも立ち上がる気なし……（笑）。

たっぷり遊んで、4時すぎに皆さまが帰られた。


さて、私はそのあとに、お台場のZeepダイバーシティというところに「MIYAVI」という人のコンサートに行く。終わって、ササッと着替えてブーンと出発して友人と現地集合。始まって、驚いた。ロックってこんななのか……。私はクラシック以外のコンサートに行ったことがほとんどないので、友人に事前に服装を確認したとき、「カジュアルで大丈夫（笑）」と返ってきたけど、まさかここまですごいとは。ズンズズンズンズン……という地響きとレーザー光線。私たちは2階の席だったんだけど、1階をのぞいたら、みんな片手を上げて頭を振っている、立ち見で。

MIYAVIさんって、世界的に活躍されているすごい人なんだよね。うっすらと聞いていたけど、とにかく知らない世界なのでわからなかった。私たちの席の近くに、途中から「YOSHIKI」が来て座ったことに驚いた。

1時間ほど聴いてちょっと休憩に外に出る。ズンズズンズンズン……。

コーヒーを飲んで戻ってきたら、MIYAVIの奥さんを紹介されたのでちょっと話す。独特に雰囲気のあるとても素敵な方。

ズンズズンズンズン……。

今、帰ってきたところ。子供の世界とロックの世界……クラクラする。

12月23日（月）

今年から、今日は祭日じゃなくなったんだよね。というわけで、今年最後の連載、「まぐまぐ」を書く。まぐまぐ、いつの間にかすごく購読者が増えていた。いつも、お茶の間から読者の皆さまにボソボソと語るようなつもりで書いているので、いっそうマイペースに楽しくやろう。

12月24日（火）

昼間はちょこちょこと、今年やり残したことを片付ける。

考えてみると、ようやくクリスマスイブか……。今年は本当にクリスマスを堪能した。今日明日がやっと本番だなんて……。

夜は家族で国際文化会館のクリスマスディナーへ。テーブルにサンタが来てくれたり、全員が当たるプレゼントラッフルがあったり、レトロで懐かしいクリスマスだ。自分が小さい頃にしてもらっていたことを、今度は私がする番になったのだな、とプリンスを見ながら思う。

高校時代の同級生の家族に会った。彼女とは、いつも意外なところでのバッタリが多い。

同じ行動半径？なんだよね、たぶん。
最後に、鳥居坂教会の聖歌隊がいらしてくださり、参加者みんなが玄関ホールに上がって賛美歌を歌う。これがよかった。この賛美歌の響き、声を合わせる気持ちよさ。私のルーツはやっぱりここにあるな、と思う。小学校から16年間毎朝歌ったものは、私に染みついている。まぁ、大学生になって礼拝が自由参加になってからは毎朝歌っていないので、実質は12年だけど。どんなものでも楽譜を見ればだいたい歌えるし。またどこかで賛美歌を歌いたい、と思ったし、これがあるなら来年も来たいな、と思った。

帰って、ラッフルで当たったプレゼントを開けたら、シュトーレンやお菓子類、ライオンのハンドソープ「キレイキレイ」の詰め替えなどが出てきた。あ、「キレイキレイ」、買おうと思っていたのでうれしい。

12月25日（水）

クリスマスの朝。
起きて、昨晩ベランダの窓の近くに置いておいたサンタさんからのプレゼントをプリンスと一緒に見に行く。中身は面白い形がたくさんの、とてもよくできた積木。「すごいねーーー」とか言って気持ちを盛り上げたけど、プリンスはまだあまりサンタを理解していないようだった。来年からかな。

「ストライダー」も用意したけど、まだ見せていない。

今日は家で静かに過ごす。

夜は家族で、焼いたチキンと焼き野菜、シュトーレンとスープのクリスマスディナー。

12月26日（木）

午前中にひとつあった用事がキャンセルになって、とてもうれしい今日。

ゆっくり掃除などして、午後は滝川クリステルの家へ。

出産前ならゆっくり会えるよね、ということで。

ふたりで時間を気にせずゆっくり話すのは2年くらい前、プリンスが生まれたときにうちに来てくれたとき以来だ。プリンスは飼い犬のアリスと仲良く遊んでいる。へぇ、大きな犬、全然大丈夫なんだね。

小泉さんとの馴れ初めその他、プライベートなことをじっくりと聞く、話す。

プリンスは今日もよくしゃべっていた。

「こんなによくわかる大人っぽい2歳児って、いる？」

とか言われる。最後、「そろそろ眠くなった」と私に自己申告してきたときは「こんなことまで自分で言うって（笑）」と。たしかに、これには私も笑った。

おもちゃを片付けて5時すぎに帰る。

12月27日（金）

朝から眠い。起きても眠く、お昼すぎになっても眠い。ママさんが来てもダラダラと、リビングのソファでゴロゴロ……。ちょっと疲れているんだと思う。

夕方、栄養ドリンクを飲んで復活し、部屋をササッと片付けたところにウー&チーが来た。今日は気楽な忘年会。気楽なこのメンバー。

最近のたまっていることを、私がひとりでババババババババーッと話す。会社のこと、新しく知り合った人たちのこと、子供たちのクリスマスパーティーのこと。宇宙人の話になって、

帆「私たちはもっともっとハンドルを手放して、起こることをただ楽しむってことでいいみたい。どこかでコントロールしようとするのを手放す。それは宇宙が勝手に用意しているんだから、宇宙がなんとかしてくれるに決まってて、楽しい以上の苦しい準備はまったく必要ない、と」

ウ「だよねーーーー」

チ「やっぱ、そうだよーーーーそうだと思ってたんだーーー」

笑える。こんなに全面的にすぐに肯定されたことに。そこになんの質問もなく受け入れられるとは、さすが（笑）。

今日はいつも以上に料理が豊富だった。６種類のパテとフランスパン、カツサンドとトンカツ、たっぷりの焼き鳥、焼き野菜のサラダ、ローストビーフ、ラザニア、カレー、いなり寿司、茶巾寿司、チーズいろいろなど。

12月28日（土）

昨日の忘年会を経て、創作魂にエンジンがかかり、新刊の執筆を再開した。

今日は朝の７時からお昼すぎまで集中した。家族の食事を作るときも、新刊のオーラの続きでパパッと美味しいものを作る。

夕方、彼はニューヨークにいた頃の仲間と忘年会に出かけた。

数時間後、その仲間たちが家に来るというのでおつまみを準備。今日は昨日が忘年会だからいろいろあるよー。

すごく楽しそうだった。終わって、「ボク、いけてるみたい」とか言ってた……。

夫と「今年できたこと１００」を書く。私は43個までしか出てこない。彼のをチラッと見たら、「ホホちゃんにいつも優しく接する」とか書いてあった。

ワハハハハハ！

私はそれ、今年のはじめに「今年やりたいこと１００」に書いて、できていないことのチエックがついていたよ……。

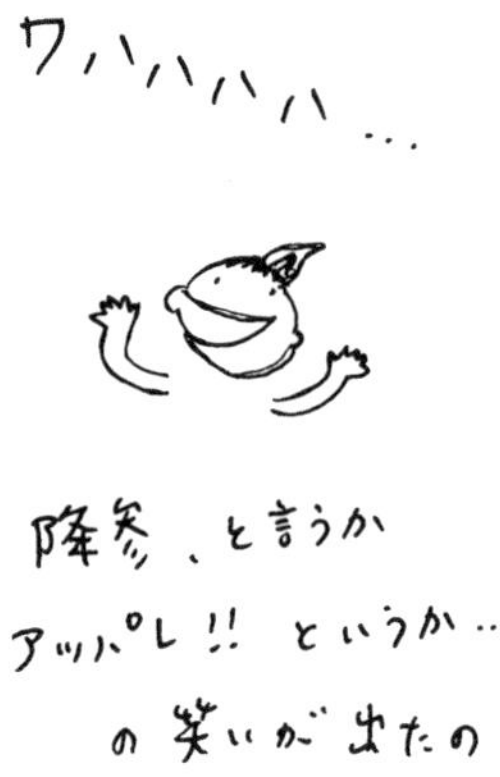

12月29日（日）

8時頃に起きて、ゆっくり朝食を食べる。そのあとお風呂に入ってから、私は仕事。この2ヶ月はなんだったんだろう、と思えるほど新刊の執筆が進んでいる。

年末の、このなにも予定がない感じってすごくいいよね。これに比べると、日常生活は余計なことに時間をとられすぎだと感じる。この開放感、これだけでやる気が出るというもの。

お正月飾りを出す。京都の島田耕園（五世耕園）の干支飾りは、来年の干支のネズミを箱の上にコトッとのせる。

夕方、夫が気持ち悪いと言い出して寝室に行った。冷蔵庫にあった揚げ物を食べてから具合が悪くなったらしい。あれは昨日のものだから、そんな簡単に悪くはならないはず。インフルエンザかもしれないので、今日はプリンスとふたり、子供部屋で寝ようかと思ったけど、ふと思いついてリビングに布団を敷いた。だらしないけれど、年末なので、よしとしよう。大きなテレビもあるし。

「ここ、森のおうちみたいね」とプリンス。

……そうだね（驚）。軽井沢は、テレビと暖炉の前にタオルケットを敷いていて、プリンスがそこで寝られるようにしてあるので、それを言っているのかもしれない。

夫におかゆを作る。

12月30日（月）

夫は昨晩、38度すぎまで熱が上がったらしい。インフルエンザだと困るので近くの救急病院を調べたら、すごく近くにあった。年末年始もやっている内科と小児科。へぇ、こんなにいいところがあるなんてありがたい。これで万が一のときでも安心だ。

インフルエンザではなく胃腸炎だったよう。ホッとして、帰りに買い物を頼む。

「でも胃腸炎もすごい感染力だから気をつけるように」だって。

これ、プリンスのママ友さんたちが話していた、今流行っているという胃腸炎かも。大人でも突然ピューーッと吐くことがある、とか言っていた。かかったのが仕事が休みの年末年始でよかった。

帰ってすぐに薬を飲んで、少し体調が回復したみたい。

夜はトンカツにしよう。夫には消化のいいものを作ろうと思っていたのに、「トンカツ食べたーい」と言うので一緒に作り、モリモリと食べて、「気持ち悪くなってきた」とか言いながら寝室へ戻っていった。

今日もプリンスと私は、リビングで寝ることになった。

眠くなるまで一緒にレゴで遊んだりして、今晩もミニ楽園。

12月31日（火）

はぁ、今年はまた特に大晦日という感覚がまったくない。

いつものあそこへ今年1年のお札を出しに行って、「一陽来復」のお守りをいただきに穴八幡宮へ行く。あぁ、ここはこの時期、車が停められないんだよね……と思っていたところにスーッと目の前が1台空いて、停められた。フフン。

列は思っていたよりスムーズに進んだ。プリンスは神社の社を見て「大きいおうちだねえ」と言っている。「あ、蝶々」と言うので見上げると、社に蝶々の飾りがついている。並び始めて15分くらいでお守りを買うことができた。

それからアンパンマンの綿あめとたこ焼きを買って車に戻る。綿あめに喜ぶかと思ったのに、車の中で開けたら「美味しくない」と言っていた。

スッキリした気持ちで家に帰って、4時頃にシャンパンを開ける。最近我が家で流行っている腰塚のトリュフ入りコンビーフとチーズ、ドライトマトをおつまみにゆっくりと飲み始める、沈みゆく夕日を眺めながら。その夕日の写真をソファに上って一生懸命撮っている夫の姿が可愛らしく、写真を撮る。

6時にプリンスに夕食を食べさせて、8時頃に年越しそばを作る。かき揚げとナスの天ぷらも。美味しくできた。

今日は大晦日なので、リビングでママたちとずっと一緒に起きていていいということになったので、プリンスのために布団を持ってきてソファの近くに敷く。

長島一茂と石原良純と高嶋ちさ子の「ざわつくなんとか」っていう番組の4時間スペシャルが大変面白かった。高嶋ちさ子、やっぱり好き。

2020年1月1日（水）

目が覚めたら、すっかり新年になっていた。

隣にプリンスが寝ている。

夫曰く、私、昨晩は10時すぎに寝入ってしまったらしい。紅白で石川さゆりの番のときにものすごい寝言を言ったらしく、まだ起きていたプリンスが「ママ、なにか言ってる」と言ってふたりで大笑いしたんだって。信じられない、「ゆく年くる年」も見逃したなんて……。しかもまだボーッとしている……。なんと、プリンスと夫は、朝、近くの神社に初詣まで行ったらしい。……え？　私は？　「言ったよ？　でもまだ寝てたもの」だって。

よし！と起き出してお節の準備をする。10時頃に私の親が来る。「明けましておめでとうございます」の乾杯とともに宴《うたげ》が始まり、お節を食べながらいろいろと話していたら、急に、今執筆中の新刊に対して考えが降りてきたので、ちょっと中座させてもらい自分の部屋に行って書くことにした。

２時間弱ほど集中した。うーん、こういうのが「皇の時代」の生き方なのかもしれない。思い立ったときに、それにすぐに没頭できる生活。たとえばこれが「お正月を祝う宴席を個人的な理由で中座するなんて」という感覚を家族の誰かが持っていたら、できない。大げさかもしれないけれど、家族って、ときに無言の強制で「和」を押しつけてしまうときがある。家族だからこうするべき、こうするのがよい家族、みたいな……。

私の家族はそういうタイプではなかったけれど、一見、そういう家族の伝統やルールをきちんと守っている家庭のほうが「よい家庭」とされていることも多い。実は家族が心地よく感じていないのに、「家族」というだけでいつの間にか「こうするべき」を押しつけられるのって、苦しいよね。実は押しつけるほうも息苦しいだろうな、と思う。それを守らせないといけないから。たとえば（これもうちにはないけど）お墓を誰が継ぐか（継ぐべき）、みたいなこと。こういうわけのわからない息苦しいこだわりは、家の大小に関わらず起きている。

午後は、家族３人で「いつものあそこ」にお札をいただきに行った。都内は空いている。

青山通りが向こうの向こうまで見渡せるくらい。

「昨日の夕方、4時くらいからシャンパン開けて飲んだとき、すっごくいい感じだったのね。ものすごくリラックスしてて、あれはなんでだろうと思ったんだけど……」

と夫に話した。次の日になにも急ぎの用事がなく、もちろん夫も仕事がなく、美味しいものがたくさんあって、これから夜も寝なくてもいいくらいに時間がたっぷりある、あれがあの開放的な至福感をもたらした。よく考えてみると、同じような状況、つまり夕方からなにも用事がなくてまったりできる日なんて、普通の週末だってあることだ。

年末の開放感は独特。今年はあの感覚で生きたいのに、年越しから眠り続けてスッキリしない朝だった。

1月2日（木）

今年は思いがけないことが起こるんじゃないかな、という気がする。年末に夫が寝込んだり、他にも異例のことがあったし、私も珍しく、新年の朝に寝てたし……。

寝ると言えば、今年は寝る時間を工夫したい。プリンスを寝かしつけるために一緒に横になると、どうもそのまま寝入っちゃって、その時間がもったいないと毎日思うのでなんとかしたい。

それと、人との付き合いを一層慎重にしようと思う。私の欠点は、人をすぐに信用してしまうことかもしれない。欠点というか、弱点。自分のことを上手にアピールする人の話を、わりとすぐに信じやすい。それで失敗したことが過去にいくつかあった気がするけど、去年もあった。「失敗」というか、あの言葉の通りのすごい人ではなかった、ずいぶん大げさな話だったんだな、とあとでわかるということがあった。慣れていないんだよね、そういう話し方をする人に。

過ぎてみると、それはあの人の処世術なんだな、と思う。一生懸命に自分をアピールして生きてきたあいだに、自然と身についてしまったこと。それが通用する世界では、高く評価されることもあったのだろう。自分をアピールするエネルギーと話術が絡まると見抜くのが難しい。

今年の駅伝の往路も、また青学が一番だった。ほほー、やるねーー。

1月3日（金）

年々、お正月らしさが薄れているけれど、今年は特にそう。「昔はおじいちゃんの家に大集合だったけど、亡くなるとそれぞれの家族単位になるよねえ」と友達も言っていた。うちのスタッフも、同じ理由で今年は実家に帰らないらしい。

でも、それでいいんじゃないかな、とも思う。お正月だけについて言えば、親戚みんなが集まる宴席という「形」をとらなくても、つながりたい人とはつながっているし。新年をお祝いする気持ちさえあれば、どんな形でもいい。それぞれの家族単位だけでも、集まらなくても。たとえば地方などで、そのときしか会えない人同士は集まればいいし、それぞれの形でいいんじゃないかな。

とにかくこれからは、その人にとって楽な方向でいいんじゃないかな。

クリスマスに買ったポインセチアがついにしおれてきたので、丁寧に水をあげる。受け皿に水が漏れてきたのを、「ポインセチアもシーシするのかもね」とプリンスに言ったら、「え？　そうなの？　オムツ、替える？」だって。

駅伝は総合優勝も青学だった。原監督の胴上げもすっかりお馴染み。見ながらお雑煮を食べる。

1月5日（日）

インド行きの手続きについて、ちょっと面倒な書類の提出などがあったけど、ようやく全部終わった。会議のあとにデリーに行くのはやめにした。女性と幼児だけでインドの国内線で移動なんてすごく危ない、ということがよくわかったから。はじめから夫も反対していたし。やめるとなったら急にスッキリ。

去年、アマゾンプライムで観た『きのう何食べた？』というドラマがプリンスも好き。あのほのぼの感、いいよねー。前に観て好きだった『パンとスープとネコ日和』に通じるよさがある。これからの時代のドラマって気がするなぁ。

今年の目標についてもうひとつ、今年は目の前のことに感謝して進みたい。

明日から今年のいろいろが始まるので楽しみ。

1月6日（月）

1年の始まり。4時に目が覚める。張り切って、いろいろと仕事をする。

張り切ってプリンスとプリスクールに行ったら、シーンとしている。「誰もいないね」とプリンスに言われ、電話で確認したら、スタートは明後日からだった、トホホ。でも新年でとても気分がいいので、そんなこともまったく気にならない。

予定通り、できあがっているパスポートを取りに行こう！とママさんを迎えに行き、プリンスとママさんをツタヤで降ろしてから、私は受けとりに必要な書類を取りに自宅へ戻る。書類を確認したら受けとりには本人が必要ということで、またプリンスを迎えに行き、一緒に有楽町へ。

無事に受けとって、お昼を買って帰る。今日、プリスクールがお休みでよかった。はじめの予定通り、午後にひとりで受けとりに行っていたら、プリンスと一緒にまた出直さなくてはいけなくなるところだった。パスポートについてはとにかくいつもなにかあるね。

さて、今日から3日間、インドに同行してくれるキールさんに呼吸法を習う。インドで受けるプログラムを事前に教えてくれるらしい。優しいなあ、キールさん。

夕食は4時までにすませておくようにと今朝連絡があったので、4時前に食べ終わった。6時半に、インドに一緒に行くウー&チーがやって来て、ママさんと私の4人で受ける。思っていたものよりずっと本格的だったので驚いた。

いくつかの呼吸法を教えてもらったあと、インドのマスターの声（音源）に合わせて習ったことを実践し、最後にリラックスとして床に寝転ぶのだけど、寝転んでいるあいだ、ものすごく気持ちよく不思議な感覚になった。起きているのか寝ているのか、とにかくものすごい気持ちよさ。

呼吸法は瞑想へ誘導するものだそうで、最後は瞑想状態になっているらしい、とあとから聞いて納得。そうだよね、あれは瞑想で気持ちよくなったときの感覚と同じだ。他になった感覚は、寝転がっていたときに、手が浮き上がっているような感覚になったこと。目をつぶりながら、あれ？　手が上がってない？　とずーっと思っていた。

どの体験も正解でも間違いでもなく、その人にとって必要なことが起きている、という解釈がよかった。他の人たちの感想もそれぞれで、似たようなものはなかった。そこにどんな意味があろうとも、あの気持ちよさは別格。あれを体験できるなら毎日やってもいいくらい。

終わってから、用意しておいたおにぎりやサンドイッチなどをみんなでパクパク食べる。明日が楽しみ。

1月7日（火）

昨日は体が興奮したようになって、あのあとなかなか眠れなかった。呼吸法は体が覚醒して元気が出るので「寝る前にはしないように」と言われたくらいだから、その影響だろうと思う。起きたときの気分も爽快だった。体が軽く、倦怠感がない。これはいい。

プリンスを送ってから、仕事の打ち合わせへ。

新しい仕事の依頼……モヤッとする点も多いので、慎重に進めよう。

夜、呼吸法の2日目。昨晩から今朝までの様子をみんなでシェアする。レクチャーの内容もおさらい。ここにいる人たちは「幸せに生きる方法」というような話はあまり求めていない、と言うか、もう毎日充分に幸せなので聞く必要性があまりない。キールさんが笑ってた。

今日も、呼吸法のあとの寝転び時間にやってきた気持ちよさが不思議だった。呼吸によって気（プラーナ）が体内にたっぷり取り込まれるのに比例して、体が至福を感じるのだろうか。まぁ、それも頭で考えたこと。体験すればいいのだろう。

今日の打ち上げには、おにぎりをたくさん用意しておいた。お正月にお義母様にいただいた美味しい梅干しをたくさん入れて。それからチーちゃんが持ってきてくれたパンなど。この打ち上げがあるから、明日も続くというものだ。

1月8日（水）

不思議……また昨日の夜も、夜中にムックリと目が覚めた。なんなんだろう、これは……。

今日は友人のご主人に歯を治療してもらう。

おととい予約をお願いしたら今日がとれて、駐車場まで確保してくださったそうで、恐縮する。大学病院なのに……。待ち時間もなかった。私の後ろの人が急にキャンセルになったそうで、初診だと、どうしても応急処置のみになってしまうことが多いらしいけど、90分かけて一度に全部治療していただくことができた。ものすごくうれしく、ありがたい。

そういえば、日産のゴーンさんの脱出劇。無事に逃げられてしまい、日本、お粗末、という感じ。ゴーンさんがしばらく潜伏していたという都内のマンションを「ここ、どこかで見たことない？」と夫が言うので見てみたら、車でよく通るところだった。

今日は呼吸法最後の日。自宅で毎日繰り返す方法を教えていただいた。

でもやっぱり、この3日間に使っていた、あの独特の誘導の音源があるほうが気持ちは盛り上がる。これを毎日ひとりで続けるって、厳しいかも。

3日間やってみた感想は、「呼吸法はたしかになにかある」だった。だって、夜中にムックリと気持ちよく起きられるなんてこと、これまでになかった。そして、これをインドに行く前に教えてくれたキールさんは本当にいい人だな、と思った。思いやりもあるし、合理的で聡明で親切。私はこういう人のことを「仕事ができる」と表現したくなる。そもそも、キールさんからの依頼じゃなかったら、あんなふたつ返事でインド行きを承諾しなかったと思うもんね。

　終わって、キールさんは帰り……さあ！と今日もみんなで打ち上げの食事を並べる。ローストビーフのサラダ、ホタテのサラダ、揚げ野菜たっぷりサラダ、ラザニア、お寿司や海苔巻き、そしてシャンパン。

「やっぱりこれがないとね」とみんなで幸せな気持ち。この3日間の体験やインド行きの話など、いろいろする。そう、ここでウーちゃんが昔のすごい体験談を話し始めた。そんなすごいこと、当時子供を抱えた状態で、全部自分で処理したの？と驚いた。

「だから、それだけドッシリ肝《きも》が座っているのね～」と私のママも感心している。そうだよね～。私だったら絶対にできない。対処もできないと思うし、それを想像するだけで暗い気持ちになる。しかも、それが今、面白い話に変わっているからビックリだ。

　なにごとも、どんな形で人を勇気づけることになるかわからないよね。あっぱれ。

1月10日（金）

　新年になって社会が動き出して、まだ1週間かぁ……。呼吸法など教えてもらっていい感じでスタートしたのに、なんかモヤモヤする。原因は……あれ。仕事のあることをめぐってモヤモヤしていることの気持ち、これが抜けない。

なにかを形にするには、そのサイズや内容に応じた準備期間というものがある。たとえばオリンピックのような大きなイベントを成功させるには、その準備には当然1年では間に合わないし、実現させるための「やるべきこと」を地道にしっかりと進めなければいけない時期があり、それらが当日様々なところで実を結ぶ。見えない日々の地道な作業があって、当日の華やかさが出る。

そのやるべきことをやっていないのに、関係者が集まって気持ちを盛り上げているだけでは成功しない。と言うか、それに応じた成功しかない。そんな状態なのに、直前になって、「これもあれも足りない（思っていたようになっていない）」と気づいて焦っても遅いよね。「え？ そのやり方だったらこうなるの、見えていなかった？」という感じだ。

私は見えていたよ。部外者なので口を出す権利も必要もないから観察していただけだけど。

こういうことが、その人（たち）がどれくらい真摯に丁寧に仕事に向き合っているか、ということだと思う。もちろん、その人たちも自分なりにきちんとやっていたのだろう、でも、より質の高いものを望んでいる人たち（そっちが普通の人たち）から見ると、抜けていることだらけ。

たぶん、それまでまわりにいた人たちが同じような人たちなのだろう。だから、その中では成り立ってきたわけだ。きっと私よりもっともっとその部分の水準の高い人たちから見たら、私が完璧と思うことでも抜けているところがあるだろう。

結局、それぞれの人が自分にとって違和感のないところ、居心地のいいところに落ち着くことになる。性格だったり、生きてきた環境だったり、いろいろなものがミックスされてできあがるその人の望むレベル、居心地がいいの種類。

とにかく、そのあたりが激しくずれている人と一緒にいると、わずかでも疲れる、モヤモヤする……まして、仕事としてなにかを創り上げていくことは無理だな、と思う。


プリンスがストライダーに乗り始めた。まずは家の中をグルグル走っている。

ヘルメットを買った。

1月16日（木）

さっき、朝食のとき、プリンスのほうにパッと手を伸ばしたら、左の肩甲骨の下あたりがバーッとつった。「あああああ……」とそのまま床に座り込む。このままいくと体全部がつりそう。一部の筋肉が引きつっている感じ。

プリンスのオムツを取り替えるのも、靴を履かせるのもいつもの3倍くらいの時間をかけて、やっと車に乗る。おまけにひとつ忘れ物をした、ごめん、プリンス、今日はもう戻れない。

痛いのをかばいつつ出先に送って急いで家に戻ったら、もう友達が到着していた。数日前、突然相談のラインがきて、これは気持ち的にかなり緊急なんじゃないかな、と感じたのですぐに会うことにしたのだ。背中が痛くなったことで、今朝、午後の予定をひとつ延期したので、これでゆっくり話ができる。

じっくり聞いて、私が思ったことを話した。

メインの話が終わってから、今朝、背中がつった話をしたら、「私の場合はね、イライラとかストレスがたまったときにそこに出るんだよね」と言われた。彼女はそういう類のこと（精神的なものが体の不調を引き起こすというようなこと）を言わないイメージがあったので意外だった。

イライラが原因……あるね、思い当たること。昨日書いたあれだ、イライラを通り越して軽い怒りになっている。でももう、手放そう。考えてみたら、相手のできていない点ばかりにフォーカスしていたけど、たくさんのギフトも受けとったし。今回はもう見守るしかないので、なにがあってもいちいち驚いたりガッカリしたりするのはやめよう。気持ちを楽に、楽に……。

1月17日（金）

背中は少しよくなった。今日はなにも予定がなくてとてもうれしい。

新刊の原稿を夢中で書く。

インド行きの飛行機が、はじめはＪＡＬでトランジットの香港からはキャセイパシフィックなのだけど、その香港でのラウンジが素晴らしいと聞く。空港内のいろんな場所にあって、とても広いからもともと人も少ないし、食べ物が豊富で素晴らしく美味しいらしい。楽しみ。中国で発生したという新型肺炎のニュースがあるけど、なんなんだろう。

夜は、『きのう何食べた?』の1話目のメニューを作る。鮭としめじとごぼうの炊き込みご飯、豚肉と白かぶのお味噌汁、小松菜と揚げだしの煮物、たけのことザーサイの卵炒め。プリンスがすごく楽しそうな笑い声を上げて『ドラえもん』を観ている。私は現代のドラえもんの吹き替えの声にようやく慣れた。

1月18日(土)

今日は雪混じりの寒い日。夫のゴルフが中止になったそうで、みんなで家にいる。私はお昼前からオフィスへ。部屋をあったかくして、まず呼吸法をして、美味しいコーヒーを飲みながら仕事する。外は寒そうだけど、緑はきれい。

明日の講演会で話すことをイメージしていたら、自分でいいことを言っていた。「感情の処理の仕方」というところで、「抱えている問題に解決方法がないときは、それ自体をなんとかするのはやめて、そのとき自分にとっての楽しいことに意識を向ける、その問題は今のこの目の前で起きているわけではないのだから、考えるに値しない」と。「考えるに値しない」、これがいいね。これまで何度も自分の本で書いていることでも、突然それが深く自分に刺さるってこと、ある。自分の話でエネルギーチャージした。

今晩は『きのう何食べた?』の3話目に出てきた簡単メニュー。鶏肉のトマト煮とジャガイモとインゲンの煮物とコールスローと豆ご飯。最近、これに沿って買い物している。

夜、「僕もふたりみたいなパジャマが欲しい」と夫が私とプリンスを見て言うので「どういうの?」と聞いたら、「モフモフしたの」と言うのですぐにネットで注文する。「ああ、これね、フワフワね」とプリンスも自分のをさわっていた。

引き続きみんなでゴロゴロしていたら、プリンスがはじめてピースができるようになっていた。ピースのできた指をジーッと見つめていた。

もっと前からできたけど、はじめて気になっていた。

1月19日（日）

神様の采配というのは本当に素晴らしい、と思う。

私があることを実現するのに、Aという作業をする必要があったとする。でも渦中の私はそれに気づいていないし、Aをやりたいとも思っていない。

このとき、もしまわりの事柄から「Aをしなさい」というダイレクトなメッセージがきても、私はAをしなかっただろう。

代わりにきたメッセージは「そのままほうっておけばいい」というものだった。そこで、「あれについてもう考えなくていいんだ」と思ったらすごく気が楽になって安心した。するとそれについてあることを思いついたので、すぐに行動に移した。実はこれが作業Aにあたり、その結果、私が望んでいた状態になった。私がそれをするように上手に手配されるあたり、宇宙の采配とはすごい。

これから講演。奥平亜美衣さんの新刊出版記念講演にゲスト出演。

1月20日（月）

昨日書いた「神様のメッセージ」というのは、もちろん、実際に声が聞こえるわけではない。まわりにある現象などから私が判断しただけ。

友人たちが誕生日のお祝いをしてくれた。

新しい場所に移った銀座の「サバティーニ」。

有楽町駅の交差点の真上にあるので、特に個室は首都高速と同じ目線、高さだった。すぐそこに車が走っているところが、なんとなく「未来」という言葉を浮かばせる。シャンデリアなどとても凝っていた。

オーソドックスなメニューに昔懐かしのクレープシュゼットなどを食べて、満足。

1月24日（金）

私は人に恵まれているな、と思う。長く一緒に仕事をしてくれている私のスタッフに感謝だ。

午前中は仕事。

午後、明日コラボトークをするSHIGETAのチコさんがうちに来る。

彼女はエネルギーが高い、活発、活動的。

「朝、瞑想をしてから仕事の戦略を考えるのが流れのよい一日の始まり」と言っていた。

「これまでの自分の人生で無駄なことはひとつもないね」と話す。

こういう気持ちのいい人と話すと……気持ちがいい。

1月25日（土）

外苑のカフェのオーナー（Nちゃん）が主催で、SHIGETAのチコさんとコラボトークをする。

一番面白かったのは、私たちふたりのトークに、主催者のNちゃんが絡んできてする話。Nちゃんの人生はかなりのドタバタ劇場人生だ。ドラマティックだしアップダウンも激しい。普通の人が経験したことのない様々なことを経験している。一側面だけ見れば大変なことも多かったかもしれないけれど、だからこそ言える、人を勇気づけるエネルギーがある。

私とチコさんが一通り話し終わったあとのわずかな静けさに突然入ってくる、「……私の経験からするとな？（関西弁で）」が絶妙。

「なんでこんなにドタバタしてるんやろな」と言うので、

「でも、そういうドタバタした生活が好きなんでしょ？」と言ったら、

「そんなわけないやん！（笑）」と言っていた。

N「昨年、翻訳家の山川紘矢・亜希子夫妻に『君は激動の人生を体験したい魂なんだね』と言われて、そんな魂いるか!!って言ったんよ。私の欲しいのは、あ、ん、て、い」

と言ったあたりなんて最高におかしかった。

会場からの質問にも答えた。

質問「地震や災害のことを思うと、今の職場が自宅（子供）から遠いので近くへ転職したほうがいいか、とか、すべてに対して不安になってなにもできないような気持ちになる

「……」

私とチコちゃんの答えをまとめると、こう。

「今のこの会場だって、数時間後に災害が起こるかもしれない。だからそこに焦点を当てても仕方なく、むしろそこを考えれば引き寄せる。現実的な準備はしてもいい、ただし自分が心地いいところまで。苦しくなる準備はしなくていいし必要ない（キリがない）」

そこへ「私の経験からするとな？」と入ってきたNちゃんによれば、

「それはもしかしたら、転職したいという気持ちを地震にかこつけて実行したいのかもしれない、だから探してみ！　そうしたら意外と、自宅のそばにこんないい会社あったわぁ、とかいいところが見つかるかもしれないから」

というものだった。あるよね、そういうこと。

他にも興味深かった質問は、占い師に「今年その方位へ引越しをしては絶対にダメ、と言われたんだけどご主人の仕事の関係で引越さないといけない、どうしたら？」というもの。

私の答えとしては、方位の作用というのはたしかにあるけれど、その人自身の精神レベルを高く維持して、波動の高い生活をしていれば影響は受けない、受けても気づかないくらいに小さい、と思う。大難が小難ですむということ。実際、私もそうだった。「それがあなたのその年の災難です」と言われても、「え？　あれが？（笑）」というくらい気にならなかったこともある。詳しく分析していないけれど、たぶん逆もあっただろう。私の精神的レベルが低かったために（なにかに執着してより広く楽な考え方に焦点を当てなかったために）、たいしたことないことをすごく苦しく災難のように受け止めていたこと。

この質問の「引越し」について言えば、引越し先の方位が最悪でどうしても気になる場合は、一度別の方角に滞在してから本格的に引越すという方法もある。他にも抜け道はあると思う。なので、それを調べて実行するのはいい……けど最終的には本人が精神レベルを高く維持してよい状態を維持すること。それをしない限り、いくら方位を完全にしたって、起こることは起こるし、それを最悪のこととして受け止めることになる。


あぁ、楽しかった。終わってから、会場の人たちと少し話をして4時近くに会場を出る。

チコさんのご主人と可愛い双子ちゃんもやって来たので、話す。

帰って、例によって夫とシャンパンを飲む。

1月26日（日）

もう1月も終わりかぁ。今月あった2回の対談のイベントを通して、深く感じたことがあった。

今後の方向性、うちのスタッフへの感謝はじめ、様々なことを思う。

今、私はいろんなことの転換期なんじゃないかな……。これからのことについて、いろいろな思いが交差している。なにをしたいのか、どうしたいのか。

まぁ、まずはインドだ。そこでいろんなことがありそうな気がする。

今、夜。7時間ほどかけて、私の前世を聞いてきたところ。

驚いた。これほどまでに自分の人生に「前世」というものが影響していたとは。いやよく考えると、逆だよね。前の人生の続きが今の私なんだから、基本になっているのは前の人生。今の人生に前世が関係あるんじゃなくて、前の人生たちの一番最後に今の私が並んでいる。

だから、前世でやっていたことは今回の人生でうまくいくに決まっている。

アカシック・レコードの記録によれば、私の場合、前世から書くことと話すことに長《た》けていて、日常のスピリチュアルな分野のことを自分の言葉で一般に広めていくパイオニア、何

回もの人生の中で常に先生的な立場であり、人類全体の幸せのためになにかしたい、と欲している魂、だそう。基本的にはね。

とてもここでは書ききれない細かいところで、よくもまあそんなに私のことを知っているね、ということが前世の記録に表されていた。葛藤、考え方の癖、得意なこと、陥りやすい思考、私が自分の中で好きなところもあまり好きではないところも、すべてが前世に表れている。

結局、前世を聞く意味は、「今のままの私でいいんだ」という自己肯定の強化だと思う。全部私が自分で計画してきているということ。今の人生で起こる「これ」を選び、この性質じゃないと今の人生で体験できないことを味わうために生まれてきた。つまり誰でも「今のままで予定通りの大正解」だということ。

どんな職業だったとか、どんなことがあったかという細部はあまり必要ないんじゃないかな。それを掘っていくと、今の人生が引っ張られる気がする。それより大事なことは「今の私で、どこにも失敗はない」ということ。これを再確認した喜び、強さは大きい。

そして誰にとっても、今の私（あなた）が自分の未来に望んでいることは、これもそうなるに決まっているということがわかった。だってそれを考えるということはつまり、前世で経験していることだから。あぁ、すごくうれしい。この安堵感。聞き慣れてきた「今のままの自分でいい」ということが、本当の意味で腑《ふ》に落ちた。なにか落ち込むことがあったら、今後もこれを繰り返そう。

1月27日（月）

昨日の前世についての考察、一日経ったらさらに深みが増した。今のままの自分でいいんだ、という安心感もさらに深まっている。

ひとつ忘れてはいけないのは、「今の人生は、かなり前世に起因している」ということについて、「それは今の人生に起こることがすべて決まっている」という意味ではないということ。「ベースにそういう要素、資質を持っている」というだけで、それを使ってどんな料理を作るかはその人次第だ。

たとえばイチローと同じ星、同じような前世を持っている人はいるけれど、イチローはそれを最大限に生かした、ということ（あ、最大限かどうかは知らないけれど）。そして最大限に生かしたことが素晴らしいとか偉いということではなく、単に「イチローが望んだことに応じたものを経験した」というだけのこと。それを望むならそれを体験することになる、という完全に私たちの自由意志。

そうか……だから私が「今後望むこと」について話したときに、「そうなるんじゃない？だってそこを思っているんでしょ？」と言われたんだな、なるほど……。

これって結局、引き寄せの法則と同じだよね。望んでいることが素晴らしいからそうなるのではなく、その人がそれを望むからそうなる、ということ。それに応じたものを経験するというだけ。意識を向けていることを体験する。

再確認できてよかった。たまにこういう確認が必要になる。生きていると、忘れちゃうからね。でもまぁ、7時間もかけなくていいな、と思った。まだまだ続きそうだったけど、プリンスがいるので早々に切り上げて帰ってきた。

1月29日(水)

私の誕生日。

昨日、びっくりすることが夫から発表された。なんと、今日の午後は3人で横浜で遊び、夜は横浜のホテルに泊まるという。

慌てて泊まる準備をして、遊んで帰ってきたプリンスを急いで着替えさせて横浜へ出発。

横浜に遊びで来るなんて久しぶりだ。天気もよく爽やか。

まずはコスモワールドにある観覧車に乗ろうかと向かったら、「休園日」だった。じゃあこれは明日にして氷川丸に乗ろう、と山下公園に向かう。

公園内は空いていた。車も入って来ないし、プリンスが遠くのほうまで走っていっても大丈夫。船の入り口近くにあるお土産屋さんにあった「ガチャガチャ」の機械に足を止めたプリンス。「これ、やりたい」と言う。船に向かってグングン走っていたのに、後ろ髪を引かれたように振り返るなんて……へぇ、やっぱりこういうの、好きなんだね。「ガチャン」とまわしてあげたら、恐竜の入っているスーパーボールが出てきた。

「しっかり持っていてね、転がったら海にポチャンだからね」と言い聞かせる。

船内も空いていたけど、みんなマスクをしていた。中国で発生した新型肺炎のせいだ。若者の中国人たち数名が通りすぎるときは、なんとなく身を固くした。

デッキで写真を撮ったり舵をさわったり、山下公園で遊んだりしてホテルにチェックインする。

インターコンチネンタル横浜の新しくできた「Pier8」。港の一番突先にあるホテルらしく、眺めが素晴らしかった。窓を開けるとコスモクロックの大きな観覧車とヨコハマグランドインターコンチネンタルのあの「帆」の形。港の夜景だね。

プリンスが床に座ったり寝っ転がったりするので、「ここは絨毯《じゅうたん》だけど家じゃないから、座らないでね」と何度も言う。

「ここだってさ、いくら除菌したって汚いと言えばどこだって汚いよ」と夫。そうだよね。そこからひとしきり新型肺炎の話をする。武漢は街が封鎖されたそう。こういうとき、共産主義の有無を言わさずの恐ろしい姿勢を感じる。


ディナーはみんなでゆっくりできるルームサービスがいい、と言ったら、「そう言うと思った!!」と下のレストランのメニューまでオーダーできるように事前に手配してくれてあった。すごくうれしい！

シーザーサラダ、チーズの盛り合わせ、生ハム、コーンスープ、牛フィレ、シャロン鴨、プリンスのおにぎり3種とお味噌汁を頼む。

ホテルのルームサービスって大好き。ホテルを満喫している感じがして。ハワイでも、ホテルのときはルームサービスが一番好き。

食べ終わり、夫が早々に食卓を片付けようとしているから、「そんなのあとでいいじゃない（慌ただしい）」と思っていたら、ホテルの人たちがお花とケーキがセットされた別のテーブルを運んできてくれた……びっくり。夫のこんなアレンジ、まったく予想していなかった。

シャンパンの絵柄のカードには「いつまでも仲良く」とある、いいね。

私「このカードがついているってすごくいいよ！　カードをつけてくれる男性って少ないと思うから」

夫「これ、銀座の伊東屋に自分で買いに行ったんだよ、ヨットの絵を探したんだけどなくて、これになって……最近、帆帆ちゃんシャンパン好きだから（笑）」

プリンス「ママ……パーティーだね」

ケーキを食べて、たくさんシャンパンを飲み、みんなで転がって『ローマの休日』を観る。オープニングのあの音楽が始まったあたりで、もう眠りに落ちた私。

夜中、プリンスがベッドから転がり落ちた。うちのベッドはダブルベッドを2台くっつけているので、ここはそれより狭いから仕方ない。ひとりでよじ登ってきたので、そのまま寝る。

1月30日（木）

8時に5階のラウンジで朝食。人が少なく、目の前には港。

メインをメニューから選ぶのに迷っていたら、一通り全部持ってきてくれた。お砂糖とアーモンドスライスのついたクロワッサンが特に美味しかった。プリンスは卵料理を食べたあと、ウェイターさんに、「イチゴください」とか言っている。

夫はそこから仕事に出かけ、私とプリンスは12時まで部屋で過ごす。お風呂に入ったり、ちょっと仕事をしたりして。

コスモワールドは2月までお休みだったので、近くの別の遊び場所を調べてみたけど、どうかな……と思いながらチェックアウトして車を走らせていたらプリンスが寝てしまったので、それ！とばかりに家に向かう。もう、このくらいで充分。

帰りに買い物をして、家についてホッとする。

宅配ボックスに洋服が届いていた。なにか買ったかな？と思って開けてみたら、素敵なドレスが何着も入っていた。優しいC姉さまから！！！　「一度しか着ないでお蔵入りになっているので、もらっていただけると……」とかあったけど……え？　こんなのいただいてしまっていいのだろうか。美しく贅沢なドレスたち、どれも新品のような保存状態と梱包。一度も着ていないというものまである。この、白地にお花が飛んでいるオーガンジー素材のロングも、チュチュも大好きだ。どこに着ていこう……そう考えるだけで楽しい。大事にします。

2月1日（土）

インドの会議本部から、私のパネルディスカッションの内容のメールがきた。

……え？　これだけ？……これだけでなにが準備できるの？　全体で1時間半もあるのに……と一瞬呆然としたあと、笑いがこみ上げる。やはりその場を楽しんで、今準備している以上のことは、その場でひらめいたことを話そう。そう、ただ楽しめばいいんだ。

　さて今日はプリンスとストライダーに乗るために、はじめて3人で大きな公園へ行ってみた。

　この公園内はストライダーに乗っていいみたい、似たような子がちらほらいる。ここはいいね、すごく広くてどのエリアも混んでいないし、どこでお弁当を広げてもよさそう。お昼ご飯、持ってくればよかった。マスクをしている人は、ほぼゼロ。

　プリンスのストライダーは乗るたびに上達している。ハトを追いかけてどこまでも突き進み、下り坂で転ぶ。その後、遊具のあるエリアで、滑り台、砂場、ブランコ、平均台、また砂場……と1時間ほど遊ぶ。木登りもしてクッタクタ……私たちが。プリンスは帰りの車の中で爆睡。

「美味しいおつまみとシャンパンがないとやってられないね」と夫とふたり、帰りにいつもの輸入食材のお店で生ハムやチーズ、コンビーフ、ドライフルーツなどを買う。

夜、シャンパンを飲みながら、昼間送られてきていたインドの会議の会場や、主催財団の「Art of living」の施設内の様子を見る。なにこれ？　とっても素敵……こんなところに行くの？　ローマのコロッセオのような建物が夕日をバックに空に向かってたたずんでいる。青空と緑の芝生に点在する気持ちよさそうな東屋風の建物が至るところに……ここで瞑想とかしちゃうのかな。いいね、すごくいいよ。急にテンション上がった。

2月2日（日）

「今日もストライダーの日にしよう」と、今度は近くの公園へ行ってみる。でもやはり、こういう小さな公園は乗り物禁止だった。最近、こういう公園が多いらしい。球技禁止、大縄禁止、ダンスや合唱禁止……じゃあ、子供たちは一体どこで遊ぶのだろう。

ここは遊具もあまりないので、そのまま歩いて別の公園へ。滑り台、ブランコ、砂場、と繰り返す。子供って本当に砂場が好きね。

今日は暑い。ベンチに座っていると汗が出る。空にはポッカリ雲。ここにいるとときが止まったかのようだ。仕事の世界と子育ての世界が交錯してよくわからなくなる。どっちも両方存在していて同時進行しているだなんて……クラクラする。合間にインドと電話したら、ますますクラクラ。

この2日間、3人で一緒に遊んでいるせいか、プリンスがいつもより落ち着いている気がする。ひとりで遊んでいても、「一緒に遊ぼー」と言ってこないし。家でもそう。私と夫が両方いるときのほうが落ち着いてひとり遊びをする。
帰りはプリンスのストライダーを担いで坂を上った。今日もほどよく疲れた。これは私のダイエット。幼児の子育てをしていると太っている暇がない。

2月4日（火）

コロナウイルスが日ごとにすごいことになっている。大型客船「ダイヤモンドプリンセス」はどうなるのだろうか。窓のない部屋に2週間監禁って、それだけで誰でも病気になるよね……。陽性になって入院したほうが快適という話もあるという。うーん、この人たちが一日も早く開放的な環境に移ることができるよう、みんなが最善を尽くせるよう祈る。そして中国の様々な対応には、毎回ため息しか出ない。

きのうの夜中の12：00。節分が開けるので、オフィスの指定の方位に「一陽来復」のお守りを貼ったのだけど、午後うちに来たママさんに「そっちも貼れた？」と聞いたら、こんなことを言う。
「それがねー、貼りつける10分前まで起きてたのに、最後で寝ちゃったのよー」

なにそれ……10分前ってなによ……（笑）。

マ「〇〇（弟）は無事に貼ったらしいわ」

帆「当たり前でしょ、そのためのお札なんだから……」

マ「起きて慌てて貼ったわよ、心を込めて」

とか言ってたけど、その効果はどうなのか……（笑）。

インド行きのために、マスクとかアルコール関係の消毒液など、毎日アマゾンからいろいろなものが届く。夫はこういうときの動きが本当に早いので、マスクの備蓄もたっぷり。ゴム製のグローブまで。インドにも、いろいろとたっぷり持っていく予定。マスクやグローブも日数分。

2月5日（水）

仕事をする前に呼吸法をしたら素晴らしくいい気分になったので、また再開することにした。そう、あれからいつの間にかやめてしまっていたので、せめてインドに行くまでは毎日続けようと思って。

アマゾンプライムで、唐沢寿明主演の映画『杉原千畝』を観た。杉原さんの人生は知っているし、この手の戦争モノは絶対に悲しいシーンがあるから観ないと決めているのに、つい……。私は小雪が好きなので、それもあってつい……。

そしてやっぱり後悔した。わずかだけど出てきたユダヤ人虐殺の悲惨なシーン。あぁ、今も残ってる。有無を言わさず暴力の餌食になることが国際的に決まっているかのようなあの時代の雰囲気……なんなんだろう。子供が出てきたのでプリンスと重ね合わせてしまい、これまで以上に心に残る。あぁ……。戦争のない国に生まれた以上、日々を大事に丁寧に生きよう、とこの類の映画を観るたびに思うことを今回も深く思う。

さしあたってはインド。そこでベストを尽くすこと……ただ楽しむこと！

2月6日（木）

コロナウイルスのために飛行機がガラガラらしい。

私たちの便は香港経由。空港の外には出ないけど、どんな感じになっているのだろう。インドでは、コロナは発見されていないという。どうしてかな、やっぱりカレーのスパイスに守られているのかな。

新しい出版社との打ち合わせへ。その人が出版社を立ち上げるまでの人生のストーリーをゆっくり聞いた。

こういう話、大好き。リッツ・カールトンの「Azure 45」のランチ。久しぶりに行ったけど、前より美味しくなっている気がした。

2月7日（金）

先日ドレスをいただいたC姉さまにたっぷりのチューリップを贈ったら、「帆帆ちゃんが男子だったら付き合ってるわ」というラインがきた。うれしい。やっぱり女性には花か？

コロナウイルスの状況を見て、ママさんが「私はプリンスと一緒に日本に残りたいわ」と言い出した。今週はじめにそれを言われたときは、「絶対に大丈夫だよ、ママなに言ってんの？」と思っていたけど、夫も「プリンスは残したほうがいいんじゃない？」と言い出したのを聞いて、それぞれのバージョンを想像してみた。日本に残す場合と、連れて行った場合……うん、たしかに置いていったほうが私の心労も少ない。会議にも集中できるし。残していくあいだ、プリンスの面倒をママさんが見なくてはいけないのでかなり大変だと思うけれど、それについてはママさん本人が「そのほうがいい」と言っているので、しっかり準備しておけば大丈夫だろう。

ということで、プリンスとママさんは行かないことになった。夫のツルの一声で決定。

2月8日（土）

朝、ママさんにそれを伝えたら喜んでいた。

まったくもう、せっかくみんなで瞑想の旅だと思ったのに……。でもこうなったら、ゆっくり羽を伸ばしてこよう。後半はアーユルヴェーダのスケジュールを入れてあるし、ひとりきりになれる時間が3日ほどありそうだから、新刊の執筆などもしよう。そう思ったら急に楽しくなってきた。

その後、「カード」を引いたら、「YES!」というのが出る。


さて今日も、先週と同じ大きな公園へ。プリンスは「早く行こう」とヘルメットをかぶって、ずいぶん前から玄関にスタンバッテいる。行きの車の中で、インドに同行する予定のひとりからもキャンセルになるラインがくる。もともとプリンスのシッターさん役のつもりだったし（笑）、体調の弱さもあるので仕方ない。残るひとりは行く気満々……よかった。最初はふたりだけになって残念と思ったけれど、すぐにこれはこれでいいんじゃないかな、と思う。

ふと顔を上げたら、前を走る車のナンバーが「1111」。カードといい、ふと目にするこんな番号といい、世界は宇宙からのサインにあふれてる！


公園を走りまわるプリンスを見ながら、私と夫は、近くのベンチでランチ。今日は前回の失敗を生かしておにぎりを持ってきたので美味しく食べている。ストライダーで走りながら、プリンスがなにやらつぶやいている。通りすがりに聞こえた部分はこう。

「そっかぁ、ボクはこう思うんだよね。……よかったねぇ。ここは滑り台のある公園かな？ああ、違うかぁ、あとで行こうよね」


夕食は筑前煮、ブリ、なめこのお味噌汁、ポテトサラダ、蓮根の天ぷらと、さっぱり。

2月9日（日）

昨日、久しぶりに夜中に目が覚めた。そこで思ったこと。

かつて、私がイメージしていたことで、確率としてはかなりそうなる可能性の薄いことだったのだけど、結果的に私のイメージ通りにうまくいったことがいくつもある。その中の大きないくつかについては、当時、変な占い師に「そうなる可能性はあまりない」と言われた。私は日常でそういう種類の占いにはほとんど興味がないので、どうしてそんなことを聞く羽目になったのかはあまり覚えていないのだけど（たしか、未来の望みを気楽に話したら勝手に言われたんだと思うけど）、当時の私は「そうなることしか見えていなかった」ので、「え？　そうですか？　たぶんそうなると思うけど」と心の中で思って、その人の言葉をまったく気にしなかった。それしか考えられなかったから。

結局、「それしか見えない」というくらいに信じていたことは、そのときの可能性がどうであれ、そっちが拓けていくのだね。それが本当にならないのは、結局、本人が心から信じていないからじゃないかな。そしてそれを信じられるためには、そもそもの漠然とした信頼感と同時に、努力がある。それを自分が努力と思っているかどうかは別にして。努力は、自分への信頼を深めるひとつの方法。

今日は休養の日にしよう。家を片付けたり、美味しい食事を作ったりしたい。

キールさんから連絡があり、「インド滞在中にファッションショーに出てみませんか？」とのこと。ファッションショー……もうここまできたら、なんでもやろうと思っているので「行く以上、なんでもやります（笑）」と返信する。

夜はターメリックがあったのでパエリヤとチキンの香草焼き。時間をかけて丁寧に作ったので美味しくできた。

2月10日（月）

今日、１００円ショップに行って非常に興奮した。こんなものまであるなんて、最近の１００円ショップはすごい。たまに２００円のものなどあるけど、２００円でもすごいよね。５０００円近くも余計なものまでいろいろ買ってみる。

13日から私がインドに行くことをプリンスに話すか、話さないで行くか、話すとしたらどんなふうに話すか、ずいぶん前から考えているけど、もういろいろなことがわかるし、ウソの理由で行きたくないので、きちんと話すことにした。問題は、いつ話すかだ。あまり早いと忘れてしまうしね……。

2月11日（火）

またお休み。

ものすごく意外な人から電話があった。そして共通の知人と一緒に3人で食事をしようということになる。なんでまたそんな急に……。

2月12日（水）

あっという間に明日からインド。パッキングはすべて終わった。あと今日中にやることは、お礼状を2通書くことと、私がいないあいだの仕事のことでの確認事項3件。

今日の夜はカレーにしよう。夫の好きなから〜いカレー。そう言えば、コロナウイルス、中国のインド人はひとりもかかっていないんだってね。
私「やっぱカレーかな」
夫「……」

夕食後、プリンスに「ちょっと話があるんだけど」と言って抱っこする。

「明日からね、ママは仕事で外国に行ってくるけど、いい？　7回寝たら帰ってくるから心配しないでね」

とそれだけを言ったら、しばらくの沈黙のあとに「……わかった」と神妙にうなずいていた。

そして「……でも……悲しいね」と。

そんな表現をするなんて……クー（泣）。この子はやっぱりしっかりと話して納得してもらう方法がいいようだ。もともとかなり小さな頃から「ごまかし」が通用しない子だったけど、改めてそう思う。

2月13日（木）

朝、プリンスが寝ているうちにハイヤーに乗って羽田へ。

約束の30分前に着いたと思ったら、少し前を歩いているウーちゃんを発見!!

ウ「しかし……このふたりでインドに瞑想をしに行くことになるなんてね」
帆「ほんとほんと。これを占い師に数年前に言われても絶対に信じなかったよね」
と人生の不思議を思う。本当にこれが今回のベストメンバーなのだろう。
チェックインをしたら、なんと期間限定のキャンペーンだかで、ファーストクラスラウンジにアップグレードされた。いいね！
ラウンジでも「このふたりで旅行することになるとはね」の話でもちきり。
ウ「だってインドはじめてで、バンガロールだよ⁉　ガンジス川だって行ったことないのに」
帆「しかも瞑想だもんねぇ（笑）。たぶん本当にこれがベストメンバーだったんだよね」
ウ「そうよ。だって帆帆ちゃん、プリンスが一緒じゃないほうがゆっくりできるよ」
帆「そうだよね……」
ウ「現地でプリンスの食事を全部作って、プリンスを気にしながら会議に出て瞑想するってさぁ……これはもうご褒《ほう》美《び》よ。それもみんな向こうのほうから自発的に行かないって言ってきたんだから」
いろいろ話していたら、今年、ひとつやりたいことができた。
やっぱり旅はいいよね。もう活性化してる。
そこへ夫からライン、プリンスが起きてはじめは「ママー」と泣いたけど、「昨日ママと約束したでしょ？」と言ったら泣きやんだらしい……クー（泣）。

彼「帰ったら抱きしめてあげてね」
私「うん……まだ飛んでもいないけど（笑）」

機内はガラガラだった。ビジネスクラスに座っているのは私たち以外に2人。

ゆっくりと仕事をする。なんだろう、この幸せ感。

福山雅治と石田ゆり子の『マチネの終わりに』を観る。なんだろう、この幸せ感。

なんの時間制限もなく、プリンスが泣いている声に耳をそばだてる必要もなく、こんな自由な感じは……そうか、1年半ほど前のセドナ行き以来だ。

いつもの1週間分くらい仕事ができた、最高。


香港国際空港に降りたら、暑かった。閑散としている。ガラガラ……。

「大陸たちがいないとこんな感じなんだね」と驚きながら、キャセイパシフィックのラウンジを探す。はじめに行ったところは「あれ？　聞いていたほどたいしたことないね……」という感じだったので調べてみたら、「Pier」というラウンジが素晴らしいみたいなので移動しよう。その前に、まずは担々麺を食べる。

Pierのラウンジはとてもよかった。そうだよね、これでなくちゃ……。

ゆったりできるソファに座った。ここでもいいし、あっちも居心地よさそうという場所がたくさんある。そして広い。行っても行っても奥に広がっていて、人はほとんどいない。

ウーちゃんはさっそくフルーツを食べて、そのあと日本のラーメンというものを食べ（これがものすごく美味しかったらしい）、骨つきの豚肉のようなものを食べ、しばらくしてアイスを食べてから最後にパスタを食べている。ラウンジ内で、マスクをしている人はほとんどいない。

外を眺めながら、またゆっくりと仕事。またものすごい幸せ感。プリンスは、今日はママさんと友達と一緒に家で遊んでいて、一度も「ママ」と言っていないらしい。

「わかっているのかな、だとしたらすごいわね」とママさんからライン。あぁ、健気……。

香港からバンガロールまでの飛行機はひどかった。席はフラットになるどころか半分も倒れていない気がしたし、食事も一種類しかない。ビジネスの意味、あるかな……。お客さんは全体で４人ほど。淡々と仕事をして到着。

待ってくれていた「Art of Living」からのお迎えの人と５人乗りのヴァンタクシーに乗る。

これで５人乗りか……。どう考えても私たちふたりとお迎えのこの人でいっぱいだ。メンバーが５人から２人になった時点で車をふたり乗りに変更しようとしたら、「５人乗りのほうが快適だからそのままでいいと思う」とキールさんに言われたのでそのままにしてたけど、この車にプリンス含めてあと３人乗る予定だったなんて、どう考えても無理……。そう、外国ってこういうことがたくさん起こるんだよね……サービスによる快適さという点では東京の基準で進んではいけない……そうだそうだ、と切り替える。

2月14日（金）

昨日は夜中の2時すぎに着いて、チェックインをして、そこから荷物の整理をしたり明日からのことを考えたりして結局寝たのは4時近く。

今朝は7時半に起きて、本部の建物に朝食を食べに行く。

やっとわかってきたんだけど、「Art of Living」という財団は、本部のバンガロールに巨大なコミュニティーのような場所を作っていて、その中にはアーユルヴェーダの施設や病院、学校まである。見渡す限りが敷地で、外から入ってくる人もいれば中に住んでいる人もいるという、まさに小さな町。最近はアーユルヴェーダや精神的な教えを受ける場所として、海外からの観光地としても有名になっているんだって。

朝食はカレーとナンが数種類、ご飯やチャイやフルーツジュースなど。どれも味は美味しく種類が豊富。ボランティアの学生や子供たちがずらっと並んで給仕をしてくれた。勧められるままにお皿に盛ってもらっていたらすごい量に……と途中で気づき、カレー4種類目以降は笑顔で辞退する。

そこから会議が開かれる建物まで、施設内を走る車で移動、3分くらい。この会議の会場の建物が素敵なのだ。イタリアのコロッセオのような、私の中ではハスの花が開いているようなイメージの円形。

私たちは「Speaker」という札がついている前のほうの席に座る。いろんな人がいるなぁとキョロキョロしてしまう。世界各国の女性たち……世界女性会議だからね。男性もチラホラ。

財団のトップにいる聖人「シュリシュリ・ラヴィ・シャンカール」氏が入場されて、開会のスピーチなどがいくつか続き、３日間のシンポジウムが開始された。

10時から1時までのはじめのセッションには、たくさんの素晴らしいスピーカーたちが並んでいた。ネパールで女性が公平に裁判を受けられるような活動をしている弁護士とか、インドで女性初の警察（日本でいう警視庁）での高官とか、リトアニアの政府の人とか（この人の衣装が素敵だった）、他にも数人の素晴らしい肩書のスピーカー……それに比べて、私は一体どうしてここにいるのだろう……と思う。大丈夫だろうか、ここにいる人たちに比べるとどう考えても私の実績なんて……と思って気が沈む。

皆さんが次々に話し、いろんな人たちが表彰され、また話が始まり、ディスカッションがあり……やっと終わってランチの会場へ。

スピーカーたちは専用の食べる場所があるそうで、そちらに案内された。さっき会場で挨拶した、私と同じ回のスピーカーであるアメリカ人の女性がいたので、その人のテーブルに座る。

「さっきの人たちを見て、私一体、どうしてここにいるんだろうって自信がなくなった」

と言ったら、

「なんの問題もないわよ。ただあなたのままで楽しめばいいんだから」と言われる。……そうだった……来るだけで、役目は果たしているんだ。ただ、楽しめばいい。この人は温かい雰囲気に満ちている。

急いで食べて、12:30から明日のファッションショーのフィッティングをする。

指定された場所に行くと、私用に素敵なサリーが用意されていた。事前に送った全身の写真からデザイナーが選んでいるという。薄いサーモンピンクと薄い緑で、びっしりと刺繍がされている。ビーズが多くて生地がずっしり。とてもきれい。ウエストやゆるいところを明日までに直してもらうことにして、これで決定にした。隣のブースでフィッティングしていた人には、また全然違う衣装が用意されていて、そっちはその人にぴったり（私には無理）だったので、デザイナーやコーディネーターの力量を思う。

午後の会議のアジェンダは「ソーシャルネットワーク」だった。17歳で起業して詩を書くアプリを作ったインドの起業家（まだ20代前半じゃないかな）の話はとても面白かった。日本の俳句からインスピレーションを受けたんだって。アプリ開発をする前はテクノロジー開発の仕事をしていたそうで……頭がよさそう。

メインの会場を一度出て、5時から瞑想のクラスを受けに行く。これはとても楽しみだった。自分専用のマントラをもらえるんだって。

瞑想についての話を聞く。瞑想とは「なにもしないこと」。たまに瞑想を「集中するもの」と思っている人がいるそうだけど、「瞑想をする結果、集中できるようになる」というものらしい。なるほどね。とにかく「なにもしないこと」が瞑想なので、たとえば瞑想中に余計な考えが浮かんでも、それを払うことすらしなくていいらしい。ただ、そのままにする
……そうか……いいね。

40分ほど話を聞いてから、ひとりひとり個別のマントラをいただくことになった。マントラは絶対に他の人に言ってはいけないらしい。

ふーん……なんで？　それぞれに違うマントラがあるのはともかく、人に言ったら効力が薄まるなんて……と思ったけど、言わなかった。

ひとりずつ外に出て、間隔をあけて座っているふたりの先生の空いたほうへ進んでマントラを教えていただく。私は、さっきまでみんなの前で話していた先生だった。私はこの先生の顔がとても穏やかで好きと思っていたので、うれしかった。その場の雰囲気もよかった。半分外の風通しのいい気持ちのいい場所で、綺麗な大理石のような床が裸足の足に気持ちよく、手すりの向こうには緑がたくさん。その先生に、私の耳元でマントラを3回ささやかれる。とても素敵な軽やかな響きで、気に入った（笑）。思わず、他の人に言いそうになるので注意だ。


今日の最後のプログラムは、シュリシュリさんへの質疑応答の回だった。

メインの会場で、まず子供たちがチャントを歌った。中にひとりすごく可愛い男の子がい

て、プリンスを思い出しながら拡大して写真を撮る。

チャントの声がひときわ大きくなったときに、シュリシュリさんが入場していらした。会場の後ろからゆっくりとスロープを歩いてくる。追うメディアの人たち。参加者はみんな彼のほうへ手を伸ばしたり、胸の前で手を組んだり、恍惚《こうこつ》の表情で聖人を見つめている。

そうか……なるほど。そういう存在なのね。そしてカメラがこんなに入っているものだとは知らなかった。そう言えば、「世界◯カ国で放映されている」と言っていたな。キールさんや地元の人たちは、シュリシュリさんのことを親愛を込めて「グルジ」と呼んでいる。グルジ、尊敬する師という意味。

会場からの「悟りとはどんな状態か」の質問に、「目が見えない人に世界（光）はどんな感じですか?と聞かれたらなんと答えますか?」と答えていらした。そうね、本当にそうね。そのくらい、世界が輝いて見えるのだろう。

たくさんの質問の最後に、シュリシュリさんが「じゃあ、そろそろみんなで瞑想をしようか」と言ったときの感じがよかった。会場中の大きな家族に呼びかける、という感じで。

グルジの誘導で20分ほど瞑想してから外に出ると、聖人を一目見たい人たちが群れをなしていた。すごい人数……インドという言葉が浮かぶ。

2月15日（土）

今日も緊張感で早朝に目が覚める。

昨日は盛りだくさんだった。そのあいだずっと私についていてくれたキールさんの人柄のよさが、さらにわかった気がする。昨日送られてきていたプリンスの動画や写真をゆっくりと見た。

7時からのヨガに参加する。建物の2階。オープンエアになっている気持ちのよい空間にずらりとヨガマットが並んでいる。

呼吸法をやって、簡単なポーズをいくつかとって、最後にリラックスで横になる。その途端、瞑想状態になった。これこれ、この気持ちのいい感覚。日本でキールさんに呼吸法を受けたときの最後に似ている。あぁ……気持ちがいい。

1時間くらい寝たような気持ちで目が覚めたけど、やはり20分くらいしか経っていなかった。体を動かしていると、瞑想状態に入りやすいらしい。なるほどね、ヨガの意味はここにあるね。「すごく簡単な形しかやっていないじゃない？　なのに、とても深くに入れる……すごいよね」とキールさんが言っていたけど、本当にそう。なにごとも基本が大事ね。難しい形というのは、なんていうか、興味のある人が追求していけばいいことで、基本的なことにすべてを含んでいる。

朝食を食べる。昨日のスピーカーたちだけの食事にすごく気をつかって疲れたので、今日からはもうずっとキールさんやウーちゃんと一緒の部屋で食事をする予定。

実は、昨日から会場内で私のアテンドをするためについていてくれるインド人の女性がいるのだけど、彼女が「スピーカーを接待する」というルールを懸命に守ってアテンドしようとするあまり、少々息苦しい。

今も、ウーちゃんやキールさんと楽しく食事をしている私に「スピーカーの食堂で食べて他の人と交流したほうがいいんじゃないか」とか言ってきたけど、「交流しなくても大丈夫」と言った。

また、会議中のスケジュール管理もしてくれているのだけど、次々と入ってくる予定を全部時間通りに守るように指示されるのも苦しい。もちろん、それが仕事だからいいのだけど、「それ、行く必要ないんじゃないかな」というものも多いし。

その点、キールさんはさすがで、「これは行かなくて大丈夫だと思います」なんてやんわり言ってくれたりして、本当にできる女性だ。たとえば、スピーカーが無料で受けられるアーユルヴェーダのマッサージの予約を入れていた時間と、別の予定がダブルブッキングになると、「あ、マッサージは明日に変更しておきました」など、とにかくよく気がついて早く、こちらの希望を把握してくれる。でも、私を一生懸命アテンドしてくれようとする熱意はありがたい。

今日の最初のディスカッションは、ネルソン・マンデラ氏のお孫さんとか、スリランカの元副大統領夫人とか、王族関係の仕事をしていて３００人くらいの子供を養子にとっている女性とか、今日も変わらず、すごい顔ぶれ……。

３００人の養子、しかもその３００人と一緒に暮らしているらしいけれど、それってどういうことだろう（笑）。

私は彼女の話す英語が好きだった。「挑戦」という言葉の捉え方について話が進んだとき、「Chance is a spice of life」と言っていた。

次のセッションは環境問題についてで、またいろいろとすごい人たちが4、5人……。

私はそのセッションのあいだにスピーカーとしてのテレビのインタビューを受けて、12時半から、明日の私のディスカッションの打ち合わせ。やっと、やっと他のスピーカーたちと顔合わせをした。あのアメリカの女性（精神的指導者）は相変わらず、明るく快活で暖かい。お坊さんのようなオレンジ色の袈裟《けさ》を着た女性もいらした。キールさん曰く、インドのある特定の宗派の衣装らしい。その他、科学者と医者など。不安が高まるだけの打ち合わせ……ただ、楽しめばいい、と心で繰り返す。

夕方から、昨日の続きの瞑想のクラスに出た。そしてそのあとに、なんとシュリシュリさんに面会することになったという。……いや正直私は「なんと！」という感覚はなかったのだけど、キールさんが興奮しているのと、ここまで来たからせっかくなので、という思いだ。

オープンエアの待合室のようなところにみんなでズラッと並んで、シュリシュリさんが出ていらっしゃるのを待つ。私たちの他に日本人チームは大阪からのカップルがいた。外にはまた、シュリシュリさんを一目見たい一般の人たちの群れ。

シュリシュリさんが出ていらして、順番に手を握ったり、一言二言言葉をかけたりして進んでいらした。私たちの番になり、キールさんが私のことを紹介してくれた。みんなで写真を撮って、お供えの木の実のようなものをいただく。グルジは温かい雰囲気に満ちていた。

そしてまた急いで敷地内を移動して、ファッションショーに駆けつける。私は昨日のリハーサルに出ていないのでぶっつけ本番だ。だって、たぶん、リハーサルに出ても当日は絶対に予定と違うことが起こって、「出なくてもよかったじゃん」となりそうだったから……私もだんだんと慣れてきた、インド事情に。

楽屋裏はファッションショーさながらの混雑っぷりだった。衣装を身につけて鏡の前に座らせられ、すごい勢いでお化粧が始まった。「あなた、そのままでも大丈夫なくらい」とか言われるが、「やだー、せっかくだからしてください、濃いメイク、インドっぽいの!!」と言ってしてもらったけど、正直、物足りなかった。もっとすごく濃いのを期待してたんだけど、主催側はオリエンタルな日本の要素が入っているのを求めているから普段のほうがいいらしい。

着替え室に戻って、私に用意されていたヘアアクセサリーを受けとる。あ！おでこにつけるタイプのものだ、うれしい。私これ、つけてみたかったの。

チェーンの先を頭のてっぺんにピンで止めて髪の毛で隠す、そうやってつけるのね。これで一気にインド人だ。

会場ではすでに前座の歌やダンスが始まっていた。簡単に歩き方の説明を受ける。

……え？　これだけ？　これだけで歩けっていうの？と驚愕しているところへ、私のパートナーがやってきた。私と彼女が舞台の両袖から出てきて中央で出会ったら、ふたり一緒にランウェイを歩いていくという流れ。「よかったぁ、昨日の練習のとき、あなたいなかったから、今日もいなかったらどうしようかと思ったのよー」と言われる。綺麗なイタリアンマダムのような人だ。

はぁ、本当にインドはすべてがぶっつけ本番だよね。だいたい自分が何番目に出るのかわからず、キールさんを呼んでもらって、モデルたちを仕切っている女性に確認してもらった。

この混沌とした舞台袖で、瞑想をして気を沈めている人がいて、笑った。

2月16日（日）

会議3日目、今、今日のスケジュールをすべてこなして、部屋に戻ってきたところ。

久しぶりの素晴らしい興奮と高揚に包まれている。充実感、達成感。


私のスピーチは、どうやらうまくいったらしい。

私にしてみると、もっといろんなことを話せたような気がしたし、あそこは変な英語だったな……とか思うところがたくさんあったけど、終わって、まだ壇上にいるときに、私の椅子の後ろに張りついていたキールさんが「すっごくよかったです。ホホコさんのスピーチは心をつかむ話し方」と言ってくれて、それに救われた。ウルウルしちゃったくらい。

日本人チームのみんなも「すごくよかった」と口々に言ってくれた。大阪から来ている「Art of Living 財団」のインド人も「すごくうれしい、ついに日本人が！　ホホコさん、英語すごく上手なんですね」なんて言ってもらえて、心からほっとした。

会場を出ると、いろんな国の人たちが「スピーチ、すごくよかった」と声をかけてくれた。エネルギーが頭にのぼってクラクラする。

「ちょっとお茶、お茶しよう！」と言いながら、心の中では「ちょっとシャンパン！　シャンパン開けよう」と言っていた……。

その前に、ウーちゃんの希望でアーユルヴェーダのお店でサプリメントを買うことになった。ウーちゃんが昨日脈診をしてもらったときの処方箋を見ながら、私のママさんと夫の分のサプリメントも4ヶ月分ずつ買う。ウーちゃんと症状が似ているのでこの処方箋で大丈夫なのだ。それから、免疫を上げる液体と「金運を上げるコイン」というのも。どちらもホホトモさんへのプレゼントにしたい。

そこにまた「あなたのスピーチすごくよかった、感動した」と言ってくれる人がやってきた。

この人は2日目にスピーチをした、３００人くらいの子供を養子にとっているという女性じゃなかったかな。ロイヤル関係の仕事を長くしていた人。

そして「私たちのやっているスウェーデンの女性の活動団体に入って欲しい」と言われる。

……え？　スウェーデン？

きたーーーー！！！

昨日、ウーちゃんと話していて、「今度講演旅行をするとしたらどこに行きたい？」となんの意図もなく聞いたのだった。すると彼女は「私は北欧に行きたい」と答えた。「そうか、北欧ね、北欧ってさ……」と話していたのが昨日。そして今日、もうスウェーデンから話がきたなんて、すごい、本当にすごいね。

「これは私の娘、彼女から連絡させるわ」と言って紹介されたその女性は、さっき会場を出たところで一番に声をかけてくれて名刺交換をした人だった。なんと……。

ウ「すごいねーー早いねーーーそれにさ、このお店に来たから会えたんだよね。やっぱりこれからもそうしたいと思うことは遠慮せずに言おうっと」

とか言っている（笑）。

でも、そういうことだよね。北欧に行きたいと思っていたのはウーちゃん、そしてウーちゃんがこのお店に行きたいと思って来たら、会えるという……。

カフェに移動して、美味しいサンドイッチを食べた。ここはアーユルヴェーダの施設のエリア内にあるカフェで、とても美味しい。

少しリゾートの雰囲気もある。ここでやっと少しリラックスした。足とヘッドのオイルマッサージも受けた。

部屋で少し休んで、5時にグルジと面会することになった。今度はスピーカーの人だけが、ひとりずつ面会するという。

警備が立っている門を何回も通り抜けてグルジのいる建物に入ると、最初の部屋の正面の椅子に、どっしりとグルジが座っていらした。まわりには、面会をする人たちが順番を待っている。会った途端、泣き出す人とかいる……。

すぐに私の番がきた。挨拶をしたあと、キールさんが「なんでも聞いていいです」と言うので、「○○（私が今後考えていること）するために必要なことはなんですか？」と聞いたら、数秒の沈黙の後「intention（意図）があれば自然とそうなる」と言われた。

……そうですよね、おっしゃる通り……。

それから隣に置いてあった赤地に金の刺繍のある素敵なショールをふと取り上げて、私にくださった。そして担当の人に写真を撮られる。フー。

近くのカフェでキールさんとお茶をした。彼女のこれまでの人生いろいろを聞いたりして話し込む。ここでまたリラックスが深まった。

今日の夜は、一般の人たちにグルジが講話をする回がある。野外の会場には、それを待っている人たちがまたたくさん集まり始めた。まるで野外コンサートのよう。後ろの席の人たちのために大きなスクリーンも2台ある。

音楽と一緒にグルジが入ってきて、みんなで立ち上がって迎える。またいろんな質問に答えられていた。インドのすごいところは、方言がたくさんあり、キールさんの話すインドの言葉は、グルジの話す方言には通じないそうで、「この講話も地元の人向けにこの地域の方言で話しているから、わからないところがたくさんある」と言っていた。それって不思議……。これだけ人口の多い国で、全員との意思疎通が言葉ではできないなんて、そこにどんな神の意図があるのか……。

「グルジって、結婚しないの？」と聞いたら、インドでは聖人は結婚しないんだって。

帆「じゃあ、異性を人として好きになったりするような気持ちは、ないのかな」

キ「人のものっていう感覚がないからね」

深い……他者と自分の境界線はないわけだから、自分のものも人のものもない、結婚して自分のものになるという感覚もないわけだ……。キールさんのその答えもすごいね。なんか、頭が痛い。「脱水症状じゃない？」と言われる。そうかも。お腹がゆるくなると困るのでずーっと水分を控えてたし。

ウーちゃんは今日の深夜の便で帰るので、夕食後にみんなでラウンジでおしゃべりをして見送った。今日の夕食は美味しかった。中華味。私は水をたっぷり飲む。

夜、グルジに言われたことをもう一度考えている。

意図があれば自然とそうなる……。

あとはやって来た電車に乗るだけだ。

今回のインド旅行なんて、まさにそれ。あの7月の神社のイベントの日の朝、海外のどこかで私が講演会をするビジョンを見て、その午後にキールさんに講演依頼をされ……やって来た電車にただ乗ったのだ。そして12月、「なにも準備はいらない、それを用意したのは宇宙だから、ただ楽しめばいい」ということがわかり、そのままインドに来てみたら、次につながることが起こっている。

スウェーデンに行くことになっちゃったりして……。でもまあこれも、必要ならそうなるだろうし、流れにまかせよう。実はグルジに会ったあと、キールさんとお茶をしたカフェで、またもうひとつ面白い展開になりそうな出会いがあった。たまたまその場に、私があるモノを持っていったから起こったことなんだけど、それは部屋を出るときにふと目に止まったからバッグに入れてきたモノで、たまたまそのときだけ持っていたんだよね……。

ここでもキールさんにびっくりされた。

すべては、来た電車に乗っただけ。

これからもこの感じで行きたい、ただ、それを楽しむこと、オーダーしたあとは、来た電車に乗ってみること。

2月17日（月）

任務を終えた清々しい朝。改めて、終わって本当によかった。

今日からアーユルヴェーダの施設内のホテルに移動する。

フロントに荷物を置いて、まず脈診を受けに行った。

20秒ほど脈をさわってから、「あなたのエレメンツは火と空気です」と言われた。これはアーユルヴェーダの基本である、この世のすべてが4つのエレメンツで構成されているという考えに基づいている。

続けて、「お腹がゆるいでしょ」と言われた。驚いた。私は海外に出るとお腹がゆるくなるので。それはイライラしやすいことからきているんだって。

「今、頭も少し痛いでしょ」と言われた。その通り！　と日本語で言ったら笑ってた。

実は昨日から生理になっていたのだけど、生理になるとアーユルヴェーダのトリートメントは受けられなくなるので、「黙っておこうね」とキールさんと話していた。でも全身オイルマッサージとかになったらバレるので、「インドに来る前になって……」というように伝えたら、「本当？　なったの、昨日じゃない？」と言われた……すごい。どうしてわかるんだろう。それでも「違う、来る前」と言い通したけど、終わって部屋を出てから「あれはバレてるね」とキールさんと笑う。

他には「呼吸法を毎日するように」と言われた。私は特にどこも悪くなく、育児のために疲れやすくなっているだけなので呼吸法だけで問題ないとのこと。そして現在の症状を緩和するサプリメントを処方してくれて、控えたほうがいい食べ物も書いてくれた。へぇ……脈診、なかなかすごいね。

ホテルにチェックインして3時から、さっそく1回目のアーユルヴェーダの施術を受ける。簡単なヘッドと足のマッサージに続けて「Marma」というのが施術の名前だった。女性の手が私の顔の横に、耳を包み込むように優しく置かれた途端、一瞬で瞑想状態になった。体がベッドの中に深く沈んでいく、ふかーく。なにこれ……？　あのゆっくりたゆたうような至福の感じ。たまにフッと目が覚めそうになるけれど、またあの温かみの中に戻っていく。

突然、目をつぶった暗闇の目の前に、ステンレスの箱のようなものが現れて、そのドアがパッと開いたかと思ったら、中から黒い胡椒のモヤのようなものがパーッと出てきて、散った。小さい黒い粉のような、虫のようなものが一気に霧散したという感じ。そしてまたしばらくすると、今度は私の左の鼻の穴からフーッと強い息が出た……（笑）。それに自分でビクッとして少し目が覚めつつ、また温かみに落ちていった。

たっぷり1時間は寝たかなと思った頃に、「ジェイグルデ」（インドの言葉で「あなたの素直さと知性がともに発展しますように」という意味）というささやき声が聞こえて、施術が終わった。実際は30分も経っていなかった。なにこれ……なにが起こったの？　本当に不思議……。体の一部を温かくゆっくりと手でさわっただけなのに……。

夜はみんなで、あの美味しいカフェレストランで食べる。体がボーッとしている。

2月18日（火）

プリンスは毎日とてもお利口に夫やママさんと遊んでいるという。帰国したウーちゃんやチーちゃんも家に遊びに来てくれてるようで、その動画を今日も食い入るように見る。あぁ、プリンス、本当にかわいい。健気……。

昨日に引き続き、アーユルヴェーダのトリートメント。

早く支度ができたので、待ち合わせより30分ほど早く受付に降りていったら、会議でスピーカーだったスリランカの元副大統領の奥さんがいらしたので少し話す。

その後、アルゼンチンのふたりのレディに声をかけられた。私がスピーチの中で話したたとえ話をすごく気に入って、とてもリアルだったという。

そう、これはキールさんにも言われたことだけど、他のスピーカーたちは、ある教えの一部とか、なにかの学問の真理など、すでにそこにある教えや考え方の話が多かったけど、私は自分の日常の体験を元に自分の考えを話していた。どうやらそこが会場にはウケたらしい。そうか、他の人たちの話に比べて私のは単純で新しい発見などがないなぁ、なんて思っていたけど、あれでよかったんだね。

このアルゼンチンの奥様たちの連れが日本に洋服のお店を出しているとかで、私にプレゼントしたいものがあるんだって。今夜6時に、ここで会うことにする。

今日も私の施術担当の人はふくよかで優しく、丸い印象の女性だった。

今日もはじめにヘッドと足のマッサージ。今日は昨日とは違ってオイルをたっぷり使って念入りにマッサージされた。髪はよもぎの香りのオイルをすり込んで、優しくもみあげられる。続けて、昨日の「Marma」をして、また深いところに落ちていった。

終わって外に出たら、世界がキラキラしていた。ん？　なんだろう？

ホテルからパソコンを持ってきてレストランで仕事をする。昨日から合流している日本からの歯医者の先生や、キールさんの友達でもあるMちゃんたちとランチ。

この施設には、主に欧米の人が多いみたいだ。みんなアーユルヴェーダを受けに来ている。結構ストイックな風貌の人もいるし、子連れのファミリーもいる。

午後、「SCPT」という施術を受ける。

これまでと違う広くて明るい部屋に案内され、若い女の子について続きの部屋に入る。終わったら水をたくさん飲むようにとか、施術のあいだ、体がしびれたりあったかくなったりするのは問題ない、というようなことを説明される。

そしてベッドに横たわっていると、彼女の手が首の横に優しく触れた。そのまま、なんとなくボーッと横たわる。かなり長いことそうやっていて、彼女の手がそこにあることをすっかり忘れそうになる頃に終わった。今回は、特に深いところに落ちていく感覚もなく、意識があったまま目をつぶっているうちに終わった。

部屋に帰って昼寝するように言われる。

ホテルの受付で、朝のアルゼンチンのレディたちとまた会った。日本にある友達のお店って東京のどこかと思ったら、表参道だという。それはすごいね。彼女たちは今夜もシュリシュリさんの講話会に出るそうなので、６時頃に、カフェレストランで会う約束をした。

部屋に戻ってプリンスの動画を見たりしながらベッドでゴロゴロしていたら、すごい眠気に襲われて、寝た。途中、キールさんから夕食のラインが入ったけどあまりに眠くて起き上がれず、パスさせてもらうことを返信してそのまま寝続けた。眠りに落ちるとき、あのアルゼンチンの人たちのことがチラッと頭をよぎったけど、もうとても起き上がれなかったし、連絡方法もないのでそのまま眠りの世界へ沈み込む。

2月19日（水）

起きたら朝の8時だった。あまりに長く寝ていたことに驚く。昨日の4時から今までなんて……これもきっと施術のなにかの効果だろう。

朝ご飯は日本から持ってきた煮物のパックを食べて、今日のトリートメントが始まるまで、呼吸法と瞑想をする。

今日もまた、素晴らしいお天気。窓からは青空と原っぱしか見えない。プールでもあれば泳ぎたいところ。

今日のひとつめはリフレクソロジーだった。はじめて聞いたことがある施術。これはそれほど大きな体の変化もなく、終わる。

みんなでランチを食べて、午後のトリートメントはキャンセルした。今晩帰るので、施設内のお店のエリアに行って買い物もしたいので。

ホテルから送迎の車を頼み、ひとりでお店のエリアに行って買い物をする。ママさんにショールとインドらしい刺繍入りのパンツ、プリンスにガネーシャの置物を買う。それからインドジュエリー。

今日までに何回かここに来て買い物したのだけど、来るたびに買ってしまうインドジュエリー。デザインが面白いし、安い。今日は、ゴールドがキラキラと並んでいるショーケースの下のほうにひっそりとある、翡翠《ひすい》のガネーシャを見つけた。大中小とあるガネーシャ親子。今回のインドで一番気に入った買い物。

ホテルに電話して車を呼ぼうと思ったら、電話がつながらず、どうしたらいいかわからずキールさんに電話してもつながらず……というところへ、ファッションショーの舞台裏でお世話になったスタッフさんが声をかけてくれたので、天の助けとばかりに車の手配をお願いする。

彼女がホテルに電話してもつながらず、「Art of Living」の本部とかキールさんとか、いろいろ連絡してくれてやっと来た。ほんとに天の助け、こんなところで会うなんてね。

ホテルに戻ったら、受付のところで昨日のアルゼンチンのレディたちに会えた。昨日の約束に行くことができなくて気になっていたのでよかった。ギフトをいただいて、連絡先も交換する。

夜の9時。ホテルが手配したタクシーに乗る。日本人の歯医者さんとMちゃんも見送りに来てくれた。歯医者さんが、外から来たタクシーのナンバープレートをサラッと写真に撮っていた。「なにかのときのためにね」と。そうだよね……その対応にホッとした。考えてみたら、この人と車の中に1時間以上もふたりきり。まわりは闇。ホテルの手配とはいえ、なにがあるかわからない。トランクをのせるために後ろを開けたときに、チラッとナタが見えたしね。ここはインド。

行きと同じ、2時間近くかかって無事に空港に着き、航空会社のカウンターに荷物を預けてラウンジに入る。

フー、なんかホッとした。もう国外に出た気分。

そこでなんと、またあのアルゼンチン人レディたちに会う。ご縁だねーーーと抱き合った。

3回ばったりがあるなんてね。３人とも、興奮していた。

2月20日（木）

今、香港の空港。行きと変わらず、シーンとしている。ここは「こういう空港なのかも」とか思っちゃうくらい。

免税店で頼まれていたものを買ってからラウンジへ。

ラウンジも異様に空いている。あぁ、お味噌汁。あぁ、卵……。そしてＪＡＬカレー……美味しすぎる。カレースパイスはもう1年分食べたと思っていたけど、日本のカレーは別物だった。クロワッサンもデニッシュもムシャムシャ食べる。

飛行機を眺めながら仕事をする幸せタイム。

そう言えばバンガロール空港のラウンジで、あのあと何回か突然電気が落ちて真っ暗になった。

ギューンとバッテリーが落ちるような音がして消え、またブイーンと上がる音がして点いて……1回でもあったら日本ではその夜のニュースになりそう。

ところで、日本のコロナウイルスをめぐる状況は日増しに悪化しているようだ。ダイヤモンドプリンセス号の乗客にはじめて死者が出たらしい。夫からのラインにも様々なことが書かれている。

羽田に着いて、夫のお達し通り手袋をして、予約していたタクシーに乗り、家に帰る。まずオフィスでシャワーを浴びて洋服を全部取り替えて自宅に。

玄関を開けた途端、「あれ？」と遠くのほうで声がしてプリンスが走り寄ってきた。

感動のハグ、キス、ハグ、キス！

プリンスは私のほっぺたを両手で挟み、何度もジーッと顔を見ては抱きついてくる。「よかったねーよかったねー」と言いながら。

ああ、日本は、うちはいいね。荷物をときながら、いろんなことをペラペラ話しつつ、みんなにお土産を渡す。プリンスにガネーシャの置物をあげたら「あ、象だ」だって。

もう遅いから、今日もバーバは家に泊まることになった。みんなでいろんなことをおしゃべりして、プリンスも興奮気味に10時すぎまで起きていた。おもちゃを持ってきて私に見せたりして張り切っている様子が微笑ましい。

あぁ、帰ってきて、本当にうれしい。

2月21日（金）

休養の一日。ゆっくりと荷物を片付ける。

インドのことを思い返してみると、本当にベストメンバーだったんだなと改めて思う。プリンスが一緒だったら、私はひとりの時間を過ごすことができなかった。ひとりになれたことで体験できたことが想像以上にたくさんあった。プリンスにとっても母にとっても、日本に残ったほうがよかった。現地のあの生活は、プリンスにも母にも無理だっただろう。食べ物はもちろん、泊まった部屋も……厳しいね。欧米のリゾート地ではないから。

ウーちゃんにとってみても、本当は会議最終日に日本に帰るから、アーユルヴェーダの脈診は受けられる予定ではなかったのだけど、なぜか……本当になぜか受けることができ、その診断が私の夫や母と同じ症状だったので、日本にいるみんなのサプリメントを買ってくることができたし……本当にうまくできていた。

2月22日（土）

朝起きてすぐに瞑想をしてから仕事。

昼間、３人で公園に行ってから午後も仕事。

体がまったく疲れない。瞑想のおかげだろうか。処方されたサプリメントもせっせと飲んでいる。

去年の12月に新刊の執筆を一時中断したのだけど、そうしてよかったと本当に思う。インドに行ったことで追加で書きたいことがたくさんできた。瞑想の本だしね。

プリンスは私がいなかったあいだ、一度も私のことを口に出さなかったらしい。私が母に送ったインドからの写真が、一度だけチラッと見えてしまったときに、「ママ、頑張っているかな」とつぶやいただけだという。

「それ以外は一度も、ただの一度もよ」と母が何度も繰り返していた。こういうところ、プリンスは本当に大人っぽいと思う。でも、私、たぶん、そういう感じになるだろうな、と思ってた。私がいなくて毎日泣く、っていう図は想像できなかった。

でもそれはもちろん、プリンスがなんとも感じずにただそうなっていたのではなく、それなりに頑張った結果だということもよくわかっている。私と約束したから、と自覚して、我慢したからそうなったはず。

この連休は、プリンスとべったり一緒に過ごそう。

2月24日（月）

インドから戻ってから毎日呼吸法と瞑想をしている。

去年の日記を読み返してみると、1年前の私は気持ち的に別人のよう。去年の今頃、私は退屈な毎日に変化を求めていて、なにか打開策を探しているところだったんだね。そして再び「床の水拭き」をしようと思い、そこからとっても久しぶりに「瞑想の話」が集まってきて、その後のインドに続く流れに進んでいくんだったね……そうか、去年の今頃はかなりつまらなかったんだな。つまらないと言うか、暇で、なにか変化が欲しかった、バージョンアップ、精神的に深みを増してステージアップしたかった。

1年経つと、気持ちはまったく変わっているね。これから先、なにか鬱屈《うっくつ》とした状態になったら、そのことを思い出そう。

2月25日（火）

瞑想によって、「今に集中する」というのは、それだけで様々な思い悩みが消えるのだな、と感心する。瞑想中は、浮かんだことをどんどん後ろに流す。どんどん後ろへ後ろへ。考え込まずに後ろへ、どんどん……。これからはこの感じで進みたい。サラサラサラサラサラと次へ……サラサラサラサラ…………。

インドで買ったガネーシャファミリーを、ここ！という場所に大事に設置する。

2月27日（木）

コロナウイルスの蔓延に伴って、「今後2週間のイベントや催し物の自粛」という要請が出た。なんか、すごいことになっている。3月1日の新潟講演は中止となった。

そして夜、「来週はじめから小中高校はすべて休校」という通知まで出た。

夜はレストラン「SUGALABO」へ。

2月29日（土）

今日はうるう年の、4年に一度しか存在しない日。

外苑前のカフェでホホトモサロンをする。去年はずっとアークヒルズクラブでしていて、会場を変えるのは1年ぶり。もちろん今はインドの話に熱いので、それに伴う瞑想の話をたっぷりした。瞑想という面白い世界を知った今、これがどんなふうになっていくかとても楽しみ。

日々、実験だ。

あとがき

この年は、「導かれる」という感覚を味わった年でした。「瞑想」というテーマに向かってあれよあれよという間にお膳《ぜん》立てされていった流れを今振り返ると、あれはどう考えても、私の意思を超えた「なにか強いもの」が働いていたな、と思います。もちろんそのはじめには、「瞑想に興味がある」という私の意思がなければ起こらないことですが……。

思えばこのインド行きが、気軽に海外に行くことができた最後となりました。まさかその後、世界がこんなことになろうとは……その前に瞑想の世界を知ることができたのは、私にとってとてもタイミングのいいことでした。

瞑想の世界への扉を開けてくださったキールタナ・マリアパンさんと、そのきっかけを作ってくださった竹森良一氏に、この場を借りて心からの感謝を伝えさせていただきます。本当にありがとうございました。

そして変わらず支えてくださる廣済堂出版の皆さま、読者の皆さま、私の家族にも変わらずの感謝を込めて。

コロナによって進化していく新しい世界の良さを、多くの人が享受できますように。

浅見帆帆子

本書は書き下ろしです

著者へのお便りは、以下の宛先までお願いします。
〒101-0052　東京都千代田区神田小川町2-3-13 M&Cビル7F
株式会社廣済堂出版　編集部気付
浅見帆帆子　行

公式HP
http://www.hohoko-style.com
アメーバオフィシャルブログ
https://ameblo.jp/hohoko-asami
「note」未来ラジオ
https://note.com/hohokoasami

ただ、それを楽しめばいい

毎日、ふと思う⑳　帆帆子の日記

2021年 3月30日　第1版第1刷

著　者 —— 浅見帆帆子
発行者 —— 伊藤岳人
発行所 —— 株式会社廣済堂出版
〒101-0052 東京都千代田区神田小川町2-3-13　M&Cビル7F
電話 03-6703-0964(編集)　03-6703-0962(販売)
Fax 03-6703-0963(販売)
振替 00180-0-164137
https://www.kosaido-pub.co.jp

印刷・製本 —— 株式会社廣済堂

ブックデザイン・DTP —— 清原一隆(KIYO DESIGN)

ISBN978-4-331-52329-2 C0095